MICK SCHULZ
MS Mord

MICK SCHULZ

MS Mord

Kriminalroman

GMEINER SPANNUNG

Dieses Werk wurde vermittelt von
der Literaturagentur Lesen & Hören

Personen und Handlung sind frei erfunden.
Ähnlichkeiten mit lebenden oder toten Personen
sind rein zufällig und nicht beabsichtigt.

Besuchen Sie uns im Internet:
www.gmeiner-verlag.de

© 2018 – Gmeiner-Verlag GmbH
Im Ehnried 5, 88605 Meßkirch
Telefon 0 75 75 / 20 95 - 0
info@gmeiner-verlag.de
Alle Rechte vorbehalten
1. Auflage 2018

Lektorat: Sven Lang
Herstellung: Mirjam Hecht
Umschlaggestaltung: U.O.R.G. Lutz Eberle, Stuttgart
unter Verwendung eines Fotos von: © Samot/shutterstock.com
Druck: GGP Media GmbH, Pößneck
Printed in Germany
ISBN 978-3-8392-2237-9

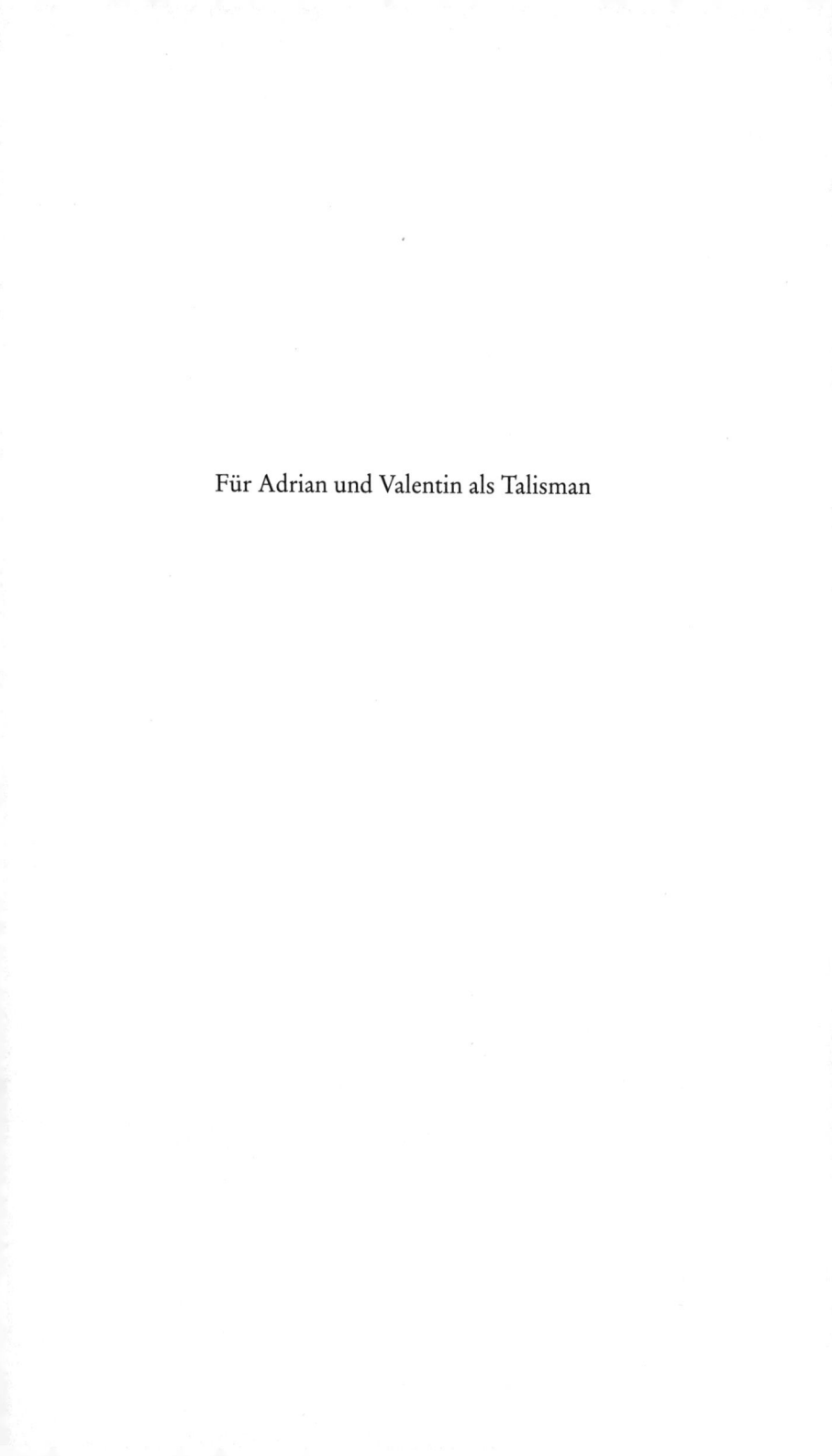

Für Adrian und Valentin als Talisman

Es ist zu bezweifeln, ob ein Vielgereister irgendwo in der Welt hässlichere Gegenden gefunden hat, als im menschlichen Gesichte.

Friedrich Nietzsche

PROLOG

Norwegen, Stavanger 1948

Ove verkaufte so viel wie möglich auf dem Fischmarkt, aber von jedem Fang fiel etwas für sie ab, selbst wenn es nur lausige Köpfe und Reste waren, die er im Handwagen nach Hause brachte. Mit Gewürzen und frischem Gemüse aus dem Garten kochte Tone daraus Fischsuppe, wie sie ihre Großmutter schon gekocht hatte. Diesmal war sogar ein ansehnliches Stück Dorsch übrig geblieben.

»Hier hast du«, hatte Ove gesagt, »und dass du es ja nicht zu lange brätst!«. Als müsste man ihr so was sagen. Derweil wolle er sich in der Stube etwas hinlegen und ausruhen. Nach Fusel hatte er auch gerochen …

In der Pfanne knisterte es und ein leiser Duft von Rosmarin zog durch die Küche. Sie hatte den Tisch gedeckt und öffnete die Tür zur Stube. Seit Ove die morsche Diele ausgewechselt hatte, konnte sie die Stube geräuschlos betreten. Kein Knarren, nur sein lautes Pusten war zu hören. Mit geöffnetem Mund lag er auf dem gelben Sofa, das wie ein Wunder den Krieg überlebt hatte, und schnarchte. An seinen Füßen steckten noch die Schuhe.

Ihr Blick ging zu den Schnitzereien auf der Kommode, Figuren aus Birkenholz, nicht sehr kunstvoll, derbe Rillen und Furchen im naturbelassenen Klotz, die Papa in den langen Wintermonaten mit seinem kleinen scharfen Messer hergestellt hatte. Ohne Erklärung konnte man kaum erkennen, wen oder was sie darstellen sollten. Doch jede Figur besaß einen ganz eigenen Ausdruck, trug ein Geheimnis.

Papa hatte nicht viel Geduld mit ihr und Mama gehabt und

meistens wollte er seine Ruhe haben. Aber einmal hatte Tone es vor Neugierde nicht mehr ausgehalten und ihn gefragt.

»Es sind Trollgesichter«, hatte er geantwortet.

»Gute oder böse?«

»Gut und Böse gehören immer zusammen.« Und er hatte mit seiner harten Hand über ihr Haar gestreichelt.

Papa war tot, doch seine Gesichter waren noch da. Eines davon gefiel ihr besonders gut, aber das hatte sie nie jemandem verraten, schon gar nicht Papa. Sicher hätte er rote Ohren bekommen, wenn er erfahren hätte, was sie sich darunter vorstellte, und die Figur kurzerhand in den Ofen geworfen. Ihr Ausdruck erschien Tone sanft und verträumt, und damals, mit 16, hatte sie sich eingebildet, es wäre der sehnsuchtsvolle Blick eines verliebten Trolls. Als ihr zum ersten Mal der Gedanke gekommen war, hatte sie laut kichern müssen. Deshalb hatte sie es auch niemandem erzählt, nur Emma, ihrem Lieblingsschaf.

Sie nahm die Figur in die Hand, befühlte nachdenklich die zackigen Risse, die mit der Zeit kamen wie Falten. Dann stellte sie sich breitbeinig an das Kopfende des Sofas, sammelte alle Kräfte, holte weit aus und rammte die Kante des Klotzes gegen Oves Schläfe. Ein gewaltiger Krampf durchzuckte den ganzen Mann, seine Augenlider flogen auf, aber Tone hatte erneut ausgeholt und schlug ein zweites Mal zu. Der starke Körper, der sich eben noch aufbäumen wollte, erschlaffte und rührte sich nicht mehr. Nichts war zu hören, nur ihr eigenes Ächzen erfüllte den Raum.

Alles hätte noch gut werden können, dachte sie, während sie Oves nasse Schuhe aufschnürte. Es war nicht die Erfüllung gewesen, die sich ein Mädchen von der Ehe erhoffte, aber mit gutem Willen hätten sie das Beste daraus machen können. Und sie war bescheiden gewesen, hatte immer versucht, es ihm recht zu machen, auch wenn *sie* den Hof in die

Ehe eingebracht hatte. Denn sie durfte dankbar sein, dass er sie überhaupt genommen hatte, nach all dem, was vorgefallen war. Sie hatte ihm auch vieles durchgehen lassen, seine Wutausbrüche und dass er anderen Frauen nachblickte. Aber jetzt war er zu weit gegangen, wollte sie von ihrem eigenen Hof vertreiben, ihn allein für sich und die andere haben …

Mit weit aufgerissenen Augen starrte er sie an. Jeden Tag sah sie in gläserne, tote Augen, wenn sie den Fang zerlegte. Sie zog ihm die Strümpfe von den Füßen und die Hosen von den hellblond behaarten Beinen. Die Wunde am Kopf blutete nicht so stark, wie sie befürchtet hatte. Sie dachte daran, wie oft er auf ihr gelegen und sich stöhnend in ihr ergossen hatte. Ein Kind hätte ihre Ehe vielleicht retten können …

Jetzt lag er nackt vor ihr mit eingeschlagenem Schädel. Sie zog ihren Rock aus und schlüpfte in seine Hose. Sie war nur wenig kleiner als er, ihre Füße hingegen waren deutlich schmaler und nicht so lang. Die Schuhe wirkten wie Boote daran. Aber im trüben Licht der Dämmerung würde es nicht auffallen. Sie drehte Oves weißen Körper zur Seite, legte die gewebte Decke darüber, zog dann seine Jacke an und setzte sich seine Wollmütze auf.

Vor der Haustür machte sie einigen Lärm. Es war die richtige Zeit. Die Küche von Nachbar Larsen war erleuchtet, jemand schaute aus dem Fenster und atmete kleine Wolken; Larsen war es selbst. Einen Moment befielen sie Zweifel, aber er würde kaum mehr als ihre Umrisse erkennen können, so wie sie seine. Sie hob den Arm zum Gruß, wie es Ove immer getan hatte, und entfernte sich schweigend in Richtung der Straße.

Nach einer guten Stunde schloss sie von außen die hintere Tür auf, die nach den Ställen ging, und spitzte beim Eintreten die Ohren. Sie hatte plötzlich Angst vor dem Anblick in der Stube, vielleicht waren die Trolle von der Kommode gesprungen, kletterten die Wände hoch oder tanzten wild umher, und Ove würde ihr mit blutendem Kopf den Weg versperren und schäbig grinsen. Doch es war still im Haus. Sie riss die Wollmütze vom Kopf und schnürte die Schuhe auf. Im Flur stank es nach verbranntem Fisch und in der Stube lag eine zugedeckte Leiche.

AN BORD DER MS MYTHOS

1

Vielleicht hatte Margo Sebald die Kreuzfahrt nach Norwegen nur gebucht, um dem hochgewachsenen Hünen mit milchweißer Haut zu begegnen, dessen muskulöser Körper von der großen Zehe bis zum Hals mit weichen hellblonden Haaren bedeckt war, an die man sich perfekt ankuscheln konnte …

Ausgerechnet so einer soll auf dich warten, auf eine mit zwei leeren Körbchen, die im Gesicht noch grün ist von der Chemo und morgens zwei Stunden vor dem Spiegel hart arbeiten muss, um ihrem Selfie vom Vortag zu ähneln?

Ein unangenehmer Wind zog um ihre Ohren. Der Himmel sah schwer aus und drohte, sich auf den Rathausturm von Kiel setzen zu wollen. Von Deck 14 aus wirkte die Stadt schutzlos, die Menschen unten am Ostseekai erschienen wie bemitleidenswerte Mehlwürmer, die jeden Augenblick einen Luftangriff von großen schwarzen Vögeln zu erwarten hatten.

Noch sind wir nicht ausgelaufen, noch kannst du springen und triffst genau unten vor den Füßen der Check-in-Halle auf die Betonplatten. Hast du dir das nicht immer gewünscht? Größer kann die Show nicht sein. Ein dankbares Publikum und tausendfacher Aufschrei. Vielleicht würde eine der alten Wachteln vor Schreck von ihrem Kabinenbalkon fallen, dann wärst du unten nicht so allein. Und für die Presse gäbst du ein Bild ab, wonach sich jeder Frühstücksleser die Finger leckt. Verdrehte Arme und Beine, aufgerissene, starre Augen, Rinnsale von rubinrotem Blut aus Mund und Nase. Dann folgen hektische Aktionen, Sirenengeplärr, sie versuchen, dich zu retten, natürlich vergeblich … ein beneidenswerter Abgang.

Margo trat zwei Schritte von der Brüstung zurück. Ihre rechte Hand zitterte. Sie hätte wissen müssen, dass jeder Versuch zwecklos war, *Anders* abzuschütteln. Er würde sie von einem Hinterhalt in den nächsten locken. Vielleicht hatte er sogar recht und es bliebe ihr eine Menge erspart, wenn sie ihm schon am Anfang der Reise nachgeben würde …

In dem Moment schloss sich ein fester Griff um ihr Handgelenk. »Hey!«, raunte ein sanfter Bariton neben ihr. »Nur die Sorgen über Bord werfen! Der ansehnliche Rest wird noch gebraucht.«

Sie wandte sich der Stimme zu. Die Träne in ihrem rechten Auge schien er nicht zu bemerken. Modebewusst bekleidet mit einem hellen Leinen-Jackett und einem blaugrün gemusterten Hemd war er anscheinend kein Mitglied der Crew, attraktiv, aber schon älter. Ihr fiel der amerikanische Filmschauspieler ein, der das Klischee für diesen Typ Mann abgab. »Sie können jetzt ruhig loslassen«, sagte sie.

»Aber nur, wenn Sie ganz sicher sind.«

»Das bin ich. – Ich danke Ihnen, auch wenn es nicht so dramatisch war, wie es offenbar gewirkt hat. Mit wem habe ich das Vergnügen?«

Ein ohrenbetäubendes Getöse schnitt die Antwort ab. Sie hielten sich nicht weit vom Schornstein auf. Nach dem dritten langen Signal begann das Schiff an der Kiellinie entlangzukriechen, und Margo bildete sich ein, eine leise Bewegung durch die stählernen Stockwerke unter ihren Füßen zu spüren.

»Nennen Sie mich, wie Sie wollen«, antwortete er in den sentimentalen Musical-Song hinein, der jetzt über Lautsprecher eingespielt wurde. Ihrem spöttischen Blick hielt er stand. Möglicherweise war er ein Betrüger und wollte sich auf diese Weise anschleichen. Sie hatte ja keine Ahnung, wer alles auf so einem Unglücksschiff verkehrte. Oder er war verrückt, ein verrückter Millionär oder ein durchgeknallter Professor. Respekt dafür, eine ausgeklügelte Masche und nicht ohne Charme, doch verrückt war sie selbst genug. »Vielen Dank für Ihre Freundlichkeit«, wiederholte sie, »aber …«

»Nein, im Ernst. Ich bin Ihr Schatten auf dieser Reise, und Sie bestimmen, wie dieser Schatten heißen soll. Darf ich Sie zum Sektempfang in die Lounge begleiten?«

*

Wie ein Floh auf der Pflugschar kam sich Holk Sonntag vor, als er den Panoramablick seiner Suite im Bug des Schiffes das erste Mal beanspruchte. Sie nahmen Kurs auf endlose graue Felder. Der Anfang von Bruckners Achter fiel ihm ein. Aus dem flirrenden Nichts, dem Urgrau, kriecht ein unscheinbares Ding … und bei Bruckner wurde die Apokalypse daraus.

»Einmal Urlaub in fünf Jahren und du buchst eine überteuerte Pauschalreise …« Ja, er hatte Winnies Wunsch ignoriert. Ihm war vollauf klar gewesen, dass er damit Bielers Angebot missachtet hatte, den Urlaub auf dessen Jacht zu verbringen, die in Waren/Müritz festmachte, natürlich ohne einen Cent dafür zu verlangen. *Eine* Woche, eine schlichte Woche, die sie sich endlich einmal gönnten, und wieder sollte er sich zum Gefangenen machen? Nur weil Bieler ihm seine Unterstützung angeboten hatte, wenn es eng werden sollte? Zugegeben, auch ihm stand das Wasser bis zum Hals wie den meisten mittelständischen Verlagen. Aber Sonntag hatte doch schon den lausigen Krimi von Bielers Frau bei Kaleidoskop erscheinen lassen. – Er hatte das so satt.

Dünne Streifen auf der Panoramascheibe. Regen. Eine Woche Fjorde im Regen und noch dazu Nebel. Womöglich würden sie die ganze Zeit verzweifelt zwischen den Felsen herumirren, morgens bis abends begleitet von Tutsignalen, damit die Pötte nicht kollidierten.

Wo waren seine Zigarillos? Rauchen nur auf dem Balkon. Der Fernseher bot jedenfalls alle gängigen Programme in bester Qualität. Ihm fiel ein, dass sie um fünf alle auf Deck 3 erscheinen mussten, ausnahmslos, zu einer Sicherheitsübung nach EU-Verordnung. Das hatte Winnie natürlich nicht gepasst. »Es reicht doch völlig, wenn *du* dir das anschaust. Du kannst mich ja dann vor dem Seeungeheuer retten.«

»Ich werde nie wissen, wie man das macht, sich vor einem Ungeheuer zu retten«, hatte er erwidert. Sie hatte es ignoriert und festgestellt, dass es an Bord einen französischen Coiffeur gab und sie unmöglich mit *den* Haaren …

Ein Blick auf sein Handgelenk sagte ihm, dass noch eine gute Stunde zwischen jetzt und der Rettungsübung lag. Sollte er in eine der Bars gehen und sich einen Drink genehmigen? Das Einzige, was ihn bei den allgemeinen Aussichten locken konnte, auch wenn die Galle protestierte.

Zuerst meinte er, sich verhört zu haben, dann realisierte er das Klopfen. Es kam von der Tür zum Flur. Aber Winnie hatte eine Codecard wie er, warum sollte sie klopfen? Vielleicht funktionierte die Schließanlage wieder nicht richtig wie beim Einchecken, da hatte es endlos gedauert, bis das Schloss auf den Code reagiert hatte. Er wollte die Tür von innen öffnen, als es plötzlich doch klappte und …

»Oh, Sir«, sagte ein überraschter, junger Mann, »Service, Sir … bitte um Entschuldigung, ich dachte …« In der rechten Hand hielt er zwei Flaschen. »Wasser, Sir, für Sie, Sir, mit Gas und ohne Gas …«

Sein Gesicht war eine strahlende Sonne, während er die beiden Flaschen neben die Espressomaschine auf dem Sideboard anordnete, und seine Haut hatte die Farbe von Zimt. Er war hochgewachsen, nicht wie die Asiaten, die selten die eins siebzig überschritten, die Handflächen schimmerten hell. Afrikanischer Einschlag, dachte Holk Sonntag, auch nach der breiten Nase und den aufgeworfenen Lippen zu urteilen, die Augenbrauen und die Kopfform wirkten allerdings eher europäisch. Alles in allem eine ausgesprochen gelungene Mischung …

Jetzt drehte der junge Mann sich um. Sein Lächeln traf ihn frontal, was Holk fast verlegen machte. »Mein Name Joan, Sir … Ich Service für Sie … immer rufen Joan.«

»Danke«, murmelte Sonntag, »im Augenblick brauchen wir nichts. Nur meine Frau lässt fragen, ob sie auf die Sicherheitsübung verzichten könne. Sie fühlt sich heute nicht so gut.«

»Oh, Sir, leider Sir …« Wie er sich wand und um Verständnis buhlte, dass es keine Ausnahmen gebe, Vorschrift, Sir, alle Kabinen würden kontrolliert. »Übung ist nur kurz, Sir, sehr kurz, und dann Captain's Party oben auf Deck 12 …«

»Schon gut«, sagte Sonntag, während ihm etwas auffiel. Er war doch nicht so perfekt, der junge Adonis, sein rechtes Ohr stand etwas ab und wirkte wie schief angewachsen. Er hätte in diesem Augenblick nicht sagen können, ob es ihn störte oder eher beruhigte.

»Einen schönen Abend, Sir«, sagte Joan und verbeugte sich kurz. »Nicht vergessen, wenn Wunsch, Joan rufen.«

Sonntag nickte nur. Als der Mann vom Service die Tür hinter sich zugezogen hatte, entschied er endgültig, in der großen Lounge einen Drink zu nehmen. Davor würde er sich umziehen und Winnie eine SMS schicken.

*

Wie die Heringe drängten sie sich während der Sicherheitsübung. Die glaubten doch nicht im Ernst, dass er sich bei Gefahrenmeldung in eine dieser Schwimmwesten zwängen würde. Wem konnte *er*, Guntram Fellner, mit seinen 94 schon noch nützlich sein? Außerdem würde es ihm nicht im Traum einfallen, das Schiff im Stich zu lassen wie dieser Hundsfott, dieser Italiener, von dem er in der Zeitung gelesen hatte. Für ihn gab es nur *eine* Möglichkeit, es wie die Kameraden zu machen, als sie die Blücher vor Oslo verloren geben mussten. Befehl ist Befehl. Und die meisten hatten den Befehl befolgt und waren bis zuletzt auf dem Schiff geblieben.

»Hilde, wie heißt dieses Schiff?«

»Es heißt ›Mythos‹, Opa.«

»Und ist es deutsch?«

»Ja.«

Wenigstens das. Seiner Meinung nach bedeutete die Reise zu viel Aufwand. Aber er wollte nicht der nörgelnde Alte sein, dem man nichts recht machen konnte, er wollte den Kindern das Gefühl lassen, ihm etwas zurückgegeben zu haben, bevor es zu spät war. Außerdem gab es diesen anderen Grund, aus welchem ihn diese Reise ebenso anzog, wie sie ihn abstieß …

Die Geblümte mit dem ausladenden Vorbau neben ihm rümpfte jetzt die Nase. Auch Hilde schien es zu riechen. »Ach, Opa!«, zischte sie ihm ins Ohr.

Was hieß hier *Opa*? Wozu die Aufregung? Schließlich hatte sie ihn selbst abgedichtet wie einen Säugling. Im Übrigen war der Sitz seiner elektrischen Minna aus Kunstleder und abwaschbar. So war das nun mal, wenn die Schließmuskeln den Befehl verweigerten und der Stoffwechsel desertierte. Dagegen war man machtlos. Vermutlich war es bei Hindenburg, Churchill und Adenauer nicht anders gewesen, und die Geschichte des 20. Jahrhunderts hatte mehr mit

der Funktion der Schließmuskeln zu tun, als bisher angenommen.

»Sei doch froh, dass du hier wegkommst«, raunte er. Aber
Hilde wandte sich gnadenlos ab und lauschte dem nutzlosen
Vortrag auf dem Monitor wie einer Predigt ihres vergötter-
ten Pfarrers Wilhelmi aus Oberbarmen.

✳

Das Klappern und Klirren im Selbstbedienungsrestaurant
schwoll an und die Menschen drängten sich immer mehr. Wo
war seine Jutta? Jürgen Wörner befand sich auf der Höhe
des zartrosa Beefs an Prinzessbohnen und dem Wildbra-
ten mit Zucchinigemüse, weiter links begann die Theke mit
vier Sorten Fisch, Blumenkohlröschen, weißem und grünem
Spargel, hellen und dunklen Soßen, Kartoffeln, Rösti und
Spätzle, gefolgt von exotischen Früchten und rot leuchtenden Erdbeeren mit Schlag, Schwarzbrot, Bauernbrot, Kür-
biskernbrot, kalten Platten und dem Süßigkeitenmarathon.
Auf der anderen Seite die Grillstation, an der ein strahlend
weiß gekleideter Koch in Front der Menschenschlange eine
ganze Hammelkeule zerlegte und mundgerecht portionierte,
am Ende das Kids-Büfett und die Getränkemaschine mit
den Gläserregalen.

Sein Blick ging die Fensterfront entlang und blieb am dritten Tisch von links haften. Da saß sie, seine Jutta, vertieft in
den schiefergrauen Abendhimmel. Das Wetter war wider-
spenstig, aber man musste es hinnehmen. Und sie waren es
gewohnt hinzunehmen. Was ihnen nach der Wende alles versprochen und dann nicht erfüllt wurde … Aber das stimmte
ihn nicht wehmütig. Es war etwas anderes. Sie hatten sich
gewünscht, einmal glücklich zu sein, nach allem. Kerstin
und Jens waren aus dem Haus und lagen ihnen nicht mehr

auf der Tasche. Sie wohnten günstig zur Miete mit kleinem Gärtchen, hatten beide eine auskömmliche Rente, wovon sie sich von Zeit zu Zeit etwas leisten konnten. Die besten Voraussetzungen, rund um die Uhr glücklich zu sein, doch es ging nicht. Auch wenn sie erst ein paar Stunden auf diesem Luxusliner waren, wusste er, dass sich daran bis zum Ende der Reise nichts ändern würde, Wetter hin, Wetter her. Und Jutta schien es auch zu wissen. Sie hatten alles zum Glücklich-Sein und doch ging es nicht. Es lag nicht einmal daran, dass sie beide aufpassen mussten, er wegen Blutdruck und sie wegen ihres Magens, schließlich hatte jeder etwas mit fast 70.

»Oh, Entschuldigung«, sagte ein hochgewachsener, schlanker Mann, der ihm beinahe den Teller in die Seite gerammt hätte. Er sah ihm dabei nicht ins Gesicht, sondern nur auf seinen Teller. Man schaute sich immer noch gegenseitig auf den Teller. Selbst hier, wo alles angeboten wurde und man sich unbegrenzt Nachschub holen konnte. Es würde sie immer geben, die Rechner, dachte er, die erst dann zufrieden waren, wenn sie glaubten, ihren Nachbarn ausgestochen zu haben. Die ewige deutsche Krankheit …

Auf seinem Teller lag nicht viel, zwei Scheiben von dem Schweinebraten mit brauner Soße, etwas Blumenkohl und Kartoffeln, für Jutta das gleiche. Bier hatte er schon vorher gezapft und an ihren Tisch gebracht. Sie aßen Schweinebraten wie zu Hause, dabei boten sich Delikatessen an, Austern und Oktopussalat, und sie hatten sich das alles verdient und bezahlt wie die anderen. Er konnte es sich selbst nicht erklären, warum ihn dieser Überfluss so melancholisch stimmte …

Mit den Tellern in der Hand setzte er sich in Bewegung. Mittlerweile waren alle Tische besetzt. Im Vorübergehen schnappte er ein paar Brocken Sächsisch auf. Keine Schau ohne Sachse. An einem anderen Tisch verschluckte sich ein Kleinkind und spuckte Spinat auf seinen Teller. Versehentlich streifte er die Schulter eines Herrn, der gedankenverloren vor seinem Rotwein saß. Als er sich entschuldigte, zuckte der nur mit den Mundwinkeln. Am Fensterplatz angekommen, setzte Jürgen Wörner seiner Jutta den Teller vor. Erst später, als das frische Bier seine Kehle hinunterrann, fiel ihm plötzlich auf, dass er diesem Zucken schon früher begegnet war ...

2

Margo hatte lieber darauf verzichtet, den Gentleman von Deck 14, der möglicherweise ihr Leben gerettet hatte, in die Lounge zu begleiten. Irgendwie war er ihr unheimlich vorgekommen, auch hatte sie keine Lust auf Small Talk gehabt, musste noch auspacken und diese Sicherheitsübung absolvieren. Wenn er seine Ankündigung wahr machte, würde sie ihm ohnehin noch öfter begegnen. Seltsam, dass er gar nicht nach ihrem Namen gefragt hatte ...

Gegen 19 Uhr saß sie in ihrem klimatisierten Appartement am Schreibtisch, der sich wegen der langen Spiegelfront auch als Toilettentisch eignete, und versuchte, sich auf ihre Lippen zu konzentrieren. Pink oder besser orange? Cool und aufreizend oder lieber warm und weich? Sie hatte sich entschieden, im Golden Gate zu speisen, im Prospekt beschrieben als *das* Bordrestaurant mit Ambiente. Es war ihr nach blendend weißer Tischdecke, exakt drapiertem Besteck, einer wie ein gespreizter Pfauenschwanz gefalteten Stoffserviette und dunkelrotem Wein in langstieligem Glasballon, dazu diskreter Swing vom Klavier bei Kerzenschein. Die Kulisse würde ihr Halt geben. Sie musste nur aufpassen, dass sie nicht plötzlich in Tränen ausbrach. Auch hatte sie kaum Appetit, aber das sei völlig normal, hatte Stubben gesagt. Der Hang zur Dramatik würde verfliegen und der Appetit komme allmählich wieder, wenn sie brav ihre Tabletten nehme. Sie vertraute ihm, er hatte sich als Therapeut bewährt, sie aus ihrem Depressionssumpf gezogen. Er hatte sie auch überzeugt, dass sie sich ohne schlechtes Gewissen frei fühlen dürfe, weil sie an Armins Tod keine Schuld treffe. Und es hatte gewirkt bis zu dem Tag, als die Diagnose Brustkrebs kam. Nach Chemo und Bestrahlung meldete sich auf einmal eine Stimme bei ihr, eine Männerstimme, die nur sie hörte, die sie *Anders* nannte und die auf hinterlistige Weise versuchte, sie zu zerstören …

Sie könne *Anders* nur besiegen, wenn sie ihre Nase so tief wie möglich in die Angelegenheiten anderer Leute stecke, hatte Stubben ihr geraten, dafür sei eine Kreuzfahrt wie geschaffen.

»Wie meinst du das?«, hatte sie etwas pikiert zurückgegeben.

»Frag die Leute aus, interessiere dich für ihre Geschichten, für ihren Geschmack, wen sie wählen und wen sie am liebsten ermorden würden –«

»Und dann?«

»Versprechen kann ich natürlich nichts. Aber wenn du ernsthaft damit angefangen hast, wirst du schon bald die heilsame Wirkung spüren. Und du hast immer die Entschuldigung, deiner Neugier aus gesundheitlichen Gründen nachgegeben zu haben.«

Dieser Quacksalber lebt ganz gut von seinem Geschwätz. Und die Patienten laufen ihm blind hinterher in ihrer jämmerlichen Vertrauenssucht. Schafe und Idioten, und du willst unbedingt dazugehören? – Takelst dich auf, um irgendeinem Kellner schöne Augen zu machen. Wie armselig muss man sein, um diesen Bordsklaven eine verlogene Schmeichelei abzunötigen? Sieh doch ein, dass du nur noch eine Gnadenfrist hast. Der Krebs hat gerade keinen Appetit, aber das ändert sich schnell, dann frisst er an einer anderen Ecke, wo die Strahlen ihn nicht erreichen können. Sei clever und mach vorher Schluss …

Ihr Mund fühlte sich plötzlich staubtrocken an. Die einzige Hoffnung für den Abend bestand darin, *Anders* mit Rotwein zu betäuben, wenn nötig mit einer ganzen Flasche. Sie griff zum Lippenstift, Pink lenkte besser ab von der Faltenansammlung, die sich seit der Behandlung in ihren Augenwinkeln ausbreitete. Wie sollte sie die Kreuzfahrt nur bis zum Ende durchstehen?

Klopfen an der Tür. Ob es wieder dieser Joan vom Service war? Reizend der Akzent und er sah wirklich gut aus, wenn man auf kreolische Katalanen stand. Sicher würden ihm in kürzester Zeit alle Frauen an Bord zwischen 14 und 84 zu Füßen liegen. In Barcelona geboren, hatte er ihr erzählt, Mutter aus Afrika, Vater spanischer Hafenarbeiter. Und er sei glücklich, dass er auf dem Schiff arbeiten dürfe. »Glücklich«, hatte er auf Deutsch gesagt, sogar ihren Namen hatte er schon gelernt: »Frau Sebald.«

Wieder klopfte es. Sie stand auf und warf einen Blick durch den Spion in der Kabinentür.

*

Zuerst waren Holk und Winnie Sonntag mit dem Lift nach oben in das Selbstbedienungsrestaurant gefahren. »Unerträglich, wie im Affenkäfig«, hatte Winnie gefunden. Der Andrang war wirklich immens gewesen und die Geräuschkulisse penetrant wie in einem Kaufhaus zum Schlussverkauf. Dann waren sie nach unten gefahren, um ihr Glück im Golden Gate zu versuchen. Ohne jeden individuellen Touch, so Winnies Meinung zu dem Ambiente, aber sie waren geblieben. Die Suppe lag hinter ihnen. Winnie hatte dazu geschwiegen, kein unbedingt schlechtes Zeichen. Hatte er sich schon zu ihrer neuen Frisur geäußert? – »Ich finde, der Coiffeur hat dich sehr gut getroffen, besonders das Sanftmütige in deinem Typ«, sagte er.

»Du wiederholst dich, Holk«, erwiderte sie, ohne von ihrem Tablet-PC aufzusehen. Wozu brauchten sie eigentlich eine Cheflektorin, wenn Winnie ihr nichts zutraute? »Du hast es doch selbst erlebt, wie einem die besten Manuskripte durch die Lappen gehen können, wenn der Lektor überfordert ist ...«, begründete sie ihr ständiges Eingreifen.

Genau *ein* Mal war es passiert, ein einziges Mal. Gut, damals entging ihnen eine hübsche Summe und bis heute vielleicht das Doppelte, aber echte Bestseller waren nun einmal Ringeltäubchen und würden es immer bleiben, Planung hin, Marktanalyse her.

Am Nachbartisch in einiger Entfernung saß ein Pärchen, die meisten Tische waren noch unbesetzt. Im Gegensatz zu dem Schnellrestaurant war es direkt einsam hier, er hätte sich gern etwas unterhalten, auch über banales Zeug. Die Pianistin war die einzige weibliche Angestellte, fiel ihm auf. Nicht besonders originell, wie sie das Gershwin-Medley herunterspielte, konventionelle Harmonien, aber immerhin Livemusik. Das Pärchen am Nachbartisch unterhielt sich anscheinend gut, die Frau im kleinen Schwarzen und mit den pinken Lippen, die anfangs etwas verkrampft gewirkt hatte, entspannte sich sichtlich. Der Mann erinnerte ihn an – doch der

Name des Schauspielers, der kürzlich die Anwältin geheiratet hatte, fiel ihm nicht ein. Für Kaffee machte er auch Reklame. Ihm kam spontan eine Idee. Wie wäre es mit Kaffeekapseln und *Büchern? – Winnie in Großaufnahme, sie nimmt ihre Brille von der Nase und lächelt in die Kamera.* Wenn sie gut gelaunt war, konnte sie sehr gewinnend lächeln. *Dann sagt sie mit warmer, beinahe lasziver Stimme, in der Linken das Buch, in der Rechten baumelt die Brille:* »*Wenn ich nicht gerade X-Kaffee trinke, dann lese ich ein Buch vom Kaleidoskop-Verlag. Guter Geschmack verbindet.*« Oder sollte sie nicht gleich auch Werbung für Brillen machen?

»Das Angus Steak Hawaii an jungem Kohlrabi-Gemüse und Kartoffelecken«, sagte der Kellner. »Bitte sehr, die Herrschaften, guten Appetit.«

Sie sahen fast alle gut aus, die Kellner, die hier arbeiteten, und alle waren sie jung. Beinahe hätte er es laut gesagt, konnte sich aber gerade noch beherrschen. Winnie hatte ihn ohnehin schon fixiert mit diesem Blick, der ihr verdammt noch mal nicht zustand. Er brauchte keinen, der auf ihn aufpasste, der sein Leben bewachte. Was bildete diese Kuh sich eigentlich ein? Als unscheinbare Brillenschlange hatte sie damals vor seinem Schreibtisch gestanden, und halb aus Mitleid hatte er sie eingestellt. So und nicht anders war sie in den Verlag gekommen, den *er* aufgebaut und den *er* in Düsseldorf zu einem Begriff gemacht hatte. Und jetzt tat sie, als hätte niemand außer ihr Ahnung vom Geschäft.

»Schmeckt es dir, mein Schatz?«, fragte er und zersägte das blutige Stück Fleisch auf seinem Teller.

*

Hilde hatte es zuerst nicht erlaubt, weil es sich draußen stark abgekühlt und sich der feuchte Nebel dazugesellt hatte. »Ach was, es ist Ende Mai!«, hatte Guntram darauf bestanden. Schließlich hatte sie nachgegeben, ihn bis zum Bauch aufwärts in eine Decke gewickelt, eine zweite um seine Schultern gelegt und ihn in seiner elektrischen Minna auf dem Balkon geparkt.

Nach ein paar Minuten stellte er fest, dass es stimmte, was sie gesagt hatte, es frischte auf, fühlte sich an wie März. Er hatte vergessen, dass der Sommer im Norden erst später kam. Die raue Seeluft rieb ihm über das Gesicht und ein paar Stockwerke unter ihm plätscherte die Ostsee, viele kleine Wellen, die scheinbar harmlos an der Oberfläche leckten, aber das Meer war ein riesiger Schlund und auf seinem Grund erstreckte sich ein endloser Friedhof.

Der Nebel war noch dicker geworden. Keine hundert Meter Sicht, wenn er sich nicht täuschte, denn seine Augen taugten nicht mehr. Er hatte Hilde gefragt, wann sie über Skagerrak und Kattegat in die Nordsee wechseln würden. Daraufhin hatte sie ihn wie ein Opossum angestarrt und nur mit den Schultern gezuckt. Warum verstand ihn niemand mehr? Vielleicht lag es daran, dass inzwischen zu viele Vorhänge gefallen waren. Und er war nicht unschuldig, jedes Schweigen war so ein Vorhang, jede Lüge.

Nach dem Essen hatte Alex ihn gefragt, ob er noch auf einen Cocktail mitkommen wolle, Max dürfe auch dabei sein, es gebe Cocktails ohne Alkohol. »Komm doch mit, Uropa«, hatte Max gebettelt. Maximilian war sein Liebling und ziemlich hell im Kopf für seine sechs Jahre. Einmal hatte er zu ihm gesagt: »Wenn ich alt bin, möchte ich auch so ein geiles Auto haben wie du«, und damit seinen elektrischen Rollstuhl gemeint. Guntram hatte seit Langem wieder einmal gelacht. Der Kleine konnte einem Mut machen …

Aber Hilde hatte ihm von der Seite einen warnenden Blick zugeworfen. Und er musste ihr wieder einmal recht geben.

Ein Cocktail würde sofort durchschlagen, er hatte derzeit einen empfindlichen Magen, weiß der Himmel woher, oder war es die Aufregung? – Nie war er krank gewesen, »den eisernen Guntram« hatten sie ihn genannt, egal, was angesagt war, vor keiner Arbeit hatte er sich gedrückt. Das war der Grundstein seines Erfolges, der Firma und der Familie. Dass es *Fellners* gab, hatten sie vor allem seinem Durchhaltevermögen zu verdanken. Aber von den Zeiten, als es vor allem *darum* ging, wollte keiner mehr etwas hören. Heute zählten nur Innovation und Ideen, und jetzt rümpfte man die Nase, weil der alte Guntram nach Scheiße stank. Ja, so war es. Wenn er das laut aussprach, schimpfte Hilde mit ihm und sagte, dass man so nicht reden dürfe. Selbstverachtend wäre das, und Pfarrer Wilhelmi würde immer sagen, man dürfe sein Licht nicht unter den Scheffel stellen. Kein Wunder, dass sie keinen abgekriegt hatte. Wer hört sich schon gern den ganzen Tag Pfaffensprüche an? Aber sie war seine Enkelin, und er liebte alle aus der Familie, ohne Ausnahme, man musste zusammenhalten, das machte die Stärke einer Familie aus.

Von irgendwo schimmerte ein rotes Signal durch die trübe Suppe. Nebenan auf dem Balkon hörte er, wie Stühle über den Boden gerückt wurden. Jemand räusperte sich, jetzt konnte Guntram es riechen, der Nachbar rauchte, Zigarre, eine Brasil. Er schnupperte ihrem Aroma nach. Warum hörte er auf Hildes albernes Geschwätz? Gab es für ihn mit seinen 94 *einen* vernünftigen Grund, auf eine Zigarre zu verzichten? Er schüttelte verständnislos den Kopf und während er den Tabakduft in seine Lungen sog, drang er in Gedanken durch den Nebelvorhang und blickte durch die Jahrzehnte, als er sich das erste Mal auf der Passage befand …

*

Als Jürgen Wörner von seinem Fensterplatz aus noch einmal einen Blick in das Gesicht des Mannes mit dem Zucken um den Mundwinkel werfen wollte, war der schon verschwunden, untergegangen in der geschäftigen Menge. Nur sein Glas stand noch da, das im selben Augenblick von einem Kellner abgeräumt wurde. Ein Wisch mit dem feuchten Lappen über die Tischplatte und keine sichtbare Spur mehr, kein Indiz dafür, dass der Mann jemals da gesessen hatte, dass er überhaupt existierte.

Jürgen öffnete den zweiten Kragenknopf. Immer wenn er sich aufregte, spürte er das Pulsieren seiner Halsschlagader. Sein Blutdruck war dann bei 190 oder sogar darüber, trotz der Medikamente. Das könne gefährlich werden, war die Meinung von Dr. Grabow aus Ludwigslust, seinem Hausarzt, er müsse Aufregung unbedingt vermeiden, sonst drohe ein Schlaganfall, und er wolle doch seine Rente so lange wie möglich genießen, den Staat schröpfen, wo man könne.

»Du hast einen knallroten Kopf«, sagte Jutta eine halbe Stunde später, als sie in einer Bar mit Buddelschiff und antikem Steuerrad aus Holz saßen und noch ein Bier tranken.

»Lass uns gehen, ich muss mich bewegen«, erwiderte er. »Wolltest du nicht nach einer Handtasche sehen?«

Jutta sah ihn erstaunt an. Er würde seiner Jutta nichts von dem Mann erzählen. Sie hatten sich geschworen: Vorbei ist vorbei. Aber vielleicht war es das, was falsch in ihrem Leben lief. Nichts löst sich von selbst, nichts kann man totschweigen. Es stellt sich nur tot und lauert auf den richtigen Zeitpunkt, um einen wieder anzufallen. Und dieses Zucken … Jürgen war sicher. Er erinnerte sich nicht mehr genau an das Gesicht des Mannes, aber an das Zucken. Und vielleicht an die Augen, er hatte ihm tief in die Augen gesehen, damals, nur kurz, Sekunden, aber das, was er da gesehen hatte …

»Guten Abend, liebe Gäste, hier spricht Ihr Kapitän von

der Brücke. In 15 Minuten startet unsere nostalgische Schlagershow aus Ost und West mit dem Gesangs-und-Tanz-Ensemble der ›Mythos‹ im großen Theater. Viel Vergnügen dabei!«

Jutta bekam glänzende Augen. Wenn sie Schlager wollte, dann würden sie Schlager hören. Er fühlte sich dort wohl, so sich seine Jutta wohlfühlte. Vielleicht würde auch der Mann mit dem Zucken Lust auf Schlager haben. So ein Schiff hatte zwar jede Menge Decks und es passten locker 2.000 Passagiere hinein, aber vorn und hinten war Wasser. Jürgen würde ihm schon wieder begegnen und ihm noch einmal in die Augen sehen, ganz tief.

3

Kurz vor 12 waren die Schritte über ihr verstummt, und außer vereinzelten Stimmenfetzen vom Gang her vernahm Margo nur das gleichmäßige Geräusch der Klimabox in ihrer Kabine. Lieber hätte sie vom Bett aus dem Rauschen des Meeres zugehört, aber die Schiebetür zum Balkon schloss hermetisch, die See war ausgeknipst, sobald sie einrastete, und bei geöffneter Tür konnte sie nicht schlafen. Sie dachte an den Abend zurück.

Natürlich hatte sie das Gesicht durch den Spion in der Kabinentür sofort erkannt, als sich *Anders* einmischte: *Selbst wenn er sich unsterblich in dich verknallt haben sollte, glaubst du wirklich, dass er sich im Bett mit deiner erbärmlichen Resterotik begnügen wird? Vermutlich spekuliert er, dass es bei dir etwas zu holen gibt, oder er ist ein abgebrühter Sadist, der dich heißmacht und dann in Eiswasser taucht, um zu genießen, wie es zischt. Bevor du dich auf solche Typen einlässt, gib dir lieber die Kugel …*

In dem Moment hatte sie schon die Klinke gedrückt. »Woher kennen Sie meine Kabinennummer …?« war ihre erste, ziemlich unfreundliche Reaktion gewesen. Aber das machte ihn keineswegs verlegen. »Sie haben recht, frech von mir, mich danach zu erkundigen. Doch ich befürchtete plötzlich, dass Sie mich als Ihren Schatten nicht ernst nehmen könnten. Ja, ich weiß auch Ihren Namen, ich darf nur nicht sagen, woher.«

»Und wie ist bitte *Ihr* Name?«

»Wie ich schon sagte, das liegt ganz in Ihrem Ermessen.«

Einfach kindisch dieses Spiel.

»Also, was wollen Sie von mir?«

»Diese Frage kann ich Ihnen allerdings sehr präzise beantworten: Ich würde gern mit Ihnen essen gehen und wie ich annehmen darf …« Er grinste und genoss es anscheinend, den Augenblick exakt abgepasst zu haben. In seinem Aftershave lag eine Spur von Limone.

Ihr fiel auf, dass sie immer noch vor ihrer Kabine standen bei geöffneter Tür zum Flur, während die Leute an ihnen vorbeizogen. Vielleicht könnte es ein angenehmer Abend werden, dieser Mann hatte unzweifelhaft Humor, wenn ihm auch etwas Unseriöses, Suspektes anhaftete, aber direkt bedrohlich fand sie ihn nicht. Außerdem sah es besser aus, im Golden Gate mit Begleitung zu erscheinen. Im Stillen hegte sie die Hoffnung, dass er sie von *Anders* ablenken könnte. Sie musste nur vorsichtig sein, durfte ihm nicht zu viel von sich erzählen, und wenn er sie ernst nehmen sollte, schon gar nichts von *Anders*. Vielleicht würde es auch leichter werden als gedacht, ihn am Ende des Abends loszuwerden. Sie würde einfach »Nein« sagen, und ihr Schatten müsste mit schlechter Laune ins Bett gehen …

Der Rotwein und die Fischplatte im Golden Gate waren wirklich gut gewesen, gegrillter Kabeljau, Dorsch und natürlich Lachs, dazu gefüllte Auberginen und blanchierte Kartoffeln. Sie hatte nur wenig heruntergekriegt, aber sie konnte sagen, dass es ihr geschmeckt hatte. Nach langer Zeit wieder einmal. »Ich werde Sie *George* nennen«, hatte sie ihm gut gelaunt eröffnet.

»Und warum George?«

»George ist ein Mann, der jeder Situation gewachsen ist, den das Unglück immer verschont, der nicht einmal von einem Klavier getroffen wird, das aus dem dritten Stock fliegt und droht, auf ihn zu stürzen …« Und als sie das sagte, schien es ihr fast so, als hätte George genau im richtigen Augenblick ihr Leben gekreuzt. »Natürlich nur, wenn Sie einverstanden sind.«

Er lachte. »Wenn Sie meinen. Immerhin gab es einige Herrschaften aus Politik und Kunst, die diesem Namen zur Ehre gereichen: Washington, Orwell, Bizet …«

»Sieh an«, flachste sie, »*George* ist also auch ziemlich gebildet.«

Nach Anbruch der zweiten Flasche Rotwein war er so weit gegangen, ihr zu verraten, dass er im Finanzwesen tätig sei, ein einträglicher Beruf, aber nach fast 20 Jahren würde er bedauern, nicht Psychiater geworden zu sein. Dann säßen all die Gestörten von der Börse jetzt auf seiner Couch. Das sei wahrscheinlich noch einträglicher. Und sie hatte ihm von ihrem Vater erzählt, dem alten Benjamin, Oberstudienrat, der, solange er lebte, mit der ihm eigenen pädagogischen Gründlichkeit versucht hatte, ihre Träume zu liquidieren, die er für romantisch und infantil hielt. Seine erste Großtat war gewesen, ihr auszureden, eine berühmte Ausdruckstänzerin zu werden.

»Aber Ihr Vater kann Sie nicht mehr daran hindern, Ihren Traum doch noch wahr werden zu lassen, Margo«, hatte George seinen Charme spielen lassen. »Und wie ich sehe, sind Sie wie geschaffen für diesen Beruf …« Er hatte ihr gutgetan, dieser George …

Es war kurz vor zwei, sie brauchte frische Luft. Sie streifte den Bademantel über und zog die Schiebetür ein Stück auf. Das Rauschen und Platschen der Wellen war ganz plötzlich da, durch den kalten nächtlichen Fahrtwind bekam sie Gänsehaut auf ihren Schenkeln … Zum Abschluss hatten sie noch einen Sherry in einer der Bars genommen, und dann hatte George sie wieder überrascht: Er hatte auf jegliche zweideutigen Anspielungen verzichtet und war schon gar nicht darüber hinausgegangen. Lediglich bedankt hatte er sich für den schönen Abend und sich mit einem Lächeln verabschiedet.

Sie fühlte sich auf einmal stark, trat barfuß auf den Balkon hinaus und rief laut gegen die Nebelwand »Du bist ein Lügner, *Anders*!«, während sie den Handlauf der Brüstung festhielt. Sie horchte in sich hinein und wartete auf eine Antwort, eine schamlose, wie jede, die von *Anders* kam. Doch *Anders* schwieg.

Als Margo zwei Stunden später in ihrem Bett aufwachte, stand ihre Stirn in Schweiß. Sie hatte sich zu früh gefreut, *Anders* spielte wieder sein Spiel mit ihr. Sie setzte sich auf und trank hastig ein paar Schlucke Wasser aus der Plastikflasche, die unter dem Druck ihrer Finger knitterte wie ein Auto in der Schrottpresse.

✳

Ein fahler Lichtstreifen spiegelte sich im Grau der See, die Sonne war aufgegangen, aber der Nebel schien sich eingenistet zu haben. Gegen halb sechs am nächsten Morgen rauchte Holk Sonntag die zweite Zigarillo auf der Terrasse seiner Suite. Er hatte kaum geschlafen. Es lag *nicht* an den zwei Cocktails mit Wodka, die er zum Ausklang des Abends in der Jazz Bar getrunken hatte, denn seine Galle war friedlich geblieben. Es lag an dieser inneren Unruhe, die er nicht loswurde, dabei hatte er sich vorgenommen zu relaxen, nichts als zu relaxen ...

Vielleicht hätte er den Urlaub nicht buchen sollen, auch nach ziemlich genau fünf Jahren waren sie noch nicht reif für einen gemeinsamen Urlaub, nicht stabil genug, wie ein Mediziner sagen würde. Aber für das, was ihre Ehe zur Hölle machte, gab es keinen Arzt. Winnie hatte wieder einmal recht, vielleicht hätten Bieler und seine Frau sie von sich selbst abgelenkt, und sie hätten eine gute Zeit gehabt auf deren Jacht im Naturpark Müritz, wo es von Fischottern und Eisvögeln nur so wimmelte.

Jedenfalls hatte Winnie vorgesorgt. Außer bei den Mahlzeiten und zwei Ausflügen würden sie sich in der Woche kaum begegnen. Zusätzlich hatte sie Wellness gebucht, in allen Varianten über den Tag verteilt, es warteten Vorträge, ein Klassiktrio im Wiener Café, abends Shows im Theater oder Kabarett im kleinen Saal auf sie, heute fand um elf ein Austernfrühstück mit Champagner auf dem Pooldeck statt. Auf jeden Fall konnte er auf der Habenseite verbuchen: Ihre Suite war geräumig – das hätte Bieler ihnen nicht bieten können, getrennte Schlafzimmer mit eigenem TV – und jeder hatte ein breites, leeres Bett für sich allein ...

Der Fahrtwind war schneidend kühl, auch wenn er sich Hose und Pulli angezogen hatte. Er warf sich eine der Decken um die Schultern und setzte sich in den Klappstuhl.

Allmählich wurde er schläfrig. Ein Seetag im Nebel wartete auf sie – ein Gemälde mit weißer Kreide auf weißem Papier. Der Rauch des Zigarillos kratzte im Hals, er musste husten und griff nach der Flasche Mineralwasser, die auf dem kleinen Tisch stand, den man auch als Fußschemel verwenden konnte.

»Ich Joan, nicht vergessen, Joan rufen, wenn etwas brauchen!« – Vielleicht war er 25 oder nur ein wenig älter. Hatten seine Augen nicht merkwürdig geglänzt, als er das sagte? Holk kam es jetzt fast so vor. Er lehnte sich im Liegestuhl zurück. Das Bild ließ sich nicht vertreiben. Oder hatte er einfach nicht mehr die Kraft dazu? Der junge Mann war an ihm vorbeigegangen, kaum dass ein Blatt zwischen sie gepasst hätte, als er die beiden Flaschen mit Wasser auf das Sideboard gestellt hatte. Wollte er vielleicht eine Berührung provozieren, besser gesagt, ihr eine Chance geben? – In diesem Augenblick hatte er ihn gerochen, nur eine Ahnung von Geruch, denn im Raum lag schon ein künstlicher, hygienischer, der ihn fast überdeckte. Er hatte frisch und jung gerochen, vielleicht auch nach Schweiß, aber es war wie ein Duft gewesen … Joan – ein poetischer Name, Miró, der Ausnahme-Maler, hieß auch Joan mit Vornamen.

Holk hatte ihm auf die vollen Lippen geschaut, die andere Aussicht, die zwischen die Beine, hatte er sich verboten. Albern, damit konnte er nichts ändern, aber es war nun einmal die Buße, die er sich auferlegt hatte, und darüber hinaus in Winnies Gegenwart so zu tun, als wären sie ein ganz normales Ehepaar, ein Ehepaar mit einer gemeinsamen Tochter, Verena … Fraglich, wie lange er den ersten Teil der Buße noch ertragen konnte, dieser Verzicht war unmenschlich und vor allem sinnlos. Aber seit dem Abend, der alles zerstört hatte, war der Verzicht auf die Hälfte seines Lebens sein einziger Ausweg gewesen. Nur das hatte ihm einen schäbigen Rest von Selbstachtung gelassen. Und jetzt dachte er an ein Ohr, das schiefe Ohr eines jungen Mannes mit spanisch-afrikanischen Wurzeln, der an Bord im Service arbeitete, und stellte sich vor, es zu küssen.

＊

Dass er sich nicht in seinem Schlafzimmer in Oberbarmen befand, bemerkte Guntram sofort, da war die Decke höher und das Morgenlicht sprenkelte die Wände mit hellen Punkten. Aber wo war er dann? Er spürte, wie es ihn leicht an den Bettrand drückte und anschließend langsam wieder nach innen gegen das Kissen. Der Boden schien nachzugeben, ein sanftes, kaum merkliches Schaukeln, das ihm in der Nacht geholfen hatte einzuschlafen. Er war auf See in einem riesigen Pott, wie es ihn früher nicht gegeben hatte.

Als er das Türschloss klacken hörte, hob er ein wenig den Kopf. Hildes Umrisse kannte er genau. Sie zog den Vorhang beiseite, der kaum einen Strahl Sonnenlicht in den Raum gelassen hatte, wie in einem Sarg war er sich vorgekommen. Dann trat sie an sein Bett, sagte wie immer: »Guten Morgen, Opa«, und ließ ihren Blick anschließend schweigend auf ihm ruhen. Was sie sich wohl denken mochte? – Gleich muss ich es wieder machen? Er hätte von Anfang an einen Pflegedienst beauftragen sollen, das Rote Kreuz oder die Johanniter oder wer sich um solche Sachen kümmerte. Er konnte doch bezahlen, und wer zahlte und großzügig schmierte, wurde immer noch anständig behandelt. Außerdem würde es Alex niemals zulassen, dass man ihn ausplünderte oder ihn verdursten ließ, wie es schon vorgekommen sein soll.

Einmal hatte er sich bei Hilde bedankt. »Danke, Hilde«, hatte er gesagt, und genau so hatte er es auch gemeint. Ein aufrichtiges Danke. Aber sie hatte ihn nicht verstanden.

»Ich mache es gern«, hatte sie erwidert und ihm die Windelhose umgelegt. »Lüg mich nicht an!«, hatte er sie darauf angefahren, »Wenn du das gern machst, dann stimmt bei dir was nicht!«, und er hatte mit dem Finger energisch gegen seine Stirn getippt. Sie war gleich in Tränen ausgebrochen. »Der im Himmel wird es mir vergelten«, hatte sie geflüstert, und da hatte sie ihm leidgetan und er hatte sich entschuldigt. Seitdem sprachen sie so wenig wie möglich über das Thema, und er gab ihr regelmäßig eine gewisse Summe für Pfarrer Wilhelmi, damit er … Ach, weiß der Teufel wofür!

»Wie schpät ischt esch?«, sagte er, besann sich dann und zog mit der Rechten sein Gebiss aus dem Glas, um es sich auf den Kiefer zu drücken.

»Fast sieben«, antwortete Hilde.

»Wir müssen uns beeilen«, sagte er, »wir wollen doch Alex und Max nicht warten lassen.«

»Wir treffen uns erst um halb neun, Alex hat doch Urlaub. Reg dich nicht auf, Opa.«

Er wollte den Kleinen keinesfalls verpassen, auch wenn es in dem Restaurant so laut und umtriebig zuging. Dafür saßen sie zusammen an einem großen Tisch und Guntram hatte sein Mäxchen immer in der Nähe. Max liebte es, sich selbst an dem Extra-Büfett für Kinder zu bedienen. Der Kleine jedenfalls genoss die Fahrt.

Damals, Ende der Zwanziger, als er selbst Kind gewesen war, hatten sie auch allesamt an einem großen Tisch gesessen, dem langen Holztisch in der Küche hinter der alten Metzgerei am Wupperfelder Markt, die ganze Familie, sein Vater, die Mutter, vier Kinder und die Großmutter. Er erinnerte sich gut an die Gesichter. Seine ältere Schwester, Annelie, die schon morgens um halb acht ihren ersten Lachkrampf kriegte, Jupp, sein Bruder Jupp, der es mit der Lunge hatte, und die Jüngste, Lilo, die mit zwölf einen Huftritt von einem der Schlachtpferde abbekommen hatte, dass sie bis zu ihrem Tod mit 82 nicht mehr richtig im Kopf gewesen war. Und an diesem Tisch hatten sie gefrühstückt und zu Abend gegessen, Hausaufgaben gemacht, hatten die Schafsdärme entwirrt und das Brät für die Blutwurst und die Leberwurst angerührt.

Dann war der Krieg gekommen, und es war für ihn selbstverständlich gewesen, seinen Dienst für Führer und Vaterland ... Er hatte es gern gemacht, er wollte etwas Bedeutendes tun, es den Franzmännern zeigen, es Europa zeigen, nicht nur Speck schneiden und Würste kochen. Sie hatten ihn nach Norwegen abkommandiert, um die Seeblockade der Briten und Amerikaner zu verhindern. Unternehmen Weserübung. Die Blücher war ihr einziges größeres, aber schmerzliches Opfer gewesen, dann hatten sie die Norweger schnell unterworfen, nur auf Spitzbergen mussten sie noch kämpfen und auf den Lofoten. An die 200.000 Mann sollen es gewesen sein, die der 20. Gebirgs-Armee angehörten, um die Stellung in den Fjorden zu halten, aber genützt hatte es am Ende nichts ...

Hilde hatte alles von zu Hause mitgebracht, auch die kleine Plastikwanne, damit er nicht in das viel zu enge Bad musste und sie ihn bequem im Bett waschen konnte, morgens und abends. Unter seinem Hintern lag eine Gummimatte, damit nicht alles nass wurde ...

Sein Blick ging immer wieder aus dem Fenster. Nach seinen Berechnungen konnten sie noch nicht in Norwegen sein, vielleicht auf der Höhe von Dänemark. Seine Gedanken gingen zurück. Viel Nebel in Norwegen, und es waren kurze, dunkle Tage, bei Ölfunzeln hatten sie Doppelkopf gespielt. Außer den Appellen gab es nicht viel zu tun, ab und zu scheuchte sie der Unteroffizier, damit sie nicht einschliefen.

Nach Lebertran hatte es gerochen, nein, gestunken. Sie fingen Wale damals, die Norweger, immer noch.

»Guten Morgen, liebe Gäste, hier spricht Ihr Kapitän von der Brücke …«

*

»Was war denn los mit dir?«

Über ihm ein kritisches Augenpaar in dem runden, gut gepolsterten Gesicht. Jutta machte sich Sorgen um ihn. Ein gutes Gefühl, und doch war Jürgen Wörner sich in der Nacht so verloren vorgekommen, so von aller Welt verlassen, obwohl sie neben ihm gelegen hatte, seine Jutta.

Die Show war ein Erfolg gewesen, die Leute hatten gelacht und bei den Ohrwürmern mitgesungen und im Rhythmus geklatscht. Und er wollte Jutta den Abend keinesfalls verderben, es freute ihn, wenn sie etwas genießen konnte. »Nichts war los. Vielleicht vertrage ich den Seegang nicht.«

»Welchen Seegang?«

Das Schiff schien tatsächlich kaum vom Fleck zu kommen. Jürgen rutschte aus dem Bett und stellte sich ans Fenster. Den Vorhang hatten sie nicht zugezogen, um die erste Morgensonne zu erleben, aber der Nebel hatte sie verschlafen lassen. Zu Hause standen sie immer um sechs auf, jetzt war es fast acht. Ihre Kabine lag direkt über den Rettungsbooten, bis zu 200 Passagiere passten allein in eins. Ihm schossen Szenen von Katastrophenfilmen durch den Kopf. Der Fall, dass man die Boote einsetzte, sei unwahrscheinlich, hatte ihnen einer der Offiziere bei der Rettungsübung erzählt, das Personal habe im Ernstfall alles im Griff. Und was, wenn es doch so weit käme? Vermutlich würde dann – so *unwahrscheinlich* es auch sein mochte – Panik ausbrechen, das Schiff schneller als gedacht Schlagseite haben und mehr als die Hälfte der Passagiere im eiskalten Wasser landen, um wie die jungen Katzen zu ersaufen. So stellte Jürgen sich das ungefähr vor …

»Alles gut?«, fragte Jutta, und er nickte. Das Schiff machte gemächlich Fahrt, aber schneller als vermutet. Das ließ sich jetzt leicht erkennen, wenn er das Balkongeländer als Sichtlinie nahm. »Dann gehe ich mal ins Bad. Ich brauche etwas länger, du weißt ja …« Wieder nickte er. Immer wenn sie irgendwohin fuhren, hatte sie Schwierigkeiten mit der Verdauung. Manchmal half ihr der muffige Pflaumensaft, manchmal auch nicht.

Er schob die Balkontür auf. Draußen war nur das Klatschen der Wellen zu hören und ein leicht salziger Geruch lag in der Luft. Gestern im überfüllten Theater war ihm das Zucken nicht mehr begegnet. Er hatte von seinem Platz aus die Reihen abgesucht, bei jedem Mann über 50 Halt gemacht, auch die Galerie ins Visier genommen, aber ohne Erfolg.

Plötzlich wirkte der Nebel wie eine Leinwand, die Ereignisse von damals zeichneten sich darauf ab. Jürgens Atem stockte für ein paar Sekunden. Nein, er wollte es Jutta nicht noch einmal zumuten, sie hatte das alles offenbar überwunden, tief im Keller ihrer Seele angekettet und eingemauert. Und da sollte es bleiben. – Aber ihm kam ein Gedanke nach der beschissenen Nacht, in der ihn seine alten Ängste wieder eingeholt hatten. Ein Gedanke, den er bisher in dieser Klarheit nie gedacht hatte. Vielleicht weil man so nicht denken durfte als jemand, der von sich und der Welt etwas hielt? Blödsinn! Feigheit war es gewesen! Er hatte sich das nie eingestanden, doch *jetzt* sah er klar. Und weil er feige gewesen war, hatte er zugelassen, dass seine Wut ihm in den letzten 30 Jahren die Seele vergiftet und die Nerven zerrüttet hatte. Es musste ein Ende haben mit der Wut. Sie musste heraus, oder sie brachte ihn um.

Eine Woche hatte er Zeit, um sein Ziel zu erreichen, und er konnte es schaffen. Als Erstes musste er Ausschau halten. »Jutta?« Sie meldete sich nicht. »Was hältst du davon, wenn wir vor dem Frühstück noch einen Spaziergang auf dem Pooldeck machen?«

4

Margo hatte schon zwei von den Psychopillen eingeworfen in der Hoffnung, in einen traumlosen Schlaf zu versinken. Aber in ihrer Brust schlug es immer noch Alarm, sodass sie aufrecht im Bett saß. Stubben, wo bist du? Sie spürte das dringende Bedürfnis, mit jemandem zu reden, der sie verstand. Aber Stubben saß in Hildesheim – drei Straßen entfernt vom tausendjährigen Rosenstock – in seiner kleinen feinen Praxis und vertraute darauf, dass sie ganz allein den Kampf gegen den Drachen bestehen würde …

Der Gedanke, George anzurufen, flackerte kurz auf, aber sie schob ihn beiseite. George war sicher sensibel, aber konnte er ihren Wahrheiten standhalten? Vielleicht würde zu großes Vertrauen auch verhindern, was sich zwischen ihnen anbahnte: eine charmante Plänkelei, ein Genuss, den man nicht bedauern müsste, keine betroffene Miene, kein geheucheltes Verständnis, kein falsches Mitleid …

Ein Klopfen an der Tür. Nein, sie würde nicht aufstehen, sie würde nicht »Herein!« rufen, sie wollte auch nicht wissen, wer heute irgendwelche Absichten mit ihr hatte. Es war ihr Recht, sich zurückzuziehen, sich zu bedecken, niemand konnte sie zu etwas zwingen. Sie hatte sich auch nur unverbindlich mit George zum Frühstück verabredet.

»Hallo, Frau Sebald, sind Sie da? Hier Joan … Service, Madame. Bitte um Entschuldigung, Madame.«

Er gab ihr keine Gelegenheit, ihn mit einem »Jetzt nicht!« aufzuhalten. Die Tür machte klack, und er stand vor ihrem Bett mit seinem jugendlichen Elan, seiner ungezwungenen Art und zwei Flaschen Mineralwasser. Sie hätte schreien oder die Empörte spielen können, es ging wirklich zu weit, unaufgefordert in das Zimmer einer Dame einzudringen, die allein war und zudem nur ein Nachthemd am Leib trug. Aber das brachte ihn nur wenig in Verlegenheit. Er schien zu spüren, dass sie nicht der Typ war, der zickig reagierte, schien sogar zu ahnen, dass sie gerade in diesem Moment jemanden brauchte.

»Oh, Frau Sebald nicht gut …«, sagte er, und seine Betroffenheit wirkte echt. »Aber bitte, Madame, nicht weinen, nicht melancholisch …«

Erst jetzt spürte sie, dass ihre Wangen feucht wurden. Sie griff nach dem Papiertaschentuch auf dem Nachttisch. Er war rührend, dieser unerfahrene Junge … Sie war versucht, nachsichtig zu lächeln, aber dann verkniff sie es sich.

»Ein Schluck Wasser?«, fragte er und drehte schon am Verschluss der Plastikflasche. »Nebel machen traurig, aber Sie nicht traurig, morgen besser, wenn Bergen. Bergen schöne alte Stadt, auch viele Deutsch …« Er nahm den Stuhl vom Schreibtisch und setzte sich neben sie wie ein Besucher an ein Krankenbett. Ohne jede Scheu griff er nach ihrer rechten Hand und streichelte sie. Sie zuckte nicht zurück, ließ es geschehen. Und als sie spürte, dass ihre Wangen wieder feucht wurden, war sie froh, dass er ihre Hand hielt. Es kam ihr so vor, als wäre die letzte Operation erst gestern gewesen, man hatte sie ausgeschlachtet, beraubt, entblößt. Und plötzlich fühlte sie, dass Joan der Erste war, von dem sie sich wünschte, dass er die zarte, verletzliche Haut ihrer Narben streichelte, während sie die Augen schließen und still weinen könnte, ganz ohne Scham. Er hatte die richtigen Hände dafür, denn es funktionierte nur mit den richtigen Händen …

»Joan oft melancholisch, wollen nach Hause, aber kein Zuhause, nix familia …« Seine Augen verloren kurz ihren Glanz und in seinem Gesicht erschienen unerwartete Spuren von Ernsthaftigkeit. Natürlich hatte auch er schon eine Geschichte, wie egoistisch von ihr anzunehmen, dass nur sie –, dass er nur für sie da war, dachte Margo. Aber dieser Junge war ein Geschenk, ein außerordentliches Geschenk …

»Sie nix sagen, Sie nur entspannen«, sagte Joan und seine Augen glänzten wieder. »Joan wird schöne Geschichte für Sie lesen, dann wieder gut, nix melancholisch, ey?« Sie musste lächeln. Er griff nach dem Buch auf dem Nachttisch, das ihr Stubben für die Reise geschenkt hatte, und schlug es mittendrin auf …

＊

Frühsport war Winnie heilig, und Holk hatte ihr eine neue Disziplin vorgeschlagen: Nebeljoggen auf dem Pooldeck. 100 Punkte für den, der nach 20 Runden trocken und ohne Hämatom beim Frühstück erschien; 50, wer zwischendurch falsch abgebogen und im Pool gelandet war, und null Punkte und einen Blumenkranz mit weißer Schleife, wer vergessen hatte abzubiegen und am Heck die Schiffsschraube geküsst hatte …

Wo sie nur blieb, dachte Holk, oder hatte sie anschließend direkt den Geräteraum aufgesucht, um sich auf einer dieser lebensverkürzenden Apparaturen abzustrampeln, während der Schweiß in Strömen an ihrem welkenden Körper hinunterlief? – Er sah ein, dass er den Tag auf diese Weise nicht überstehen würde, Sarkasmus fiel immer auf einen selbst zurück. Um den anstehenden Depressionen zu entgehen, dachte er daran, sich zu besaufen, immerhin hatten sie *all inclusive* gebucht, es kostete also keinen Cent mehr. Er dürfte sich nur nichts anmerken lassen, müsste öfter die Bar wechseln, wenn er nicht unangenehm auffallen wollte.

Er warf noch einen Blick in den Spiegel über dem Schreibtisch und entschloss sich, schon einmal zwei Plätze an der Fensterfront für sie zu belegen. Winnie könnte sich denken, dass er im Golden Gate auf sie warten würde. Schließlich war er es gewohnt, um sieben seinen ersten frischen Kaffee zu trinken, jetzt war es neun. Sie konnte nicht verlangen, dass er seinen Tagesablauf völlig umstieß, nur weil sie unter Erholung verstand, sich noch mehr Termine als sonst aufzuhalsen.

Seit die Sache mit Verena passiert war, drehte sie allmählich durch. Es war nur eine Frage der Zeit, wann sie zusammenklappen würde, dachte er. Ein Workaholic war ein Faultier gegen Winnie. Obwohl es sie aufzehrte, war ihr Verhalten ein Teil der Strafe, die sie *ihm* zugedacht hatte. Er sollte zusehen, wie sie litt, sich ruinierte. Und es war der Ausdruck ihres tiefen Hasses. Ja, seit Verenas Tod hasste sie ihn. Frauen können besser hassen als Männer. Existierte nicht so ein melodramatischer Western aus den Vierzigern mit der Crawford? *Wenn Frauen hassen* oder so ähnlich? Und am Ende ging der Saloon in Flammen auf, der ganze Hass hatte die Welt in Brand gesetzt …

Er wollte gehen und einen Platz am Fenster reservieren, doch er hatte wieder das Bild vor Augen: Verena auf ihrem Bett mit dem Gesicht zur Decke, die Augen nur halb geschlossen, in dieser provozierenden Haltung – so war es ihm jedenfalls vorgekommen –, die ausdrücken sollte: »Schlag mich doch! Wenn dir nichts Besseres einfällt, schlag mich doch!«

Sie hatte Strafe verdient, aber nur um zu begreifen, dass sie auf dem falschen Weg war, die Strafe sollte sie doch nicht zerstören. Außerdem war er gekommen, um ihr zu helfen … Wunderschön, wie sie auf dem Bett gelegen hatte. An diesem Abend, als alles vorbei war, hatte er sie geliebt wie nie einen Menschen zuvor …

Es klopfte an die Tür. »Hier Joan, Sir! Service, Sir?«

*

Das meterlange Schiffsmodell mitten in der Einkaufspassage, eine maßstabsgetreue Nachbildung der »Mythos« bis hin zu den Lagerräumen und der Wäscherei unten im Rumpf des Kreuzers, interessierte Guntram Fellner sehr. Er bewunderte die Genauigkeit, die die Modellbauer an den Tag gelegt hatten. Präzisionsarbeit war das. Von vorn gesehen die äußere Erscheinung, auf der Rückseite ein Querschnitt, damit man einen Eindruck von dem bekam, was innen ablief. Schon in der Schule wollte er Ingenieur werden, aber nachdem sein Bruder Jupp 44 gefallen war, musste er die Metzgerei übernehmen und damit seinen Jugendtraum begraben.

Guntram hatte Hilde gesagt, sie könne ruhig in der Bibliothek stöbern, er würde schon auf sich selbst aufpassen. Sie konnte natürlich nicht widerstehen, denn wenn sie eine Leidenschaft hatte, die Hilde, dann war es das Lesen, abgesehen von Pastor Wilhelmi und seiner Kollekte natürlich. Auf diese Weise hatte er mindestens eine halbe Stunde Ruhe vor ihrem fürsorglichen Getue.

Er hatte seine elektrische Minna so geparkt, dass er den anderen Urlaubern, die vor dem Schiffsmodell pausenlos Fotos von sich und ihrem Anhang machten, nicht im Weg stand. Alex wollte die Ausflüge buchen, und Max spielte gegenüber im Kinderparadies oder Kids Club, wie sie das jetzt nannten. Zwischendurch kam er zu ihm herübergelaufen und verkündete mit vor Eifer hochrotem Kopf, wenn er ein Spiel gewonnen hatte.

Guntram kannte die neuen Spiele nicht, aber er lobte den Kleinen. Max sollte wissen, dass es seinem Urgroßvater wichtig war, wenn er gewinnt. Bekanntlich wurde aus Spiel schneller Ernst als gedacht. Man musste immer sehen, wo man blieb, am besten vorne bei den Gewinnern. Wenn die Fellners ein Prinzip hatten, dann das. Und er konnte zufrieden sein mit dem, was er erreicht hatte. Das Sagen in der Firma lag natürlich schon lange nicht mehr in seinen Händen. Nach dem Tod von Alfred, seinem Sohn, hatte jetzt Alex, die dritte Generation, die Führung übernommen, aber *er* hielt immer noch die meisten Anteile, im Ernstfall zählte *sein* Wort. Nicht, dass er sich einmischte, aber ihn beruhigte zu wissen, dass man an ihm nicht vorbeikonnte.

Er fuhr ein Stück vor, um sich die Brücke des Schiffsmodells genauer anzusehen. Die Brücke war der wirklich spannende Ort, hier wurden die Entscheidungen getroffen, die Kommandos gegeben. Auf einem Touristenpott wie der »Mythos« war das alles nicht so heikel, anders auf einem Kriegsschiff. Bis zum Schluss würde das Bild der stolzen Blücher in seinem Kopf bleiben, wie sie tödlich getroffen längsseits im Oslofjord lag und schließlich absoff mit einer Unzahl von tapferen Männern, die den Befehl, das Schiff nie aufzugeben, vor ihr eigenes Leben gestellt hatten. Bewundert hatte er sie, bewunderte sie immer noch. Heute gab es keine Treue mehr, nur Verrat, wo man hinsah. Manchmal hatte er sich gewünscht, dass er unter diesen Männern gewesen wäre, gestorben für Führer und Vaterland, ein Held. Aber er musste nach seiner Besatzungszeit in Stavanger zurück nach Oberbarmen, zurück zu den Würsten und der Sülze …

Er konnte Hilde durch die Glasscheibe sehen, und als hätte sie einen siebten Sinn, hob sie in diesem Moment den Kopf und ihre Blicke trafen sich. Er nickte, sofort stand sie auf, stellte das Buch, in das sie sich vertieft hatte, zurück ins Regal und kam auf ihn zu. Er sagte ihr, sie solle auf Max aufpassen, während er auf der Südpromenade etwas Luft schnappen würde.

Es war heller geworden am späten Vormittag, die Sonne setzte sich immer mehr durch. Gute Aussichten hatte der Kapitän in seiner neuesten Durchsage versprochen, in Bergen würde es schon aufklaren.

Damals waren sie in Bergen gelandet und dann abkommandiert worden. In Stavanger hatten die Stukas ein Torpedoschiff versenkt, die einzige Gegenwehr der Norweger in der Region. Er war nie in große Gefechte geraten, nur auf Posten gewesen, für den Tag X. Dem Tag fieberten sie entgegen, sie wollten doch zum Sieg beitragen, jung wie sie waren. Aber es war nur kalt und feucht, stank nach Fisch, und wer sprach schon Norwegisch? Er war frisch verheiratet gewesen, Kriegsheirat mit Greta, der Tochter von Feinkost Brömmer, und er dachte an sie, wie alle Kameraden an ihre Frauen dachten, besonders nachts, da fehlte ihnen besonders das Eine.

Es gab natürlich auch hier Frauen, blond, schlank, hochgewachsen, nicht klein und pummelig mit einem Hintern wie ein Traktor. Von den nordischen Schönen war schon zu Hause im Reich die Rede gewesen, beneidet hatte man sie.

Manche waren sogar leicht zu haben, aber Guntram hatte verzichtet, obwohl es ihm schwerfiel. »Der Guntram schwitzt alles zwischen den Rippen aus«, hatten ihn die Kameraden veräppelt. Doch Greta wartete, und er hatte ihr nun mal die Treue geschworen. Im September 42 dann, an einem späten Nachmittag – den Nebel konnte man schneiden – war er nach dem Appell mit Rüdi Seghers in Richtung Hafen gegangen, als er plötzlich das leise Fluchen hörte …

*

»Eine Schlange wie am Bananentag im HO-Laden«, sagte Jutta. »Mit dem Unterschied, dass Bananen glücklich machen, aber die schleimigen Dinger …« Sie verzog das Gesicht und warf ihm noch einmal einen verständnislosen Blick zu. Aber es war zu spät, gleich waren sie an der Reihe. Zwei Löffel Artischockensalat und ein Stück Vollkornbaguette hatte jeder von ihnen schon auf dem Teller. Auch wenn Jürgen von Austern noch weniger hielt als seine Jutta, musste er beim Büfett dabei sein. »Vielleicht hilft's dir«, hatte er ihr geraten und so getan, als hätte er nur ihre Verdauung im Sinn.

Der Nebel wich zurück, gab immer mehr Sicht auf die unaufgeregte Nordsee frei. Das Büfett war in der Mitte des Decks vor der Außenbühne aufgebaut, Tabletts mit reichlich Austern und verschiedenen Salaten, silberne Kühler, in denen Champagnerflaschen steckten, umrahmt von Mangos und Ananas, geschnitzten Eisnymphen und Meeresgöttern. Die Bedienung in Livree mit Goldknöpfen befüllte die Teller, dazu spielte eine Drei-Mann-Band im Hintergrund ruhig bewegte Swing-Titel.

Edel, musste man zugeben, dachte Jürgen, aber es war nicht ihre Art zu leben. Er hatte Jutta nur auf der Suche nach dem Zucken hierhin geschleust. Doch bisher Fehlanzeige, und jetzt wehte von einem der Tabletts ein ekelhaft fauliger Geruch an seine Nase. Sie stanken, diese Austern, er fragte sich, wie er auch nur eine von ihnen herunterkriegen sollte, als schon sein Magen rebellierte. »Ich muss mal dringend«, sagte er, drückte Jutta seinen Teller in die Hand und steuerte unverzüglich die erste automatische Flügeltür an.

Auch die Toiletten waren edel, alles in Marmor. Sein Drang, spucken zu müssen, hatte nachgelassen, aber er war sich nicht sicher, ob es mit der Übelkeit schon vorbei war, und schloss sich in einer Kabine ein. Ein paar Mal gut durchatmen und es würde wieder gehen. Er durfte nur nicht mehr an die schleimigen Dinger denken. Als er wieder Halt spürte, öffnete er die Tür, ging zum Waschtisch, um die Hände kalt abzuspülen. Jemand kam durch die Schwingtür und trat an eines der Pinkelbecken.

Jürgen zog die Hände aus dem Wasserstrahl und hielt sie in den Lufttrockner. Der andere war mit Pinkeln fertig und stellte sich neben ihn an das zweite Waschbecken. Jürgen hob kurz den Blick in den Spiegel. Da war es wieder: Das Zucken. Im Mundwinkel des Mannes zuckte es nicht irgendwie, sondern genau so.

Jürgen war außerstande, sich zu bewegen, während ihn der Mann kaum zur Kenntnis nahm. Er war einen Kopf größer als Jürgen, auch das Alter passte, er trug blaue Jeans und ein weinrotes Poloshirt von Lacoste. Aber das war unwichtig, denn spätestens zu den Mahlzeiten würde er sich umziehen. Außerdem verstanden sie es, sich zu tarnen, diese Kerle, das hatte so einer bestimmt bis heute nicht verlernt, ging Jürgen durch den Kopf, als sich der Lufttrockner das dritte Mal ausschaltete. Der Mann zog zwei Blatt von dem Fließtuch aus dem Kasten, wischte sich kurz über die Hände und verließ den Raum, als wäre er, Jürgen Wörner, nur Luft. Plötzlich würgte es ihn im Hals, er konnte sich gerade noch in einer Kabine einschließen, bevor es ihm hochkam.

5

Als Margo die Augen aufschlug, war der Stuhl gegenüber ihrem Bett leer. Wie ein Traum kam es ihr jetzt vor. Ein dunkelhäutiger junger Mann mit anziehend weißem Lächeln hatte ihr aus dem neuen Roman vorgelesen, nicht besonders gut, holprig und mit falschen Betonungen, aber in der Absicht zu trösten, ohne Herablassung, ohne falsches Mitleid. Er hatte ihr das schönste Geschenk gemacht, hatte ihr *Ruhe* geschenkt, ein Gefühl der Entspannung hatte sie getragen bis zu diesem Augenblick. Der junge Mann vom Bordpersonal mit dem Namen Joan hatte ihr für kurze Zeit zu der Gnade verholfen, vergessen zu können.

»Hier spricht Ihr Kapitän …«

Anfangs hatte sie sich gefragt, ob man den blöden Lautsprecher nicht abstellen könnte, aber dann war sie dankbar dafür gewesen. Kleine Rettungsanker waren diese Durchsagen, rissen sie aus der Leere und weg von ihm, *Anders*. Sie ging zum Fenster und zog den Vorhang beiseite. Auch wenn noch Nebel herrschte und die See wie eine riesige graue

Schiefertafel aussah, »... dürfen Sie sich in Bergen bereits auf Sonnenschein freuen ...«

Im Bad stellte sie sich, ohne einen Blick in den Toilettenspiegel geworfen zu haben, unter die Dusche und ließ abwechselnd heiße und kalte Schauer über ihren Körper laufen. Doch als sie dann vor dem Schrank stand und sich fragte, welches Kleid zum Rest des Vormittags am besten passen könnte ...

Hast du dich schon mal gefragt, welches Kleid du an dem Tag trägst, an dem du ins Reich von Torf und Humus eingehst? Das letzte Kleid, das letzte Hemd? – Nein? Man weiß nie, wann es so weit ist. Um die Ecke wartet der Tod ...

Warum morgens noch aufstehen? Wenn du mich fragst: Der beste Platz zum Sterben ist das Bett. Glaub mir, nirgendwo stirbt es sich bequemer. Zwei, drei Tabletten mit sanfter, aber zuverlässiger Wirkung, etwas Alkohol, und dann einfach nur abwarten, während du an etwas Schönes denkst. Hat es nicht auch gute Augenblicke gegeben mit Armin, damals, als du noch voll funktionsfähig warst? Hat er dich im Bett etwa nicht glücklich gemacht, mit seiner animalischen Art? Jedenfalls hast du das Stubben erzählt in einer dieser idiotischen Sitzungen, die die Krankenkassen arm machen und den Patienten doch nichts bringen. Aber es gehört auch dazu, sich einzugestehen, wenn es vorbei ist. Zieh dir ein hübsches Negligé an, vielleicht das mit den Lavendelblüten, dieses sanfte Bleu wirkt so friedlich und du wirst das Gefühl haben, auf einer Wiese einzuschlafen ...

Das Telefon setzte sich mit einem schrillen Klingeln durch.

»Sebald?«

»Haben Sie schon von Shuffleboard gehört?«, fragte George.

»Nein«, sagte sie.

»Es ist mild draußen, wir sollten es versuchen. Ich erwarte Sie auf Deck 6 ..., Margo?«

»Ja.«

»Und ziehen Sie sich etwas Sportliches an.«

*

Holk Sonntag trank sein zweites Glas »Mythos Brut« und
kaute dabei auf einem Stück Vollkornbaguette herum. Von
der Brüstung des Pooldecks aus eröffnete sich ihm der Blick
auf das vereinsamte Promenadendeck unter ihm. Nur ein
schwarzes Krankenvehikel mitsamt einer in Decken gewi-
ckelten Mumie parkte auf den Holzdielen in würdiger Entfernung zum Geländer. Ihm drängte sich eine skurrile Vision
auf. Er stellte sich vor, dass sich der elektrische Krankenstuhl
wie von Geisterhand gesteuert plötzlich in Bewegung setzte,
sich einmal um sich selbst drehte und dann ungebremst –
ähnlich wie in dem Sketch von Mr. Bean – mitsamt dem
Insassen durch die Brüstung brechen und im grauen Meer
spurlos versinken würde. Bei dem Gedanken entfuhr ihm
ein glucksendes Kichern.

Der Andrang auf das Austernbüfett ließ langsam nach.
Winnie hatte gesagt, dass sie die Austern wegen der Proteine
keinesfalls verpassen wolle. Aber sie war nicht gekommen,
saß vielleicht schon im Vortragsraum und lauschte den Aus-
führungen des Lektors, der laut Veranstaltungsplan irgendwann an diesem Morgen sein Wissen über Bergen und die
Hanse verbreiten wollte. Holk nahm einen weiteren Schluck
Sekt, den er für ganz anständig hielt, nicht zu trocken und gut
temperiert. Nur eine Frage der Zeit, wann seine Galle sich
melden würde, aber er gedachte, sie einfach zu ignorieren.

Er bewegte sich nicht vom Fleck, gab sich diesem bohrenden, quälenden Gefühl hin, das er lange nicht mehr gespürt
hatte, und er genoss es mehr, als er darunter litt …

Etwas über eine Stunde war vergangen, als Joan an seine

Tür geklopft hatte, weil angeblich mit der Klimabox etwas nicht stimmte. Holk war dann auch aufgefallen, dass sie etwas laut war. »Sie brummt so komisch«, hatte er bestätigt, »Schon seit wir an Bord sind.« Und er war an Joan herangetreten, um über dessen Schulter hinweg die Box in Augenschein zu nehmen, als interessierte er sich ernsthaft für das Problem. »Es muss etwas kaputt sein, Sir«, meinte Joan, »Kollege muss kommen.«

Doch Holk hatte gar nicht zugehört, sein Blick ging in den ausrasierten Nacken auf die samtige zimtfarbene Haut des Jüngeren. Wie sie wohl schmecken würde? Ihm wurde flau im Magen vor Verlangen, sie zu lecken. Nach Meer würde sie schmecken, nicht nach der trüben Nordsee, nach der Südsee, der grünblau glitzernden Südsee. Wie lange hatte er nicht mehr den Geruch der Haut eines jungen Mannes inhaliert? – Fünf Jahre, ganze fünf Jahre.

»Alles okay, Sir?«, hatte Joan gefragt und ihm dabei in die Augen gesehen. »Natürlich …«, erwiderte Holk, »Natürlich muss ein Fachmann her, damit ich in Ruhe lesen kann. Das Ding ist einfach zu laut.« Joan wollte gehen, zögerte aber noch. »Joan lesen auch sehr gerne, aber nur wenig Zeit. Zu viel Arbeit.«

Er las? Holk war überrascht gewesen, das zu hören. Vielleicht weil er längst nicht mehr erwartete, dass ein Mann Persönlichkeit haben könnte, in den er sich verknallte? – Es war nie seine Art gewesen, über das Bett hinaus weitere Gedanken an seine Liebhaber zu verschwenden. Sie hatten *ihn* benutzt und er *sie,* um sich abzureagieren und in diesem Ich-werde-begehrt-Gefühl zu suhlen, bis es eines Tages verbraucht war und sich für Wochen, manchmal Monate eine Leere anschloss, die er mit Winnie ausgefüllt hatte und Verena, ihrer gemeinsamen Tochter …

»Ich bin Verleger«, hatte er versucht, dem Jungen zu

imponieren. »Jeden Tag schlage ich ein neues Buch auf, jeden Tag lese ich Geschichten, tauche ein in das Leben von erfundenen oder realen Menschen ...« Und er schien damit dessen Nerv getroffen zu haben.

»Ich beneide Sie, Sir.« Die Augen des Jungen hatten vor Begeisterung geglänzt.

Er konnte also noch faszinieren, es war noch nicht vorbei mit Holk Sonntag.

»Was lesen Sie denn so?«

»Märchen«, hatte der Junge allen Ernstes gesagt, »alle Märchen in der Welt. Ich gut vorlesen. Wenn in Barcelona, ich Geschichten erzählen, den Kindern von Reise mit Schiff ... alles Märchen.« War dieser Joan wirklich so naiv, oder war das seine Masche? – Am Ende wollten sie immer Geld. Wer sich verliebt, zahlt die Rechnung, das war die alte Regel. Aber vielleicht war es diesmal anders ...

*

Guntrams Erinnerung an diesen düsteren Septembernachmittag war sehr genau, auch wenn 70 Jahre zwischen damals und heute lagen. Die Bilder in seinem Kopf ließen sich nicht für immer einsperren. Er wusste, dass er sich seiner Aufgabe stellen musste, der einzigen, die er noch zu erledigen hatte: endlich die Geschichte zu erzählen, die einen Schatten auf die Fellners warf. Er würde sich schämen vor den Kindern, sich aber auch erlöst fühlen, um dann reinen Gewissens abtreten zu können, wenn auch nicht ganz *ehrenhaft*. Oder war einer ehrenhaft, wenn er noch kurz vor dem Ende die Wahrheit eingestand, aus Angst vor einer Strafe im Jenseits? Vor dem *Nichts* knickte letztlich jeder ein ...

Stavanger, Ende September 1943

»Hörst du das? Da stöhnt jemand«, sagte er zu Rüdi, als sie in Richtung Hafen schlenderten. Aber sie konnten nichts sehen. Der Nebel war dicht wie eine Wand.

»Lass doch«, sagte Rüdi, »vielleicht …«, und er schnalzte mit der Zunge.

»Ist doch zu kalt.«

»Dabei wird ihnen schon warm werden.« Er lachte.

»Ich seh mal nach.«

»Wenn du meinst. Dann bis später.«

Guntram blieb stehen. Rüdi gab ihm einen Klaps auf die Schulter und machte sich davon. Das Kartenspiel und ein Schluck von dem hiesigen Schnaps lockten zu sehr. Guntram ging dem Stöhnen hinterher, einen schmalen, steinigen Weg entlang zwischen Felsvorsprüngen, wie es sie überall in dieser Landschaft gab. Die Sicht war nicht mehr als drei, vier Armlängen und beinahe wäre er gegen einen umgekippten Handwagen gelaufen, der mitten auf dem Weg lag, beladen mit gegerbten Schaf- und Ziegenfellen. Eine Frau in Regenjacke, die sich offenbar am Fuß verletzt hatte, versuchte ihn wieder aufzurichten. Als sie Guntram sah, erschrak sie, fuchtelte mit den Händen und warf ihm in ihrer harten Sprache ein paar Worte an den Kopf. Dann humpelte sie, so schnell ihr verletzter Fuß es zuließ, außer Sichtweite.

»Bleiben Sie doch, ich will Ihnen nur helfen!«

Doch sie war verschwunden, steckte vielleicht ganz in der Nähe hinter einem der Felsen und hielt den Atem an, in der Hoffnung, dass er die Suche schnell aufgeben würde. Denn auch als Soldat der Wehrmacht begab man sich im Hochnebel in Todesgefahr …

Er ging die wenigen Schritte zurück zum Handwagen und richtete ihn auf. Die Achse war gebrochen. Ein kräftiger Mann konnte ihn auch ohne Räder hinter sich herziehen, aber eine Frau mit verletztem Fuß gewiss nicht.

»Hej!«, rief er und steuerte den Handwagen in den dichten Nebel. Plötzlich stand eine Gestalt vor ihm mit einem Gerät in der Hand, das aussah wie ein Bootsruder.

»Ich will Ihnen nichts tun, glauben Sie mir, ich will Ihnen nur helfen«, wiederholte er ...

»Entschuldigen Sie bitte, mein Herr. In etwa zehn Minuten findet hier auf der Promenade Shuffleboard statt. Sie stehen mitten auf der Spielbahn.«

Er öffnete die Augen und musste blinzeln. Ein freundlich verkniffenes Gesicht, angemalt wie das einer Puppe, beugte sich über ihn. In der Hand hielt die Frau dieses lange Ding, das aussah wie ein Ruder.

»Einen Moment, bitte!« Die energische Stimme kannte er.

»Gut, dass du da bist, Hilde«, sagte er, »wir müssen den Karren aus dem Weg ziehen.«

＊

»Ich versteh dich nicht«, sagte seine Jutta. »Von mir aus mussten wir nicht ans Austernbüfett. Wir hätten auch eine Latte trinken können.«

Jürgen war hundeelend, obendrein hatte er keinen Fortschritt erreicht. Er hatte den Mann, der ihm sozusagen in der Marmortoilette vor die Füße gestolpert war, der sich nur eine Armlänge von ihm entfernt die Hände gewaschen hatte, ungehindert ziehen lassen. Anstatt ihn sich vorzunehmen, hatte er aus Angst kotzen müssen. »Ich brauche einen Schnaps«, sagte er.

»Jetzt gerade nicht, Jürgi. Ich sitze hier so gut. Geh du doch schon vor.«

Es war bedeutungslos, und doch fühlte es sich für Jürgen an wie eine kleine Trennung, schließlich machten sie alles gemeinsam, seine Jutta und er. Er streichelte ihr zärtlich die Schulter und stieg dann die Stahltreppe zum Oberdeck hinauf, an dessen Bugseite sich die gut besetzte Ocean View Bar befand, wo auch geraucht werden durfte. Ideal, dachte er, einen besseren Beobachtungsposten konnte man nicht finden, denn von hier oben bot sich ein Blick über die ganze Fläche des Pooldecks.

An einem der Tische war noch Platz, obwohl bereits jemand dort saß, dessen Zigarillo einen ziemlichen Gestank verbreitete. Offenbar hatte er auch schon einige Drinks intus, denn seine Augen glänzten verdächtig.

»Darf ich?«

»Warum nicht?«, sagte der andere. Er lächelte ihn nur kurz an und hing dann weiter seinen Gedanken nach.

»Einen Wodka, bitte«, bestellte Jürgen, als der Kellner vorbeikam.

»Wodka Lemon?«

»Nein, Wodka pur.«

Der mit dem Zigarillo schaute ihn kurz an, strich dann seine Asche an dem Becher aus Hartplastik ab. »Für mich auch einen«, sagte er.

Einen Moment lang fragte sich Jürgen, ob er nicht lieber versuchen sollte, ein belangloses Gespräch zu beginnen. Es kam ihm auf einmal so sinnlos vor, in der Vergangenheit zu stochern, schließlich war er auf Urlaub hier. Und der Urlaub hatte eine Stange Geld gekostet … Aber seine Ruhe war hinüber, seit dem Augenblick, als er dieses Zucken wiedererkannt hatte. Und er glaubte jetzt auch, sich an den Namen des Mannes zu erinnern. Schmidt, einfach nur Schmidt. Er musste diesen Schmidt stellen und zur Strecke bringen. Auch wenn eigentlich Feldmann für seine unsägliche Versetzung verantwortlich gewesen war. Feldmann hatte sein Leben im wahrsten Sinne in den Keller gefahren. Sein Name war ihm nie mehr begegnet bis vor zwei Jahren, als er eine Anzeige in der Zeitung gelesen hatte. Ganz normal gestorben war er. Aber die Rechnung stand noch offen, Schmidt, der damals im Verhörraum gezuckt hatte, war noch da und würde für das bezahlen, was sie ihm und seiner Jutta angetan hatten. Er könnte an der Rezeption nach einem Schmidt fragen und eine Lügengeschichte erfinden. Doch mit Sicherheit befanden sich mehrere Passagiere auf dem Schiff mit diesem Namen, und das könnte ihn in Erklärungsnot bringen …

»Wir könnten jetzt essen gehen, Holk. Danach ist ein Vortrag auf der kleinen Bühne, den ich ungern verpassen möchte«, sagte eine Frau in sehr selbstbewusstem Ton, die plötzlich aufgetaucht war und sein Gegenüber ansprach. Jürgen hatte das Gefühl, sie schon irgendwo gesehen zu haben. Zumindest erinnerte sie ihn an jemanden. Der asketische Hals und das von kleinsten Falten zerschnittene Gesicht, dazu die runde Brille über den überanstrengten Augen. Sie sah aus wie ein Dichter, aber der Name fiel ihm nicht ein. Irgendwann hatte er ein Foto von ihm gesehen, das ihn ziemlich beeindruckt hatte, in diesem Gesicht steckte so viel bittere Erfahrung ähnlich wie bei dieser Frau …

Sein Gegenüber drückte die Zigarillo in dem Plastikascher aus und kippte den Wodka, den der Kellner soeben gebracht hatte, mit einem Schluck, bevor er sich dann schweigend erhob und ihm zum Abschied kurz zunickte. Jürgen sah den beiden nach, bis sie sich in der Menschenmenge des bunt bevölkerten Pooldecks auflösten.

6

Will man beim Shuffleboard erfolgreich sein, muss man etwas von Druck und Trägheit der Masse verstehen, Strategie und viel Gefühl entwickeln, um den Puck mit dem Schieber im gewünschten Punktebereich zu platzieren. Schon allein um den Schieber richtig anzusetzen, braucht es Übung, sonst blockiert man sich selbst.

Margo hatte entschieden, eine Weile zuzuschauen und erst später in das Spiel einzugreifen. Aber am Ende hielt sie sich ganz heraus, während George in einer der beiden Mannschaften um den Sieg kämpfte. Ihr Blick verlor sich und ging raus aufs Meer. Am Horizont stand ein Tanker auf gleicher Höhe mit ihnen, scheinbar reglos, dazu klang das Platschen der Wellen wie Hintergrundmusik. George ließ sie nicht aus den Augen, lächelte ihr immer wieder zu, und sie lächelte zurück, als wären sie ein Paar. Sie kannte ihn keine zwei Tage und wusste immer noch nicht, warum er sich so für sie interessierte, aber er hatte eine beruhigende Wirkung auf sie, völlig anders als Armin …

Von dem Moment an, als sie Armin das erste Mal sah, hatte für sie – ohne dass sie es ahnen konnte – ein Spiel begonnen, das sie an die Grenzen führte und ihr am Ende den Boden unter den Füßen wegzog.

Der Startschuss fiel, als Armin ins Vorzimmer des Oberbürgermeisters gestürmt war, um mit Korte selbst zu sprechen. Regelrecht in Rage geraten war er über etwas, das streng vertraulich bleiben musste. »Halt!«, hatte sie ihm noch hinterhergerufen, aber er war schon in Kortes Büro verschwunden, aus dem er fünf Minuten später wutentbrannt herausrannte, ohne sie auch nur eines Blickes zu würdigen. An der Tür blieb er plötzlich stehen, wandte sich zu ihr um und sagte: »Entschuldigen Sie bitte. Das nächste Mal werde ich mich anständig benehmen!«

»Sieg über Sieg!«, flachste George, der jetzt mit zwei Cocktails in der Hand neben ihr stand und bevor sie protestieren konnte, »Ohne Alkohol!« sagte.

Woher wusste er, dass sie mit Alkohol aufpassen musste, woher kannte er sie so genau? »Was wäre, wenn ich nicht hier an der Reling stünde, sondern im Flugzeug säße auf dem Weg nach Hanoi?«, fragte sie ihn, um ihn in Verlegenheit zu bringen.

»Dann brauchten Sie nur einen Blick auf die benachbarten Sitzreihen zu werfen, und ich würde von meinem Buch aufsehen und Ihnen zulächeln.«

»Und was würden Sie lesen?«

»Etwas, das *Ihnen* gefällt …«

»Wie käme ich dazu, mich Ihnen aufzudrängen oder mich in Ihr Leben einzumischen?«

Eine flüchtige Röte lief über sein Gesicht, aber er parierte sofort. »Vielleicht um mich von den alten Geschichten abzulenken und von einer hinterhältigen inneren Stimme, auf die ich keinesfalls hören darf?«

Jetzt errötete sie.

*

Winnie lauschte längst diesem Vortrag über Bergen und die Hanse, und Holk war dankbar, dass er die nervtötende Konversation mit ihr nicht aufrechterhalten musste, die lediglich über das abgrundtiefe Schweigen zwischen ihnen hinwegtäuschte. Es zog ihn wieder in die Nähe der Außenbars, auch wenn er den Alkohol bereits spürte. Nach dem Schampus am Morgen und dem Wodka hatte er das Mittagessen mit zwei Gläsern Rotwein hinuntergespült. Aber noch fühlte er sich gut, war sogar der Meinung, in dieser Verfassung die Dinge klarer zu sehen. Von einem schattigen Plätzchen in der Bellevue Bar aus bestellte er ein Bier und einen Aquavit.

Erste Badetücher belegten die Liegen am Außenpool, Kinder balgten ausgelassen an der Rutsche. Ein kleines Mädchen, das am Beckenrand stand und das Gesicht verzog, weil es offenbar nicht ins Wasser durfte, erinnerte ihn an Verena, als sie klein war. Die langen Haare mit diesem engelhaft seidigen Glanz. Bis heute konnte er nicht begreifen, wie er imstande gewesen war, ein solches Wunder wie dieses Kind zu zeugen. Winnie hatte ihn nicht direkt abgestoßen, aber aus Leidenschaft war er nicht mit ihr ins Bett gegangen, vielmehr aus Pflichtgefühl, schließlich hatte er sie geheiratet. Anfangs litt sie darunter, bis sie sich daran gewöhnt hatte. Sie beide mussten sich daran gewöhnen. Und nie wäre ihm die Idee gekommen, dass aus ihren kläglichen Versuchen, körperliche Liebe zu praktizieren, ein Kind entstehen könnte.

Aber Verena war ein Goldschatz, und Winnie und er, sie beide, konnten diese Tochter lieben. Bereits als Kind war sie bildschön und charmant gewesen, hatte dieses gewinnende Lächeln, das jedes »Nein!« wirkungslos verpuffen ließ. In der Schule lief es glatt, beste Noten, sie konnte sich wünschen, was sie wollte, er schenkte es ihr, später sogar ein eigenes Pferd, das draußen in Meerbusch stand, obwohl die Geschäfte längst nicht mehr so gut liefen. Winnie ertrug sogar seine zweifelhaften Verabredungen und verzichtete auf ätzende Nachfragen. Sie waren eine kleine Familie, und er war stolz auf sich. Er fühlte sich als Mann, nicht als Illusionist, der sich und andere trog, er brauchte kein schlechtes Gewissen mehr zu haben. Schließlich hatte er einen Goldschatz gezeugt, was längst nicht jedem Testosteron-Helden gelang. Und endlich schafften sie es, so etwas wie eine zufriedenstellend funktionierende Ehe um ihre gemeinsame Tochter herum zu bauen, die sie *alle* festhielt, bis zu dem Tag, als Verena plötzlich eine andere war …

Er kramte seine Zigarillos aus der Hosentasche, legte sie und das Feuerzeug neben den Aschenbecher. Der erste große Schluck von dem perlenden Bier, das der Kellner vor ihn hingestellt hatte, erfrischte ihn. Er schloss die Augen.

Sinnlos, immer wieder diesem Schmerz nachzuspüren, er musste aufhören, sich damit zu quälen. Es ließ sich nicht ändern, dass es nie eine zweite Chance für sie geben würde. Die Geschichte ihrer Ehe war zu Ende erzählt, mit Verena war sie ein Wunder gewesen, ohne sie war sie nichts …

Er musste eingenickt sein. Als er die Augen öffnete, hatte er für Sekunden den Eindruck, auf ein überbelichtetes Foto zu sehen. Allmählich bildeten sich die vertrauten Konturen aus und sein Blick lag auf einem rundlichen Mann am Nachbartisch, der ihm bekannt vorkam. Es war derselbe, der sich am Morgen an seinen Tisch gesetzt hatte, kurz bevor Winnie ihn zum Mittagessen abgeholt hatte. Erst jetzt fiel ihm auf, wie angespannt der Mann war. Immer wieder setzte er ein kleines Fernglas an die Augen und suchte das Deck ab, als wäre er auf der Jagd.

*

Bis zu den Hüften stand Mäxchen im Pool, straffte die kleine weiße Brust und faltete die Hände wie zum Beten. Bevor er sich aufs Wasser legte, begann er schaufelnde Bewegungen vorzuführen, atmete angestrengt ein und aus und ein und aus. Sein Urenkel wollte ihm zeigen, wie man schwimmt und wie man gewissenhaft an die Sache herangeht. Ja, das war die deutsche Art, die Dinge anzupacken, dachte Guntram Fellner, damit waren sie weit gekommen, aber auch ins Verderben geraten, weiß Gott. – Jetzt sah es allerdings ziemlich bedenklich aus, wie Max im Wasser hing, ob er noch Boden unter den Füßen hatte? – Guntram wollte gerade nach Alex rufen, da stand Mäxchen wieder auf den Beinen und prustete. Guntram war erleichtert. Ob Max bereits aufgegeben hatte? Nein, natürlich nicht, ein Fellner gibt nicht so einfach auf! Er straffte wieder die Brust und faltete die Hände – in dem Augenblick schien ihm etwas einzufallen, er unterbrach die Prozedur, warf einen Blick zu ihm herüber und lächelte dieses bezaubernde schelmische Lächeln. Guntram riss sich zusammen und hob, so weit es ging, seinen rechten Arm, um ihm zuzuwinken. Nichts rührte ihn mehr als dieses Kind.

Guntram war auch froh, dass Alex wieder so unbeschwert mit Max spielen konnte. Die Scheidung war eine Schlacht gewesen. Petras Anwalt hatte versucht herauszuschlagen, was ging. Ein Glück, dass Guntram vor der Hochzeit auf einen Ehevertrag bestanden hatte. Und er hatte sich nur mit der Drohung durchsetzen können, Alex zu enterben, wenn er Petra an mehr als dem Zugewinn beteiligen würde. Daraufhin hatte Eiszeit zwischen ihnen geherrscht, drei Jahre lang, bis Alex begriffen hatte, dass sich die Dinge schnell ändern können. Trotz Vertrag hatte er noch genug bluten müssen, aber am Ende war das Sorgerecht für Max an ihn gegangen. Guntram hatte Petra nie leiden können, er konnte es manchmal nicht glauben, dass sie dieses fabelhafte Kind geboren hatte. Er dachte zurück an Alfred, seinen Sohn, sein einziges Kind, Alfred, der Vater von Hilde und Alex. Aber Alfred war schon fast zehn Jahre tot, er war nicht so eisern gewesen wie sein Vater, und Guntram bedauerte das sehr in diesem Moment …

Stavanger, Ende September 1943

»Hej«, rief Guntram der Gestalt noch einmal entgegen, die den Weg versperrte. Es musste die Frau im Regenmantel sein, obwohl sie sich jetzt aufgerichtet hatte und viel größer wirkte. Sie würde es doch nicht wagen, ihn, einen Soldaten der Wehrmacht, mit einem hölzernen Ruder anzugreifen, wo er nur seine Waffe zu ziehen brauchte, um sie niederzustrecken? Doch sie schien entschlossen zu sein, den Handwagen auch mit verletztem Fuß gegen den Feind zu verteidigen. Er konnte sie verstehen, die Felle waren wertvolle Handelsware. »Ich will dir helfen«, rief er ihr zu, und noch einmal: »Ich will dir nur helfen.« Vor allem passte ihm nicht, mit denen in einen Topf geworfen zu werden, die gnadenlos hinter den Mädchen her waren. Beinahe hätte er gerufen: »Ich bin nicht so!« Das musste sie doch einsehen. Er zog den Wagen wieder ein Stück, bis sie das Ruder wie eine Lanze gegen ihn richtete. Es war sinnlos, er gab auf, legte die hölzerne Deichsel ab und ging.

Nach ein paar Schritten hörte er wieder das Stöhnen. Sie war unerbittlich, diese Frau, er schlich sich von hinten an den Wagen heran und hob mit der Linken die gebrochene Achse auf. Überrascht wandte sie sich um, erkannte jetzt offenbar, dass er keine unehrenhaften Absichten hatte. »Du musst ziehen«, rief er. Sie nickte. So ging es.

Vor einem Haus in der alten Holzbauweise lag ein Haufen gerodeter Wurzeln. Dort blieb sie stehen. Er ließ den hinteren Teil des Wagens vorsichtig sinken, denn der drohte vollständig auseinanderzubrechen. Sie drehte sich um und hinkte ihm ein Stück entgegen. Vom Fenster aus fiel ein Lichtschein auf ihr Gesicht. Eine junge Frau, kaum älter als 20. In ihren Augen stand keine Furcht, eher Misstrauen, aber auch Neugier. Er hatte ein reines Gewissen und lächelte sie an. Sie lächelte nicht. »Danke«, sagte sie kaum hörbar. Er nickte, wollte ihr noch helfen, die Felle ins Haus zu tragen, aber dann machte er sich davon, als ein alter Mann aus der Tür kam, sie »Tone« nannte und mit ihr in dieser harten nordischen Sprache redete …

✻

»Warum sitzt du ausgerechnet hier? Es stinkt nach Zigaretten«, sagte seine Jutta mit Blick auf den überfüllten Aschenbecher auf dem Tisch. Jürgen hatte ihr schon von Weitem angesehen, dass sie nicht gerade bester Laune war, und noch rechtzeitig das Opernglas, das er sich – ohne dass sie davon wusste – von ihr ausgeliehen hatte, in der Hosentasche verschwinden lassen, um sich weitere Fragen zu ersparen.

»Von hier hat man die beste Sicht.«

»Was willst du denn sehen?«, fragte sie fast spitz.

In diesem Augenblick beschlich ihn das Gefühl, sie könnte etwas ahnen. Jutta hatte ein feines Gespür für alle seine Stimmungen und wusste manchmal besser als er, warum er etwas tat und warum nicht. Nie hatte er etwas vor ihr verbergen können. Aber diesmal sollte sie nicht wissen, was in ihm vorging, wenn schon nicht *er*, dann sollte wenigstens *sie* ihren Seelenfrieden behalten. Es war *sein* Kampf und er würde ihn gegen alle Widerstände gewinnen, ohne dass es sie berühren sollte. Eines Tages würde er ihr dann eingestehen, vielleicht auch erst auf dem Totenbett, dass er sich selbst zu seinem Recht verholfen hatte. Wer würde es sonst tun? Vater Staat? …

»Willst du nicht schwimmen gehen?«, fragte er. Um ihr nicht das Gefühl zu geben, dass er sie loswerden wollte, fügte er an: »Ich komme gleich nach, trinke nur noch in Ruhe meinen Cocktail aus. Du kannst ja schon die Plätze reservieren.«

Der Vorschlag besserte ihre Laune kaum. Schweigend kehrte sie ihm den Rücken. Und ohne sich noch einmal umzusehen, steuerte sie mit festen Schritten auf die Treppe zu, während Jürgen ihr nachdenklich hinterherblickte.

Anfang der 70er waren Jutta und er schon ein Paar gewesen, obwohl noch blutjung. *Sie* meistens ruhig und zurückhaltend, *er* gern forsch, manchmal etwas großspurig, aber harmlos. Im Traum hätte er nicht vermutet, was ihn sein loses Mundwerk kosten könnte.

Wie alle war er bei der FDJ gewesen, ins Ferienlager gefahren, hatte Fahnen geschwenkt, die Jugendweihe absolviert und sich an dem Tag brav besoffen. Am Nationalfeiertag hatte er mitgesungen, und – wie die meisten – nicht weiter über alles nachgedacht. Ein durchschnittliches DDR-Leben als unauffälliger Kollege im Kombinat vor sich, saß er jeden Abend vor der Glotze, in der Westfernsehen lief, und träumte von besseren Tagen im Sozialismus.

Studieren wäre sein Traum gewesen, er bewunderte die, die genug Grips hatten, um auszudrücken, was sie dachten und fühlten. Im Stillen bewunderte er auch die, die nicht zu allem »Ja!« sagten, die versuchten, etwas zu ändern. Um zu erkennen, dass einiges nicht stimmte, brauchte man allerdings nicht studiert zu haben. Das erlebte er später jeden Tag im VEB. Vieles wurde versprochen, aber nichts verbesserte sich. Der Westen gab den Weg vor und der Osten versuchte, hinterherzukommen. Da nützten auch keine Sprüche wie: »Früher oder später werden wir es dem Klassenfeind schon zeigen.«

Dann hatte er Herbert kennengelernt, den »verrückten Herbert«, wie sie ihn nannten …

1

Gegen halb vier am Nachmittag saß Margo im moosgrün und weiß gehaltenen Panorama Café, das in seinem Design an die 70er erinnerte, während das Klaviertrio Linckes Glühwürmchenidyll spielte. Der Kellner hatte ihr die Linzer Torte empfohlen. Wo George nur blieb? Es war amüsanter mit George und sie fühlte sich sicherer, als allein auf ihrem Balkon zu sitzen. Doch auch wenn sie durch die Glasscheiben über die offene See blickte, erfasste sie ein Strudel, der versuchte, sie in die Vergangenheit zu ziehen, ein gefährlicher Ort, den sie laut Stubbens Anordnung unbedingt meiden sollte …

Zwei Tage später – sie saß in ihrem Büro, dem Vorzimmer des Oberbürgermeisters von Hildesheim, und hatte die Begegnung längst vergessen – ging gegen zehn die Tür auf. Wieder stürmte Armin Sebald herein, doch diesmal stellte er sich mit einem buhlenden Lächeln und einem dicken Strauß bunter Sommerblumen vor sie hin. Sie hatte gerade den Telefonhörer aus der Hand gelegt. Was wollte dieser Hans Dampf schon wieder? Blumen für *sie*? Warum? Wäre doch nicht nötig gewesen.

»Wiedergutmachung, ich habe mich einfach zu schlecht benommen.«

Sie stand kurz davor, weich zu werden.

»Aber das ist noch nicht alles. Ich würde Sie gern zum Essen einladen. Morgen Abend um acht im Giannis?«

Sie wusste nicht, ob sie annehmen sollte, da ging Kortes Tür auf. »Margo, wo bleibt die Akte Liebenthal?«

»Also gut«, schaltete Armin Sebald geistesgegenwärtig auf geschäftlichen Tonfall, »dann bleibt es bei dem Termin. Ich werde pünktlich sein.«

Sie wusste nicht warum, aber sie hatte nicht damit gerechnet, dass er im Giannis erscheinen würde. Schließlich war er Oppositionsführer und befand sich vermutlich bis in die Nacht im ständigen Kampf gegen die Regierenden. Er würde das Date sicher vergessen. Aber der Tisch war reserviert. Sie hatte sich soeben einen trockenen Landwein aus der Toskana bestellt, als er in der Tür auftauchte.

»Es macht mich glücklich, Sie zu sehen«, sagte er und legte wieder dieses Lächeln auf. Sie spürte, wie alle ihre inneren Schlösser aufsprangen, dass es sie fast ärgerte.

»Sie kennen mich doch gar nicht«, überspielte sie ihre Verlegenheit. »Oder ist das eines Ihrer Standardkomplimente?«

Er nahm den Ball auf und das Spiel begann, währenddessen sie versuchte herauszufinden, ob er einer von denen war, die sich unwiderstehlich fanden und nur Bestätigung suchten. Dafür war sie sich schlicht zu schade. Aber er war ein guter Spieler, und bald ging es um einen Einsatz, dem sie sich nicht entziehen konnte …

»Welch Glanz in Ihren Augen – Sie haben doch nicht etwa an mich gedacht?« Doch Georges Miene passte nicht so recht zu seinem kessen Spruch. Sein Lächeln blieb matt, als er sich ihr gegenüber auf den gepolsterten Stuhl setzte. Die Falten in seinem Gesicht wirkten wie eingemeißelt. »Bitte entschuldigen Sie die Verspätung, Margo, aber ich hatte noch ein Telefonat zu erledigen …«

Offenbar ein unangenehmes, dachte sie, und das erste Mal kam ihr der bisher so perfekte Gentleman menschlich vor …

*

Holk Sonntag lag auf seinem Bett in der Suite. Vor ungefähr einer halben Stunde hatte er die Bar verlassen, war noch bis zur Reling am Heck spaziert, um in die taumelnden Wellen zu blicken. Lange hatte er es auch dort nicht ausgehalten. Er hätte sich ablenken können, in der Bar ein Gespräch anknüpfen, vielleicht den Dicken mit dem Fernglas fragen sollen, wen er beobachtete. Möglich, dass er auf eine unglaubliche Story gestoßen wäre, die es wert war, aufgeschrieben zu werden. Mehr als einmal hatte er bereits daran gedacht, selbst zu schreiben, diesen Gedanken aber als Sentimentalität und falschen Ehrgeiz entlarvt. Wenn man ständig der Geburtshelfer von Büchern war, vergaß man allmählich, dass man sie nicht gezeugt hatte. Das war eine ganz andere Sache. Doch jetzt, nach reichlich Alkohol, drängte sich ihm diese Idee wieder auf. Es ging um die letzten fünf Jahre, besser gesagt um die letzten 25. Um weiterleben zu können, musste er sie abstreifen, wie eine alte, zu enge Haut. Warum sollte er sie sich nicht vom Leib schreiben? …

Ihre sonnige Familienidylle endete plötzlich mit einem Ereignis, das Winnie und ihn gleichermaßen verstörte. Bis zu dem Tag hatte sich Verena nichts anmerken lassen, sie neigte nicht zu Diskussionen oder Launen. Sie folgte Winnies Warnungen und Mahnungen, ihn wickelte sie um den Finger. Er ließ es zu und liebte sie dafür. Auch als Teenie schien Verena ein Wunder an Einsicht und Verständnis zu sein. Und dabei kam ihnen nicht einen Moment in den Sinn, dass es in ihr brodeln könnte.

Es war gegen Abend, als Winnie und er im Wohnzimmer saßen. Sie las in einem Manuskript – worin auch sonst –, er war auf dem Sprung zu einer Verabredung, einem geschäftlichen Treffen, wie er ihr gegenüber vorgab. Verena hörte die neuesten Charts in ihrem Zimmer, ziemlich laut, was sie beide hinnahmen, schließlich brauchten alle Teenies laute Musik. Dann schloss Verenas Tür im ersten Stock, kurze Zeit später erschien sie unten und stellte sich breitbeinig in die Mitte des Wohnzimmers. Er hatte sich zuerst über ihren wirren Blick gewundert. Aber es war nicht der Blick, der bei Winnie und ihm das Entsetzen auslösten: Es waren ihre Haare. Sie hatte sie nicht nur abgeschnitten, sie hatte sie mit der Schere zerfleischt. Dieser goldig schimmernde Vorhang nur noch ein Bild der Verstümmelung. Die Fassungslosigkeit machte Winnie und ihn stumm.

Plötzlich griff sich Verena mit beiden Händen an den Kopf, als würde ihr erst jetzt bewusst, was sie angerichtet hatte. Dann rannte sie nach oben und knallte die Tür, die Musik wurde noch lauter, wütender …

»Hier spricht Ihr Kapitän von der Brücke. Ich hoffe, Sie haben den Nachmittag genossen, und möchte Sie noch auf unsere Veranstaltungen am Abend aufmerksam machen …«

Holk setzte sich auf, spürte das schmerzhafte Zucken des Muskels in seiner Brust. Das Ereignis an diesem Abend und die vielen, die noch folgen sollten, würde er nicht auslöschen können …

*

An manchen Tagen zerrte jede Minute an ihm. Dann hatte er nicht mehr das Gefühl zu leben, sondern nur noch Zeuge seiner Verwesung zu sein. Heute allerdings war der Nachmittag mit Leichtigkeit verflogen, ein Geschenk für Guntram Fellner.

Vor allem freute ihn, dass er für Max mehr als eine rollende Mumie war, dass er ihn respektierte. Offenbar spürte der Junge, dass auch er ihn ernst nahm, Kinder wollen nicht wie

Unmündige behandelt werden. Vom Totenbett aus betrachtet machte Leben nur dann Sinn, wenn man seine Kinder ernst nahm. Vorher hatte er nie darüber nachgedacht, das lag wohl daran, dass er all die Jahre das Geschäft über Wasser halten musste, ihm war keine Zeit fürs Philosophieren geblieben.

»Welches Hemd willst du tragen, Opa?«

Ach, Hilde. Ein kariertes natürlich. Er trug immer karierte Hemden aus Baumwolle, die saugten den Schweiß am besten auf, nur sonntags zog er ein weißes mit Krawatte an, auch wenn er nie in die Kirche ging. Aber beim Frühschoppen hatte er sich immer blicken lassen, als Greta, seine Frau, noch lebte. »Such eben eins raus!«, brummte er.

Das Abendessen stand bevor. Einerseits freute er sich darauf, andererseits empfand er Widerwillen, hasste vor allem das Getue um ihn herum, dass sie ihn bedienen mussten, weil er keinen Teller mehr halten konnte. Die Kellner schauten mitleidig auf ihn herab, und erst die Blicke der Tischnachbarn, wenn Hilde für ihn das Essen in mundgerechte Stückchen schnitt, die er dann mit der Gabel versuchte aufzuspießen und endlos brauchte, bis er sie in den Mund befördert hatte. Seinen Zustand betrachtete er als Bestrafung, die er ertragen musste, wer auch immer ihn dazu verurteilt hatte …

Stavanger, September 1943

An dem Abend konnte er sich nicht auf das Kartenspiel mit den Kameraden konzentrieren. Eine Unruhe stieg in ihm auf, aber es war nicht die übliche Sorge, ob zu Hause in Oberbarmen alles seine Ordnung hatte, ob die Familie wohlauf war und die Metzgerei am Wupperfelder Markt noch stand. In seinem Kopf geisterte die Szene im Nebel umher. Die norwegische Frau, versteckt unter dem Regenmantel mit der weiten Kapuze, ihr Stöhnen, während sie versuchte, den Handwagen aufzurichten. Wie sie ihn angesehen hatte – nicht ängstlich, eher herausfordernd –, als sie am Haus angekommen waren und sie sich bei ihm bedankt hatte. Die ganze Nacht über ließen ihn die Bilder nicht aus.

Am nächsten Morgen nach dem Appell war er zum Küchendienst abkommandiert. Gemüse waschen und schnippeln, Fisch ausnehmen, Töpfe schrubben. Die Arbeit machte ihm nichts aus, er kannte sie von zu Hause. Nach dem Essenfassen folgte die Mittagsruhe, doch er wollte raus. Der Tag war sonnig und klar, es wehte eine frische Seeluft. Er entschied, in den Hafen zu gehen, und wieder kreuzte der Felsenpfad seinen Weg.

In der nebeligen Dämmerung am Abend vorher hatte er kaum etwas erkennen können. Die Landschaft war karg, nur wenige Bäume, überall ragte der nackte Fels aus dem Boden. Es war schwer, hier seinen Acker zu bestellen, dachte er. Aber die See gab den Norwegern Fische, ansonsten hielten sie Ziegen und Schafe. Und sie hatten die Fjorde: trotzig, wild und schön.

Er erreichte eine kleine Anhöhe, nicht weit entfernt von zwei benachbarten Wohnhäusern aus Holz in dem üblichen roten Anstrich aus Walblut, und erkannte den Stapel gerodeter Wurzeln, vor dem sie gestern angehalten hatten. Aus einem der Ställe drangen Schläge. Als er Rufe hörte, trat er hinter einen der mannshohen Felsblöcke zurück. Die Tür des vorderen Hauses öffnete sich und eine junge Frau kam heraus, sie hinkte.

Er hatte die nordische Schönheit für eine Legende gehalten, doch *Tone* war damit beschenkt worden. Er hatte ihren Namen behalten, der alte Mann, der ihr Vater sein konnte, hatte sie gestern so gerufen. Ihre Gestalt war schlank gewachsen und doch weiblich, das Gesicht oval und ebenmäßig, die Nase nicht zu kräftig, nicht zu klein. Ihr Haar war von hellem Blond wie die Mähne eines himmlischen Pferdes und ihre Haut milchweiß. *Sie* war die nordische Göttin, von der alle redeten. Aber vielleicht schien es ihm nur so, weil er einsam war hier in der Fremde, sie war eine Einbildung, ein Traum. Er beobachtete, wie sie in den Stall hinkte. Ob sie noch starke Schmerzen hatte? Kurz darauf kam sie zusammen mit dem alten Mann heraus, der den Handwagen hinter sich her zog. Offenbar hatte er die Achse repariert. In diesem Augenblick legte sie die Hand an die Stirn und schaute zu den Felsen herüber, als hätte sie eine Ahnung …

*

Dieser Schmidt war wie vom Erdboden verschluckt. Natürlich konnte er Jürgen Wörner auch erkannt haben, vielleicht schon auf dem Klo, nur hatte er sich nichts anmerken lassen. Und jetzt ging er ihm aus dem Weg. Die von der Stasi waren raffinierte Hunde, hatten sich früher auch verkleidet wie Schauspieler, um nicht erkannt zu werden. Jürgen hatte es nicht geglaubt, bis er es im Stasimuseum mit eigenen Augen gesehen hatte: Schminke, Perücken, falsche Bärte. Nichts war denen zu schäbig gewesen, um Ahnungslose auszuspionieren. Vielleicht war dieser Schmidt heute an ihm vorbeigelaufen und er hatte ihn nicht erkannt? Aber das Zucken konnte er nicht wegschminken, das würde ihn immer verraten …

Seine Jutta und er hatten sich einen sonnigen Platz im Restaurant gesucht, direkt am Fenster, die Nordsee mit ihrer flimmernden Oberfläche zu Füßen. Allmählich färbte sie sich rot, als würden die Wellen Feuer fangen. Schade, dachte Jürgen, dass er diesen Anblick nicht genießen konnte, dazu war er viel zu aufgewühlt.

Bis zum Abend würden die zollfreien Läden auf der Einkaufsmeile geöffnet haben, und später fand eine neue Show im Theater statt. Er würde sich weiterhin nach Schmidt umschauen, hatte sich bereits eine Entschuldigung für Jutta zurechtgelegt, falls er Schmidt begegnen würde und ihn auf der Stelle verfolgen müsste, um die Nummer seiner Kabine herauszukriegen.

»Wollen wir gehen oder trinken wir noch einen Kaffee?«, fragte er, um so locker wie möglich zu wirken.

»Wie du willst«, antwortete sie und blickte starr in die flammende See.

Schon immer hatten die Kollegen mit Fingern auf den verrückten Herbert gezeigt, und Jürgen hatte angenommen, dass Herbert einen Dachschaden hatte, wie es ja vorkommen konnte, selbst im »perfekten« DDR-Sozialismus. Er hatte mitgelacht, wenn sie wieder Geschichten über ihn erzählten, meistens Lügen, wie sich später herausstellte. Was Herbert im VEB eigentlich machte, wusste keiner so genau, manchmal verteilte er Briefe, manchmal putzte er den Flur vom Genossen Direktor. Wenn er Pause machte, und das kam oft vor, stellte er sich an den Eingang der Werkskantine und schnorrte am liebsten F6. »Hier haste«, sagten sie zu ihm, »aber nur, wenn du versprichst, keine Revolution zu machen, Herbert. Die da oben kriegen ja Angst vor dir.« Und dann lachten sie, und Jürgen lachte auch. Herbert ließ es sich gefallen und rauchte.

Eines Tages hing Herbert im Keller von der Decke, die Beine baumelten zwischen den schimmelnden Akten. Damit hätte auch er seinen Plansoll erfüllt, spotteten die Kollegen. Später hörte man, er sei selbst schuld gewesen. Alles besser zu wissen, sei schließlich kein Kunststück, mit den Zuständen zu leben schon ... Jürgen ahnte, was sie meinten, aber die wahre Geschichte von Herbert blieb im Dunkeln. Dann fragte er Frentzen von der Verwaltung.

»Hat immer an der falschen Stelle die Schnauze aufgerissen, der liebe Herbert, immer als Erster moniert, wenn etwas nicht sauber lief. Bis sie sich ihn vorgeknöpft hatten, erst einmal und, als er nichts daraus lernte, immer wieder. Hätte nur sein Maul halten müssen, der Idiot.«

»Ich hätte mich nicht so einfach kleinkriegen lassen«, rutschte es Jürgen heraus, und er legte noch nach: »Man muss denen zeigen, dass sie nicht alles können.« Frentzen schwieg dazu, aber in seinem Blick blitzte so etwas wie Hohn auf. Jürgen dachte sich weiter nichts dabei …

8

Das Telefonat schien George auf den Magen geschlagen zu sein, jedenfalls hatte er das Stück Linzer Torte kaum angerührt. Sein Lächeln war plötzlich seelenlos wie das einer Wachspuppe geworden. An einem Punkt der Unterhaltung war er ganz verstummt, hatte nur orientierungslos durch die Panoramafenster auf die offene See gestarrt.

Margo kannte das Gefühl, hilflos abzudriften. Wie an dem Tag, als die Diagnose kam. Es war nicht schwer zu ahnen gewesen, dass mit ihr etwas nicht stimmte. Ein Knoten in der Brust war nie ein gutes Zeichen. Aber in ihr wohnte noch genug Hoffnung zwischen ihrer zitternden Seele und der Verzweiflung. Dann folgten die paar Worte, die ihr ohnehin angeknackstes Selbst in einer Sekunde zu Stecknadelgröße schrumpfen ließen. Sie fühlte sich wie der Mittelpunkt eines heidnischen Opferfestes: Gierige, grelle Fratzen umtanzten sie bei ohrenbetäubendem Trommeln, während sie sich nackt vor ihnen krümmte wie ein Wurm.

Verständlicherweise hatte sich George ihr nicht erklärt, er war ganz verschlossen gewesen. Dann war ihm aufgefallen, dass er nicht bei der Sache war, und er hatte sich für seine Unaufmerksamkeit mehrfach entschuldigt. Sie hatte ihn beruhigt, beinahe hätte sie sogar seine Hand ergriffen …

»Service hier! Madame zu Hause?«

»Kommen Sie herein, Joan«, sagte Margo, auch wenn es längst Zeit wurde, sich für das Abendessen umzuziehen. Diesmal hatte *sie* sich mit George verabredet, sie hatte das Gefühl, ihn von dieser Nachricht – was auch immer dahintersteckte – ablenken zu müssen. Sie lächelte bei dem Gedanken, dass sie plötzlich die Rollen vertauscht hatten.

»Frau Sebald lächelt«, sagte Joan. »Morgen bunter Hafen und Sonne, wunderbar.«

In dem Moment ließ seine südländische Zuversicht ihre Ängste lächerlich erscheinen. Eigentlich war alles – bunter Hafen und Sonne – wunderbar. Sie war nur zu verblendet, um es zu erkennen. Hatte sie nicht schon vor dem Krebs den Blick für das verloren, was im Leben wirklich zählte?

Seit Armin Sebald das Restaurant betreten hatte, kam sie sich vor wie ein schwärmerischer Teen, der gerade einem Popstar verfällt. Sie wusste nicht, ob sie sich glücklich fühlen oder sich schämen sollte.

Anfangs hatte sie sich gefragt, ob er dieses Date nur vorschob, um die Sekretärin des Oberbürgermeisters einmal gründlich aushorchen zu können. Die Wahlen standen bevor, und als Oppositionsführer wollte er natürlich Kortes Platz. Da nutzt man jede sich bietende Gelegenheit, um ans Ziel zu kommen. Sie war auf der Hut gewesen, bereit, alle Versuche diesbezüglich abzuwehren. Aber er hatte kein einziges Wort darüber verloren, stattdessen wollte er wissen, was sie mit ihrer Freizeit anstelle, ob sie Tennis möge, er würde es lieben, welche Musik ihr gefiele, gestand, dass er manchmal zu Hardrock wie zu einer Droge greife, aber ansonsten ziemlich clean sei, außer ab und zu einem Glas Rotwein. Er hatte ihr auch ungefragt eröffnet, dass er geschieden sei und dieses Kapitel seines Lebens abgeschlossen habe. Er schaffte es, ihre Skepsis zu zerstreuen, sie begann zu glauben, dass es ihm tatsächlich um *sie* ging, und sie glaubte es gern. »Haben Sie noch Lust auf einen Kaffee, Margo?«, fragte er nach dem Käseteller. Sie nickte. »Aber vielleicht an einem anderen Ort?«

Er zahlte, draußen regnete es. Sein großer BMW stand in der Nähe der Tür. Während der Fahrt sprachen sie nur wenige Worte. In den glänzenden Asphaltflächen spiegelten sich die Fassaden und verschwammen. Sie vergaß, dass es Hildesheim war, jede Stadt könnte es sein, durch deren Straßen sie fuhren, warum nicht Riga oder New York? Auf einmal wusste sie, dass sie bereit war, ihm zu geben, was sie bislang noch keinem Mann am ersten Abend gegeben hatte …

*

Holk trank sein zweites Glas Sherry auf einen Zug leer in Erwartung von Winnies Reaktion. Er hatte auf ihren vorwurfsvollen Blick spekuliert, mit dem er immer rechnen konnte, wenn er sich in irgendeiner Form gehen ließ. Er brauchte jetzt dieses totale Gefühl von Schuld, daran konnte er sich festhalten. Aber Winnie verweigerte ihm diesen Blick. Kein Wort, keine Geste, die ihre Verachtung gegenüber seinem Verhalten verriet, sie las ungerührt in ihrem E-Book, das beim Essen handlicher sei als einer dieser gemästeten Wälzer. Ihm kam es fast so vor, als begänne sie sich zu erholen.

Der Kellner hatte gewechselt. Ein junger Asiate mit dem gleichmütigen Gesicht einer Zimmerpflanze lief jetzt von Tisch zu Tisch. Wie es wohl im Bett war mit einer Zimmerpflanze, ob sie stöhnen würde, wenn es ihr kam? – Ja, er war ein altes Schwein, schon deshalb war er schuldig. Deshalb war alles so gekommen. Er gab dem Kellner ein Zeichen.

»Ich nehme auch einen Sherry«, sagte Winnie, während sie das Display ihres E-Books weiterhin magnetisch anzog.

»Gibt es etwas zu feiern?«, fragte er.

Sie spielte die Verwunderte, dabei wussten sie beide, dass sie nur bei ausgesuchten Gelegenheiten trank, etwa wenn sie vor wichtigen Partygästen locker wirken wollte, und an Silvester, weil sie es für ihre Pflicht hielt, mit den Mitarbeitern auf das neue Jahr anzustoßen. Sie hatte sich unter Kontrolle – und den ganzen Verlag. Kontrolle ausüben und abstrafen, wenn jemand den verabredeten Weg nicht einhielt, dafür kannte und hasste man sie. Und sie lebte vom Hass, besonders seit den Jahren nach Verenas Tod.

Hatte sie etwa eine ausgesucht unangenehme Nachricht für ihn und genoss es, ihn hinzuhalten? Vielleicht waren sie schon pleite? Er war seit Stunden nicht mehr an sein Handy gegangen. Sosehr es sie selbst treffen würde, wäre es für sie sicher die größte Genugtuung, ihm die Nachricht vom Untergang des Verlages zu überbringen, um den Nektar seines Schmerzes zu schlürfen. »Der Untergang des Hauses Sonntag«, ja, das war ihre Art von Poesie.

Der Kellner stellte die Getränke ab. »Stoßen wir an«, sagte

Winnie, und auf ihrem ausgemergelten Gesicht erschien ein beinahe entspanntes Lächeln, das ihn völlig irritierte ...

Verenas schockierender Auftritt im Wohnzimmer hatte Winnie und ihn eine Weile außer Gefecht gesetzt, dann entschieden sie, dass *er* mit ihr reden sollte, weil sie den ohnehin gereizten Zustand ihrer Tochter keinesfalls aufheizen wollten. Und er galt als der Sanftere.

Verena hatte die stampfende Musik ausgeschaltet. Im Zimmer war eine gespenstische Ruhe, als er an die Tür klopfte. »Ich bin's, Maus. Darf ich reinkommen?« Sie antwortete nicht, er drückte die Klinke. Die Tür war nicht abgeschlossen. Sie lag auf ihrem Bett, ihr knackiger Po in der Levi's Jeans streckte sich ihm entgegen. Ein Bild von einem Mädchen, nein, einer jungen Frau, denn dass die alten Zeiten vorbei waren, hatte sie ihnen gerade unmissverständlich zu verstehen gegeben. Sie hätte doch über alles mit ihnen reden können, konnte es immer noch ...

Er setzte sich auf den Stuhl nahe dem Bett, ihr Brustkorb hob und senkte sich. Er wollte sie in die Arme nehmen und trösten, aber er fürchtete sich plötzlich vor ihr. Vor dem Spiegel im Kleiderschrank lagen – tot und stumpf – die rotblonden Strähnen in dicken Büscheln, die früher um ihren Hals gespielt hatten und ihr und sein Stolz gewesen waren.

»Was ist los mit dir?«, und um ihr gleich einen Weg zu eröffnen: »Haben wir etwas falsch gemacht?«

Sie drehte sich zur Seite und blitzte ihn aus geröteten Augen an. »Ich bin es nicht mehr«, sagte sie in schneidendem Tonfall. »Ab heute bin ich nicht mehr das verwöhnte Gör, die privilegierte Ziege, die nicht weiß, was im echten Leben läuft, dein Püppchen, deine Maus – vorbei!«

Es tat weh. Auch wenn ihr offensichtlich irgendwer oder irgendwas eine Gehirnwäsche verpasst hatte. Er fühlte sich zu Unrecht angegriffen, sie hatten alles Menschenmögliche für sie getan, das konnte doch nicht auf einmal alles falsch sein … Aber er verteidigte sich nicht, einen erneuten Ausbruch hätte er nicht ertragen.

»Dann sag, was wir ändern können, und wir werden es tun.«

Doch sie vergrub ihr Gesicht im Kissen und knipste ihn einfach aus.

»Nicht ansprechbar«, sagte er später zu Winnie in der Küche, »Irgendein Linker hat ihr ins Ohr geblasen, sie sei privilegiert und habe vom Leben keine Ahnung. Aber das wird sich reparieren lassen.«

Winnie nickte, er sah jedoch, dass sie weinte.

*

Den beißenden Geruch nach Franzbranntwein empfand Guntram als angenehm, das Parfüm der Arbeiter, wie er sagte. Er konnte sich richtig entspannen, wenn Hilde ihm abends den Rücken massierte, ihre Rechte zwischen den Schulterblättern hin und her glitt und er seine Muskulatur spürte. Ein Segen, dass sie gelernte Altenpflegerin war. Vermutlich würde sie in ihren Beruf zurückgehen, nachdem er die Augen für immer geschlossen hätte. Jedenfalls brauchte er sich keine Sorgen um sie machen, zudem bekäme sie aus dem Erbe ein dickes Polster ausgezahlt. Es würde ihr gut gehen.

»Was wirst du machen, wenn ich nicht mehr da bin?«, fragte er so dahin, ohne eine überraschende Antwort zu erwarten.

»Ich werde heiraten.«

Wie bitte? Hatte er richtig gehört? Seine graue Hilde wollte einen Mann glücklich machen und eine Familie gründen? Sie war drall und jenseits der 40, zu alt für eigene Kinder, auch wenn die Medizin in den letzten Jahren Fortschritte gemacht hatte. – Doch sie hätte ihm wenigstens davon erzählen können. »Ich dachte, du würdest mir vertrauen.«

Sie lächelte und ein satanischer Zug spielte um ihren Mund, Guntram sah es genau. Offenbar hatte sie es faustdick hinter den Ohren, seine Enkelin.

»Ich muss dir ja nicht alles sagen, oder?« Sie nahm sich seine rechte Wade vor.

»Nicht so grob!«, stöhnte er. »Du tust mir ja weh!« Er war enttäuscht von Hilde. Undankbar, wie sie sich verhielt, ihn einfach fallen zu lassen. Er spielte mit dem Gedanken, ihr wenigstens damit zu drohen, sie zu enterben … Aber sollte er in Unfrieden abtreten? »Du könntest ihn mir wenigstens einmal vorstellen.«

»Ihr würdet euch nicht verstehen«, lehnte sie rundweg ab und nahm sich die andere Wade vor.

Was war nur los mit ihr?

»Hast du den Eindruck, dass ich irgendjemanden oder einen von euch ungerecht behandelt habe, nur weil er anderer Meinung war als ich? Es sei denn, er wollte der Familie schaden …«

»Du kannst beruhigt sein, mein Bräutigam wird niemandem schaden, ganz im Gegenteil. Also gut, ich werde ihn dir vorstellen, aber du musst mir versprechen, dass du ihn nimmst, wie er ist.«

Frauen verstehen es, einen auf die Folter zu spannen, dachte er.

Stavanger 1943

Der Vorstoß der Amerikaner auf Norwegen stand bevor. Deutsche Schiffe wurden auf Grund gesetzt, Meldungen erreichten sie: Stalingrad sei gefallen, Hamburg in Schutt und Asche gelegt. Manche glaubten, wenn kein Wunder geschehe, würde es ein schlimmes Ende nehmen.

Seit dem Angriff im Mai machte sich Guntram immer

mehr Sorgen um die Familie in Oberbarmen, auch wenn alle wohlauf waren und die Metzgerei bislang verschont geblieben war. Unvorstellbar, dass die Flieger mit ihren Bomben alles in einer Minute zerstören könnten, woran zwei Generationen der Fellners hart gearbeitet hatten. Es blieb ihnen nur, weiter an den Führer zu glauben …

Wenn er abends in die Koje kroch, schwirrte ihm der Kopf, aber *ein* Bild drängte sich immer auf, auch wenn es ihm unanständig vorkam, immer daran denken zu müssen, an dieses milchweiße Gesicht mit den blonden Haaren. Wenn er unter der Decke lag, tauchte es auf, und in sein Ohr flüsterte es: Tone … Tone …

War das Wetter nicht zu rau und er nicht zum Marschieren oder als Wachtposten abkommandiert, zog es ihn zu den Felsen oberhalb der beiden Holzhäuser. Dann rauchte er eine Zigarette, während sein Blick über die Wiesen schweifte – inzwischen kannte er jeden Stein und jeden Busch –, und starrte erwartungsvoll auf die Tür des unteren Hauses. Manchmal kam sie heraus. Ihre Verletzung war längst verheilt, sie lief flink und rief nach den Schafen und Ziegen, verließ aber nie ohne Begleitung das mit Holzgattern und Steinwällen umzäunte Grundstück.

Der Tag war sonnig und es wehte eine mittelstarke Brise. Er hatte sich soeben eine Zigarette angezündet und saß hinter einem der Felsvorsprünge, mit dem Rücken zu den Häusern, um sich vor dem Wind zu schützen. Seit Tagen hatte er ein leeres hoffnungsloses Gefühl. Doch ein Verräter, wer nicht an den Endsieg glaubte. – Plötzlich hörte er Schritte, Steine klapperten. Als er aufblickte, stand sie vor ihm, und in ihren Augen erkannte er nicht mehr Argwohn, ein freudiges Glänzen lag jetzt darin.

*

Die Abendshow im großen Theater war gerade so, wie es sich seine Jutta wünschte. Das Publikum sang mit und amüsierte sich über die Sketche. Jürgen hatte vorgeschlagen, sich in eine der hinteren Reihen nahe dem Ausgang zu setzen. Am Ende der Show würde man nicht so im Gedränge stecken und es sei praktischer, wenn man zwischendurch einmal rausmüsse.

Er hatte wieder jede einzelne Sitzreihe ins Visier genommen, auch die Ränge bis zum letzten Platz, aber diesen Schmidt schien das Theater nicht zu interessieren. »Ich bin gleich wieder zurück«, sagte er zu Jutta, als Gelächter und Zwischenapplaus aufbrandete.

Eine Viertelstunde war vergangen, noch gut eine halbe konnte er sich ungestört umsehen. Für Schmidt wäre es noch zu früh, sich hinzulegen, es sei denn, er wäre krank.

Um diese Zeit hielt man sich entweder im Theater auf oder schwatzte und trank in einer Bar. Gleich links neben dem Theatereingang befand sich eine dieser Bars. Jürgen ließ sich einen Nordhäuser Korn einschenken und blickte sich möglichst unauffällig um. Ein unbekanntes Gefühl, nicht mehr der Gejagte, sondern der Jäger zu sein. Jäger wird man nicht über Nacht, auch wenn man ein Ziel hat und feste Absichten. Wer Gefühle zeigt, macht Fehler und kommt nicht ans Ziel. Aber auch wenn alles so viele Jahre zurücklag, konnte es Jürgen nicht kaltlassen …

Das Gespräch mit Frentzen über den verrückten Herbert hatte er längst vergessen. Ihr Alltag lief weiter. Jutta wurde schwanger, sie träumten von einer Sportskanone, die später bei Olympia mindestens *eine* Goldmedaille holen würde, einem sozialistischen Held, den jeder in der DDR anhimmelte.

Zwei Tage vor der Geburt ihres Jens wurde er zu einem Gespräch mit dem Brigadeleiter und einem Parteikader gebeten. Sie sagten, es gehe darum, die Qualitäten der Mitarbeiter herauszufinden, um sie im Betrieb ihren Fähigkeiten entsprechend einzusetzen. Es klang, als wolle man ihn befördern. Er konnte das gut gebrauchen, schließlich waren sie eine junge Familie und erwarteten ihr erstes Kind. Ob er mit seiner Arbeit zufrieden sei, fragten sie, und ob es Beanstandungen gebe, er könne das ehrlich sagen, daran würden sie alle nur wachsen. Der Sozialismus brauche frische, kritische Geister. Er dachte nach und erwähnte einige Punkte, um ihnen zu beweisen, dass er die Missstände im Blick hatte. Sie hörten genau zu und nickten mit unbewegten Gesichtern.

Ihr Jens war bereits drei Wochen alt, als ihm mitgeteilt wurde, dass er ab jetzt im Lager arbeiten solle, den Bestand sortieren und den Ein- und Ausgang kontrollieren. Das musste ein Irrtum sein, der Bestand war verschwindend gering, der Ein- und Ausgang leicht übersehbar, denn es wurde immer das eingehende Material verarbeitet. Dafür stellte man doch keinen fähigen Arbeiter ab …

Die »Mythos« barg drei oder vier große Restaurants, mindestens sechs Bars und Bistros verteilt auf 14 Decks, Nacht- und Tanzbars und das Café mit Panoramablick. Sogar eine Raucherbar, die kubanische Zigarren anbot. Natürlich konnte Jürgen das alles nicht in einer halben Stunde absuchen. Er entschied, auf dem Theaterdeck zu bleiben, und nahm sich den Gang auf der Backbordseite vor, während er auf dem Weg zum Bug einen Blick in jede Gästetoilette warf. Im großen Speiserestaurant lief er eine Runde an den Tischreihen vorbei, setze sich schließlich in die Nähe des Ausgangs und bestellte noch einen Schnaps.

Als er später wieder an der Theaterbar angelangt war, saß dieser Schmidt in einem der Sitzpolster am Fenster, als hätte er auf ihn gewartet, vor sich ein halb volles Glas Weißwein und eine Schale mit Erdnüssen. Sein Mund zuckte, wie nur Schmidts Mund zuckte. In dem Moment öffneten sich die Flügeltüren des Theaters und eine durstige Menschenmenge strebte den freien Sitzplätzen in der Bar zu.

BERGEN IN NORWEGEN

9

In der Nacht hatte sie ein paar Stunden traumlos schlafen können. Jetzt schien bereits die Sonne, der Himmel prangte blau und wolkenfrei, die See war ein glitzernder Teppich, nur der Hafen erschien karg und nüchtern, nicht bunt, wie von Joan versprochen. Die »Mythos« hatte offenbar am Industriekai festgemacht. Wahrscheinlich war nur hier Platz für Schiffe dieser Größe.

Margo lehnte im kurzen Nachthemd an der Reling ihres Balkons, beäugt von zwei Silbermöwen, die erwartungsvoll an den Decks vorbeiflogen. Hin und wieder vibrierte die Luft von harten, mechanischen Schlägen aus Richtung des Containerschiffs, das nicht weit von der »Mythos« entladen wurde.

Margo hatte den Ausflug gebucht, der kurz nach dem Frühstück beginnen sollte, bestehend aus einer Stadtbesichtigung von Bergen zu Fuß, gefolgt von einer Bustour in die nähere Umgebung und abgeschlossen von einer Fjordrundfahrt auf einem Küstenmotorschiff. Nach dem Tag auf See die ersehnte Abwechslung und das Gefühl, frei zu sein, denn dieses riesige schwimmende Hotel fühlte sich trotz allem wie ein Käfig an.

Am Abend vorher hatte sie mit George noch ein Konzert im kleinen Saal besucht. Eine russische Pianistin hatte einen halsbrecherischen Liszt hingelegt, was George endlich etwas aufgelockert hatte. »Dieser Liszt war eine bemerkenswerte Persönlichkeit«, hatte er gesagt, als sie danach noch einen Cognac in der Theaterbar nahmen, »einerseits spirituell, andrerseits ganz dem irdisch Sinnlichen verhaftet.«

»Werden Sie nicht hochtrabend, George«, erwiderte sie, denn in dem Augenblick erinnerte er sie an ihren Vater, hinter dessen gedrechselten Formulierungen bei genauem Hinsehen nur leere Phrasen steckten. »Erzählen Sie mir lieber, was mit Ihnen los ist.«

Ihre Direktheit hatte ihn offenbar überrascht, aber er war zurückhaltend geblieben. »Der Zeitpunkt wird kommen, dann werde ich es Ihnen erklären, Margo. Bitte haben Sie Geduld.«

Plötzlich traf es sie wie ein Schlag und ihre Hand krampfte um den Holm der Reling. Der Schmerz unter ihren Narben brach sich wieder Bahn und zwang sie, sich zu setzen. In den ersten Wochen nach der Operation hatte er sie regelmäßig heimgesucht. Ausgerechnet heute, wo sie sich einen schönen, harmonischen Tag erhofft hatte, um sich in malerischer Küstenlandschaft selbst vergessen zu können …

Irgendwie war es zwischen ihnen klar gewesen, dass der Abend in Armins Wohnung enden würde. Sie lag auf dem Weg zur Marienburg und war ziemlich groß für jemanden, der allein wohnte. Und er wohnte allein, denn es gab keinen Stuhl in der ganzen Wohnung, auf dem sich nicht Akten stapelten oder ungebügelte Hemden lagen, bis auf den Drehstuhl am Schreibtisch. Es schien ihn nicht zu stören, ihr dieses Chaos zu präsentieren. So bin ich, ich verstelle mich nicht, sollte es heißen. Und es hatte den gewissen Charme, der sie ansaugte wie ein schwarzes Loch.

Die Musik, die er kurz nach Betreten der Wohnung eingeschaltet hatte, klang wie Mondmusik, als befänden sie sich auf dem Weg durchs All. Sie fühlte sich zunehmend schwerelos, zog ihren Mantel aus und setzte sich an die Küchenbar. Ihr war nach Sekt, sie stießen an mit echtem Champagner, er setzte sich neben sie, berührte ihre Schulter, strich leise entlang ihrer Brüste, sie küssten sich zu galaktischen Klängen. Seine Zärtlichkeiten ließen sie abheben und sie schwebte die ganze Nacht über. Er küsste sie noch am Morgen. Dann hatten sie ein schnelles Frühstück, natürlich wartete eine Unmenge Arbeit auf ihn. Gegen sieben setzte er sie vor ihrer Wohnung in der Neustadt ab, erst da landete sie wieder auf *diesem* Planeten ...

*

Der Blick auf Stahlkräne und Lagerhallen war nicht gerade erbaulich, als Alternative bot sich Backbord an, Holk würde auf dem Oberdeck schon den richtigen Platz mit der passenden Aussicht finden, wenn er denn nichts *Besseres* zu tun hätte ...

»Die Fahrt mit dem Boot im Fjord und durch den Hafen wird einmalig werden. Bei *dem* Wetter«, schwärmte Winnie beim Frühstück. Es klang fast so, als wollte sie ihn locken, an dem Ausflug teilzunehmen. Wie das? Sonst liebte sie es doch geradezu, die Unabhängige zu demonstrieren.

»Auf die Schnelle werde ich kaum noch buchen können, mein Schatz«, versuchte er abzuwiegeln.

Doch so schnell gab sie nicht auf. »Wo ein Wille ist ...« Sie erinnerte ihn an Verena, wenn sie etwas unbedingt wollte und versucht hatte, ihn um den Finger zu wickeln. Was war los mit Winnie? Seit gestern Abend tat sie plötzlich so, als läge ihr wieder etwas an ihm. Ihre Augen wurden feucht, wahrscheinlich vertrug sie die neuen Kontaktlinsen nicht. Möglich auch, dass sie ahnte, was er heute vorhatte, und doch zwang sie ihn zu einer Wahl, die ihn wieder einmal in die Selbstverleugnung treiben sollte. Viele kleine Entscheidungen, die sie ihm im Laufe ihrer Ehe abverlangt hatte, ohne zu fragen, ob sie ihn unglücklich machten. Er wollte damit die Schuld nicht auf Winnie abwälzen. Die Verantwortung trug allein *er*, der sie aus Feigheit vor der Welt geheiratet hatte, er allein war auch Schuld an Verenas Tod, denn eine Kette von falschen Entscheidungen ging auf sein Konto …

Immer wieder versuchte er, mit Verena zu reden, aber sie verweigerte sich. Es war gespenstisch mit anzusehen, wie schnell sie sich in der folgenden Zeit zu ihrem Nachteil veränderte. Sie kleidete sich schlampig, ihre Haare versteckte sie unter einer speckigen Baskenmütze, die er vorher nie bei ihr gesehen hatte. Wenn Winnie oder er sie nach der Schule fragten, ging sie gleich hoch. Aus der Einser-Schülerin war eine Versagerin geworden. Er wusste nicht, was er dem Oberstufentutor gegenüber als Begründung anführen sollte. Sie schloss sich in ihr Zimmer ein, kam nach Hause, wann sie wollte, manchmal blieb sie über Nacht irgendwo und ließ sich erst morgens wieder blicken, nach Alkohol stinkend und mit dunklen Schatten unter den Augen.

Einmal platzte ihm der Kragen, als die Wohnungstür knallte, sie nach oben trampelte und sich nach neuer Gewohnheit in ihrem Zimmer einschloss. Er folgte ihr. Nach einigem Hin und Her ließ sie ihn hinein, in eine schmuddelige Höhle, durchtränkt von ekelhaft süßlichen Gerüchen. Sie setzte sich aufs Bett und kaute an ihren Fingernägeln.

»Es wird Zeit, dass wir reden«, sagte er.

Sie schwieg.

»Wir haben ein Recht darauf zu wissen, was mit dir los ist …«

Er sagte sich, dass er ein ganz normaler Vater sei und *das* frage, was Tausende Eltern ihre Kinder fragten, die sie plötzlich nicht mehr verstanden. Und er fürchtete sich vor dem, was sie antworten würde.

»Ich habe dir doch gesagt, was mit mir los ist: Ich mache nicht mehr mit.«

»Haben wir dich zu etwas gezwungen, was du nicht willst? Dann ist jetzt der Zeitpunkt, damit herauszurücken, denn ab heute machen wir auch nicht mehr mit!«

Sein Ton war eine Spur zu aggressiv, er spürte das und ruderte zurück. Sie würde sich sonst nur noch mehr einkapseln. »Bitte, Verena, wir wollen einfach nur verstehen …«

»Ich bin kein kleines Kind mehr, ich will frei leben. Das ist alles.«

Er wollte sie an den Schultern packen und durchschütteln, fuhr jedoch nur hilflos die Arme aus. »Das sollst du doch. Du machst die Schule fertig, dann kannst du leben, wie du willst.«

»Na klar, deine einzige Sorge ist, dass ich mein Abi nicht mache. Ob *ich* das will oder nicht, ist dir doch egal, es geht nur darum, dass ich zu eurem *Niveau* passe. Vielleicht will ich das aber nicht, vielleicht scheiß ich auf euer Niveau …«

Es riss ihn von der Stelle. In dem Augenblick warf sie sich auf den Rücken wie eine unterwürfige Hündin. »Schlag mich doch, wenn dir nichts Besseres einfällt. Einmal stoßen eben auch intellektuelle Größen wie du an ihre Grenzen …«

Das war nicht seine Verena! Wer steckte bloß dahinter? Er war entschlossen, diesen jemand ausfindig zu machen und zu entschärfen, sonst – da war er sicher – würden sie ihre Tochter für immer verlieren.

✳

»Uropa muss auch dabei sein«, hatte Max verlangt, und obwohl Guntram abgewiegelt hatte, denn er fand, dass er der Familie genug lästig fiel, schmeichelte es ihm, dass die jüngste Generation der Fellners ihn für unverzichtbar hielt. Alex hatte einen Leihwagen an den Kai bestellt, der Bus kam wegen Guntrams Zustand nicht infrage. Das kratzte an seinem Stolz, denn er war immer fit gewesen, bis in seine 80er hinein, als ihn dieser Körper plötzlich im Stich gelassen hatte und nur der blanke Überlebenswille übrig geblieben war.

»Wünsche einen schönen Tag, *Guntram*!«, verabschiedete ihn ein Kontrolleur in Marineuniform unten vor dem Ausstieg, nachdem er einen Blick auf seine Bordkarte geworfen und ihn elektronisch registriert hatte.

Was die sich erlaubten, einen einfach mit Vornamen anzureden, aber heutzutage nahm man sich alles heraus und nannte es »Service«. Alex und Max standen schon an einem Land Rover und winkten ihnen zu.

»Angeblich soll es hier in Norwegen astronomisch hohe Strafen für Raser geben«, sagte Guntram zu Hilde, während seine Rechte den Steuerknüppel der elektrischen Minna durchgedrückt hielt. Aber ohne Hildes Hilfe schaffte er es nicht über die Verbindungsbrücken aus Edelstahl. »Da wird sich Alex zusammenreißen müssen, sonst kommt es ihn teuer zu stehen.«

»Das weiß er sicher schon, Opa«, stöhnte Hilde, während sie mühsam versuchte, den Rollstuhl über eine weitere dieser Sprossen zu bugsieren. »Einen schönen Ausflug für Sie, Hilde«, sagte der nächste Kontrollposten, ein muskulöser Schwarzer mit dicken sinnlichen Lippen.

»Hab gar nicht gewusst, dass du Bekannte auf dem Schiff hast. Oder ist das der Mann, den du mir vorstellen wolltest?«, fragte Guntram, und Hildes betretenes Schweigen verursachte ihm spontan gute Laune.

Stavanger 1943

Sie zog die Mütze vom Kopf und der Wind blies eine Strähne hellblonder Haare quer über ihr Gesicht. Guntram sprang auf, die Zigarette fiel ihm aus der Hand. Er meinte, das Meer laut rauschen zu hören, denn in seinem ganzen Körper rauschte es plötzlich. Sie standen sich gegenüber ohne ein Wort, der Wind, der um die Felsen heulte, sprach für sie.

Er war kein Pirat, kein Vergewaltiger, nicht einmal ein Verführer. Aber er hatte sich nach Tone gesehnt, sinnlos, es noch zu leugnen oder sich dagegen zu wehren. Und sie war zu ihm gekommen, sie stand vor ihm, sie fühlte wie er. Er machte einen Schritt auf sie zu. Sie rührte sich nicht, erst als er sie umarmte, sie an sich drückte und sein Atem ihr Gesicht berührte, wurde sie weich in seinen Armen, küsste ihn, leidenschaftlich wild, von einem verrückten Glück getrieben, so wie er, ja, so wie er …

Sie liebten sich hinter den Felsen bei heulendem Wind, er sah kaum etwas von ihrem Körper, aber er fühlte ihn und er war wunderschön, so schön, wie sie immer erzählt hatten, der Körper einer nordischen Göttin. Er seufzte zärtlich ihren Namen, »Tone … Tone …«, als sie ihn fragte: »Dein Name?«, antwortete er, ohne zu überlegen: »Ich heiße Heinz.«

*

»Einen unvergesslichen Ausflug wünscht Ihnen Ihr Kapitän von der Brücke.«

Jutta stand ein zufriedenes Grinsen im Gesicht, sie hatte sich reichlich auf den Teller geladen, Wurst, Käse, dazu Rührei mit Grilltomate und knusprigem Speck. Anscheinend fühlte sie sich von Tag zu Tag wohler, und Jürgen war es recht so. Durch die großen Scheiben des Selbstbedienungsrestaurants ging der Blick über eine schmale felsige Landzunge hinweg auf die vom Sonnenlicht überflutete Nordsee. Wie auf einer Fototapete, dachte er, aber das beruhigte ihn nicht, er hatte keinen Appetit. Es lag an dieser Nervosität, die ihn seit gestern Abend befallen hatte, als ihm Schmidt wieder begegnet war.

Nach der Show hatte er Jutta noch zu einem Absacker überredet, um Schmidt im Auge zu behalten. Der war nicht lange allein geblieben, drei Männer im gleichen Alter hatten sich ihm zugesellt. Offenbar gehörten sie zusammen, ihr Umgang wirkte vertraut. Die alten Seilschaften waren eben unzerstörbar. Sie spielten Karten, als säßen sie in einer Hafenkneipe, tranken Bier und Schnaps und amüsierten sich. Auch Schmidt lachte. – Dieser Mann konnte tatsächlich lachen, nach alldem, was er angerichtet hatte.

Nachdem Jutta ihm erzählt hatte, was er in der Show alles verpasst hatte, wollte sie ins Bett, aber das war für ihn unmöglich, bevor er nicht die Kabinennummer von Schmidt herausgefunden hätte. Er sei noch nicht müde genug und sie solle sich ruhig schon hinlegen, hatte er sich herausgewunden.

Die Männer tagten noch eine Stunde, dann löste sich die Runde auf. Jürgen folgte Schmidt unauffällig, so wie es die Stasi gemacht hatte, immer und überall. Er hatte Glück, Schmidt verzichtete auf den Aufzug, nahm – schon leicht schwankend – die Treppen und stützte sich am Geländer ab. Es waren nicht mehr viele Leute unterwegs. Auf Deck 5, dem Deck mit dem Seepferdchen, bog er in den Kabinengang ein. – Plötzlich blieb er stehen und drehte sich um. Jürgen duckte sich hinter einen Wäschewagen ab. Er hatte einen Fehler gemacht, war ihm zu dicht gefolgt. Doch nach zwei Schritten blieb Schmidt stehen, besann sich und ging wieder in die andere Richtung. Vielleicht hatte er seine Kabinennummer vergessen. Zwei, drei Kabinen später machte er wieder Halt, fingerte seine Plastikkarte aus der Hosentasche und öffnete die Tür, vor der er stand. Ob er allein reise? Jedenfalls hatte Jürgen noch keine Frau an seiner Seite gesehen.

Deck 5, Kabine 39. Das wollte er wissen, und als er wenig später neben Jutta im Bett gelegen hatte, war für den Rest der Nacht die Vorstellung durch seinen Kopf gegeistert, dass in dieser Kabine, die sich in eine Zelle verwandelt hatte, ein Verhör stattfinden würde, so wie damals in den 70ern, und Bilder, wie es dazu gekommen war, hatten ihm den Schlaf geraubt …

Seine Versetzung als Arbeiter im Ersatzteillager musste ein Irrtum sein. Die Kommission hatte ihm doch angedeutet, dass er demnächst sogar für wichtigere Aufgaben infrage käme, als das zu tun, was er vor seiner Versetzung getan hatte: Teile von Mähdreschern für den Export zusammenzuschrauben. Er hatte sie überzeugt, dass er die Missstände im Betrieb kannte und alles dafür tun würde, um sie abzustellen und ein Vorzeigebetrieb zu werden. Und auf einmal musste er die einfachste Arbeit machen, die im VEB anfiel. Wie passte das zusammen?

Feldmann, der Genosse Brigadeleiter, beruhigte: »Das wird sich regeln, Jürgen. Wir wollen von unten neu aufbauen, und da brauchen wir überall fähige Kräfte. Es soll aufgeräumt werden mit dem Schlendrian, nur so können wir es schaffen. Du bist genau der Richtige an der Stelle. Das kann deine Chance sein. Du musst nur Geduld haben.« Er klopfte ihm auf die Schulter, lächelte verständnisvoll und ließ ihn stehen.

Privat lief es gut. Jutta und er hatten Freude an dem kleinen Jens, und dass er einmal ein großer Sportler werden und Goldmedaillen nach Hause bringen würde, stand jetzt schon fest, denn seine Lieblingsbeschäftigung war strampeln.

Ein halbes Jahr machte Jürgen Dienst im Lager. Es gab Tage, da bewegte sich rein gar nichts, doch er hielt aus. Er wollte glauben, was ihm der Genosse Brigadeleiter erklärt hatte, nur die täglichen Blicke der Kollegen sprachen eine andere Sprache. »Was ist denn schiefgelaufen?«, fragte ihn eines Abends Andi, sein ehemaliger Kumpel an der Werkbank. Sie saßen zusammen mit Jutta und dem Kleinen in dessen Datsche bei einem Bier. »Vorübergehend, hat Feldmann gesagt, dann wird neu sortiert.«

»Da könntest du was falsch verstanden haben«, erwiderte Andi und zog die Stirn kraus. »Sie haben schon neu sortiert.«

In der Nacht hatte Jürgen kein Auge zugetan, so war ihm unter die Haut gefahren, was Andi gesagt hatte, und er wurde wütend, sehr wütend …

10

Margo hatte George abgesagt, die Schmerzattacke setzte ihr zu. Mehr als einen Kaffee würde sie ohnehin nicht frühstücken, und den konnte sie sich mit dem Automaten und den Kapseln, die in jeder Kabine zum Service gehörten, selbst zubereiten.

»Madam nicht in Stadt?«, fragte Joan in seiner rührend kindlichen Sorge, dass sich ihre getrübte Laune schlagartig aufhellte.

»Vielleicht später, Joan, wenn es mir besser geht.«

»Madam sollten ausruhen, auf Balkon legen und Sonne genießen, heute viel Sonne. Meistens Regen in Bergen.«

Sie gehorchte und setzte sich in einen der bequemen Stühle mit dem geflochtenen Rückenteil, zog den Schemel heran und streckte die Beine darauf aus, während Joan ihr Bett frisch bezog und den üblichen Zimmerservice durchführte. Anschließend brachte er ihr einen frischen Kaffee, und nachdem sie einen Schluck davon genommen hatte, stellte er sich hinter sie. »Erlauben?«

Margo wusste zuerst nicht, was er meinte. Dann spürte sie es. Seine Hände arbeiteten sanft und erwischten genau den neuralgischen Punkt ihrer verkrampften Schulter. »Wo haben Sie das gelernt?«, fragte sie.

»Joan in Hotel schon als Junge, müssen alles können.«

Sie lachte. Allmählich ließen die Schmerzen an den Narben nach. Sie hatte auch die Busfahrt absagen müssen, aber George hatte nicht lockergelassen und eine weit weniger anstrengende Fahrt mit dem Taxi in den alten Hafen von Bergen vorgeschlagen. Sie brauche ihn nur anzurufen, wenn sie sich bereit dazu fühle.

George verhielt sich wie ein treu sorgender Bruder. Schade, dass sie ihn so spät kennengelernt hatte. Oder war es noch nicht zu spät? Vielleicht wäre er genau der Typ Mann, der zu ihr passte, der aufmerksame, gut aussehende, der sie begehrte, aber nicht überfiel, sie respektierte, aber nicht zu harmlos und langweilig wirkte …

Kann kaum kriechen vor Schmerzen, macht aber Pläne mit Männern und meldet auch noch Ansprüche an. Margo, du hast nicht mehr alle Tassen im Schrank! Wenn du Glück hast, ist es Mitleid, was die Männer dir entgegenbringen. Ich dachte, du würdest nicht mehr auf die üblichen Tricks hereinfallen. Aber nein, Margo macht sich wieder zum Affen!

»Danke, Joan«, sagte sie, ihre Stimme klang etwas müde. »Es geht schon, ich werde jetzt ein wenig schlafen.«

»Natürlich, Madam«, erwiderte er. Kurz darauf vernahm sie das metallische Klacken, als die Kabinentür schloss. Am Ende würde sie ihm ein fürstliches Trinkgeld geben. Schon jetzt hatte er es sich redlich verdient. Und in diesem Augenblick war es ihr unmöglich, die lächerliche Hoffnung zu unterdrücken, dass bei ihm etwas mehr als Mitleid im Spiel sein könnte …

An diesem Morgen kam sie zu spät ins Büro. »Sie hätten den Untergang von Hildesheim noch verhindern können, wenn Sie pünktlich gewesen wären«, ätzte Korte, der Unpünktlichkeit im Dienst als Missachtung seiner Person begriff, fragte aber deutlich sanfter: »Stimmt etwas nicht mit Ihnen?«

Sie spürte, wie ihr die Röte ins Gesicht schoss. Er durfte nie erfahren, dass sie mit Armin im Bett gewesen war, auch wenn sie und Korte nie mehr als die Arbeit verband. Aber er würde es als Vertrauensbruch betrachten, wenn sich herausstellte, dass sie ausgerechnet mit dem, der ihn mit aller Macht aus dem Rathaus boxen wollte, geschlafen hatte.

»Also, werfen Sie einen Blick auf die Termine! Was steht an? Wen müssen wir heute vertrösten?« Wenn Korte schon so anfing, würde es ein anstrengender Tag werden. Und er wurde es, denn *warten* war anstrengender als arbeiten. Warten auf *seinen* Anruf. Einmal griff sie selbst zum Hörer, aber dann fiel ihr kein halbwegs vernünftiger Grund ein, weshalb sie Armin während der Bürozeiten anrufen sollte. Und er meldete sich nicht …

Zwei volle Tage und Nächte ließ er nichts von sich hören. Sie lief mit Liebesschmerzen durch den Regen, musste einsehen, dass es sich eben nur um einen One-Night-Stand gehandelt hatte, von dem dieses beschissene Gefühl der Leere übrig geblieben war.

Dann rief er doch an. »Ich muss dich sehen«, sagte er mit einer Stimme, die so klang, als hätte er gelitten wie sie, und er war wieder so entwaffnend ehrlich. »Ich gebe zu, dass ich einen Fehler gemacht habe, aber ich kann alles erklären …«

Sie schwieg.

»Margo?«

»Zu spät. Ich habe Sie bereits aus meinem Poesiealbum gestrichen …«

»Ich habe heute Abend Zeit, Margo. Ich hole dich ab. Um acht? – Margo?«

Sie legte auf und stellte sich vor, in seinen Armen zu liegen.

*

Winnie hatte sich mit wehmütigem Blick und einem Kuss auf die Wangen von ihm verabschiedet. Es ging doch nur um diese Rundfahrt mit dem Bus. Bei der Gelegenheit war Holk bewusst geworden, dass sie sich seit Verenas Tod nicht einmal mehr auf die Wangen geküsst hatten. Nur noch Schemen, die Tage, an denen sie so etwas wie Familienglück erlebt hatten, ihre Lust an der gemeinsamen Arbeit im Verlag, die diebische Freude daran, Kulturplätzchen zu verteilen und zu entscheiden, wer sie backen durfte. Gefühle, die ihm fremd geworden waren. Schon seit Jahren schmeckte er nur noch den Bodensatz dieses Gewerbes, er musste Bücher verkaufen, um davon zu leben, mit Kultur hatte das nur am Rand zu tun …

»Alles Kaleidoskop-Verlag?«, fragte dieser hübsche Bengel. Holk hatte Winnies Büchertasche geplündert und einige der Frühjahrs-Neuerscheinungen neben der Kaffeemaschine auf seinem Schreibtisch ausgebreitet, und Joan hatte angebissen. Sie waren also doch zu etwas gut, seine Erzeugnisse, wenn auch nur als bedruckte Köder …

»Ja«, antwortete er, »es sind Erzählungen und Romane aus dem Leben von Personen, die es nicht gibt, die es aber geben könnte, um uns den Spiegel vorzuhalten …«

Der Junge las die Worte von seinen Lippen, seine Augen sprühten vor Begeisterung. Nichts war erregender als echte, unschuldige Begeisterung. Und Unschuld machte unwiderstehlich. Wieder versuchte er, Joans Blick zu fangen, bis er spürte, dass der allmählich seine Scheu ablegte. Er griff nach einem Buch. »Ich schenke es dir«, sagte er, »aber du musst mir versprechen, es zu lesen.« Der Junge schien entzückt und hing an seinem Blick wie an einer unsichtbaren Fessel. Es galt nur noch, den inneren Widerstand zu überwinden, um ihn gefügig zu machen, seine Faszination und Gefühle der Dankbarkeit in eine bestimmte Richtung zu dirigieren. Zum Bett waren es nicht einmal zwei Schritte. Joan hatte es gerade neu bezogen mit seinen gepflegten gut durchbluteten Händen und es duftete nach dieser Frische. Sie würden es zerwühlen, sie würden sich besinnungslos lieben darin …

Jemand hatte Verena völlig den Kopf verdreht und manipulierte sie. Holk schloss aus, dass sie aus eigener Überzeugung eine völlig andere Person geworden war, wenn man überhaupt von Überzeugung sprechen konnte. Sie revoltierte einfach nur gegen alles, was bis zu dem verfluchten Abend ihr Leben gewesen war. Er musste sogar ihr Pferd verkaufen, weil sie es auf einmal ablehnte, mit einem hochgetunten Gaul im Kreis zu galoppieren, während sich anderswo Tausende vor Hunger und Schwäche nicht auf den Beinen halten konnten. Ihren einstigen Liebling Sunshine nannte sie nur noch »Gaul«.

Holk litt unter einem ständigen Gefühl der Angst um Verena. Wenn sie nachts wieder einmal wegblieb, saß er im

Wohnzimmer und wartete, kam sie um halb vier oder noch später nach Hause, sagte er kein Wort, atmete nur auf, dass ihr nichts zugestoßen war.

Winnie hatte längst die Waffen gestreckt. Verena ließ sie nicht mehr in ihr Zimmer, wusch ihre schmutzigen Klamotten selbst und frühstückte erst, wenn sie beide im Verlag waren. Verena hatte Winnie beschimpft, sie habe nie auch nur irgendetwas verstanden, erst recht nicht, was es eigentlich bedeute, Verleger zu sein. Natürlich war das auch ein Seitenhieb auf ihn.

Seither war er davon überzeugt, dass seine Tochter in den Einfluss von Linksautonomen geraten war. Vielleicht war sie einem dieser geistigen Brandstifter verfallen, die selbst nichts zustande brachten, aber hemmungslos die Gesellschaft abzockten. Er quälte sich mit dieser Vorstellung, gleichzeitig empfand er es als Tabu, Verena zu bevormunden. Jeder junge Mensch hatte seine Phasen, in denen er versuchte auszubrechen und aus Vernunft wieder auf den Weg zurückfand, wenn er Charakter hatte. Und Verena hatte Charakter, sie war seine Tochter. Aber die Zeit wurde knapp. In Kürze würde sie voll für ihr Leben verantwortlich sein.

Er setzte einen Privatdetektiv auf ihre Spur. Erst fühlte er sich schäbig deswegen, kam sich wie ein Verräter vor. Doch ließ sie ihm eine andere Möglichkeit? Nach ein paar Tagen kam der erste Bericht mit Fotos. Es schien, als hätte er sich nicht getäuscht …

*

Nachdem sie einen Parkplatz für den Jeep am Rand des Stadtzentrums gefunden hatten, ging es runter zum Hafen. Max spielte sein Lieblingsspiel mit Alex, versuchte, ihn mit tausend Fragen zu allem und jedem in Verlegenheit zu bringen, und freute sich diebisch, wenn sich sein Vater wand, um sich keine Blöße zu geben. Der kleine Sadist. Hilde wirkte zerstreut und schien sich kaum für die Umgebung zu interessieren, vielleicht war sie in Gedanken bei dem geheimnisvollen Mann, den sie einmal heiraten wollte.

Guntram versuchte sich zu erinnern, damals hatten sie auch in Bergen festgemacht, aber es war 70 Jahre her, und die Städte an der norwegischen Küste ähnelten sich stark, jede hatte einen Hafen und einen Fischmarkt, den die Möwen grell schreiend umkreisten, besonders wenn die eingelaufenen Kutter Nachschub lieferten. Im Hintergrund der Uferpromenade erhoben sich die Holzfassaden der Geschäftshäuser wie angemalte Theaterkulissen, meistens in Dunkelrot, weil früher Farbe teuer war und Walblut noch in Strömen floss, aber auch in Gelb und Weiß für die, die es sich leisten konnten.

Er hatte diese Häfen nur grau in Erinnerung, aber sie waren bunt und fröhlich. Jetzt, wo die Sonne darauf schien, kam es ihm vor, als hätte es die Zeit bis 45 nie gegeben, als bildete er sich die Vergangenheit nur ein. Ein dämonischer Traum, den man belächelt, wenn man aufwacht. Aber er war Wirklichkeit, schließlich hatte er die Zukunft seiner Familie darauf gegründet …

Stavanger 1943

Ihre Erregung hatte sie die Umgebung vergessen lassen. Als sich ihre Körper beruhigten, blieben sie eng umschlungen hinter den Felsen liegen. Der Wind war stärker geworden und suchte sie in allen Ecken. Guntram spürte das Auf und Ab von Tones Brust an seiner. Sie hatten beide keine Worte, aber sie kannten jetzt das befreite Stöhnen des anderen. Tone wandte ihr Gesicht ab, als schämte sie sich. Doch sie war zu ihm auf den Felsenhügel gekommen, und es war gut, dass sie gekommen war. Sie hatten dieses Gefühl von Trauer überwunden, das der Krieg in sie eingepflanzt hatte, wenn auch nur für wenige Minuten. Es war ein Gefühl, das wie Feuer brannte. – Sollte er jetzt aufstehen und gehen? Erwartete sie das von ihm, war sie es gewohnt? Hatte sie sich geholt, was sie brauchte, und wollte ihn so schnell wie möglich vergessen? Er hielt ihr Kinn fest in der Hand und zwang ihr seinen Blick auf. Sie wehrte sich nicht. Dann schlug sie die Augen nieder. Sie wusste, dass er verheiratet war, er trug einen Ring am Finger. Er sollte gehen und sie sich aus dem Kopf schlagen, er hatte Greta, seine Frau, und Tone würde einen Norweger heiraten, mit ihm zusammen den Hof führen, und jeden Tag würde er reichlich Fische aus der Nordsee holen. So gehörte es sich. Er ließ sie los. Sie stand auf, immer wieder trafen sich ihre Blicke, während sie ihre Wolljacke ausklopfte. Dann lächelte sie. »Heinz«, flüsterte sie. War es schon der Abschied?

Er blickte ihr nach, wie sie über die Wiese in Richtung des Hauses lief. Das herrliche hellblonde Haar unter der Mütze versteckt. Sie drehte sich nicht nach ihm um, erreichte die Feldsteinmauer, die das Grundstück umschloss, öffnete das Tor aus knorrigem Kieferngeäst und schloss es hinter sich. Sie war wieder in ihrer Welt, in der er keinen Platz hatte. Er richtete seine Kleidung und wollte gehen. Da wandte sie sich um und sandte ihm einen Blick auf die Anhöhe.

*

Die Reiseführerin, eine windgegerbte Mittfünfzigerin gebürtig aus Dessau, die nach der Wende angeblich der Liebe wegen in Norwegen hängen geblieben war, ließ sich während der Überlandfahrt wortreich über hiesige Verhältnisse aus. Doch Jürgens Aufmerksamkeit galt nur dem Mann mit dem Zucken um den Mund, der drei Reihen vor ihm saß. Seine Freunde nannten ihn »Harry«, das konnte Jürgen von seinem Platz aus hören. Sie schienen wieder bester Laune zu sein, wie am Abend zuvor in der Bar. Seine Jutta war begeistert von der wildromantischen Natur, auch Grieg hatte in der Gegend gewohnt, *der* Edvard Grieg, der das berühmte Klavierkonzert komponiert hatte. Sie verstand nicht viel von Klassik, aber das Konzert hatte ihr Vater besonders geliebt und sogar eine Schellackplatte davon besessen.

Schließlich hielt der Bus an einer Anlegestelle für kleinere Personenschiffe am Ufer des weiten und zerrissenen Fjords. Über einen Steg wurden sie in den Bauch des Schiffes gelotst, wo ein ziemliches Gedränge herrschte. Für Jutta ergatterte er einen Fensterplatz, setzte sich selbst an den Gang, denn keinesfalls durfte er diesen Schmidt, dessen Vornamen er mittlerweile kannte, aus den Augen verlieren.

Sie legten ab. Der Wellengang war deutlich zu spüren, ganz anders als auf der »Mythos«, die unbeirrt durch die Wellen glitt. Auf Deck schien eine steife Brise zu wehen. Gäste, die draußen fotografierten, kamen nach kurzer Zeit mit geröteten Wangen und zerzausten Haaren zurück. Aber das spielte Jürgen in die Karten. Er musste nur abwarten.

Die Norwegerin aus Dessau griff wieder zum Mikro und verbreitete ihr Wissen über die Eiszeit. Alle Augen hingen an der Wasserlandschaft, den von den Schneemassen der Urzeit abgeschliffenen Felsbahnen, an den grauen Riffen, die wie Walbuckel aus den Wellen auftauchten.

Jetzt erhob sich Schmidt, wechselte mit seinen Freunden ein paar Worte, die Jürgen nicht verstehen konnte, und kam dann mit Fotokamera den Gang entlang auf ihn zu. Offenbar wollte er zum Oberdeck, um Schnappschüsse zu machen. »Entschuldigung«, sagte Schmidt, als er ihn im Vorbeigehen versehentlich anrempelte. Jürgen mied es, ihm ins Gesicht zu sehen. »Ich gehe auch zum Fotografieren hoch«, wandte er sich an seine Jutta. Die nickte kurz, konzentrierte sich dann wieder auf die schaukelnde Wellenlandschaft.

Auf dem Oberdeck machte sich der Seegang mehr bemerkbar. Jürgen hielt sich an der Reling fest, um nicht das Gleichgewicht zu verlieren. Gute Voraussetzungen, dachte er. Schmidt stand nur wenige Meter vor ihm auf der Suche nach einem Motiv, hatte offenbar das Schärenpanorama ins Auge gefasst. Er stand sehr nah an der Reling, unweit einer Frau, die sich weit darüber hinauslehnte. Bei dem immer unruhiger werdenden Wellengang fand es Jürgen direkt leichtsinnig, was sie machte …

Das einzig verbliebene Pärchen, das sich auf der Sitzbank geküsst hatte, verzog sich nach unten. Schmidt war vollkommen ins Fotografieren vertieft. Jürgen näherte sich von links, rückte dicht an ihn heran und drückte den Sucher seiner Nikon ans Auge, worauf Schmidt ihm den Rücken zukehrte. Der Moment war gekommen. Doch Jürgen zögerte. Ausgerechnet jetzt war er nicht wütend. Zu viel Wut machte unvorsichtig, aber ganz *ohne* Wut … Eigentlich kannte er diesen Mann nicht, den er seiner gerechten Strafe zuführen wollte. Schmidt hatte ihn gequält vor vielen Jahren, aber vielleicht war er gezwungen worden, ihn zu quälen. Vielleicht war er nicht nur Täter, sondern auch Opfer …

Da waren sie wieder, die falschen Gedanken! Er hatte sich doch vorgenommen, stark zu bleiben, für die gerechte Sache zu kämpfen. Und es war sein letzter Kampf, den er gewinnen musste, für sich und seine Jutta …

Ein dumpfer Schrei und ein Körper schlug auf der Wasseroberfläche auf … Er hatte es getan – *Nein*, er hatte es *nicht* getan! Schmidt stand noch neben ihm. Es war die Frau, die über Bord gegangen war. Er erkannte sie an der roten Jacke. Schmidt warf geistesgegenwärtig einen Rettungsring in die sprudelnden Wellen. »Ich gebe dem Kapitän Bescheid«, schrie Schmidt ihn an in seiner Erregung und rannte auf die Kommandobrücke zu, während Jürgen reglos auf den roten Fleck im Wasser starrte.

11

Die Norweger von heute waren wohlhabend, was unschwer an dem Historienpanorama von Bergen zu erkennen war. Und diese Ordentlichkeit hatte nahezu etwas museumshaft Steriles, dachte Margo, als sie mit George durch die engen Gassen der Vorratshäuser am Hafen schlenderte. Oder lag es daran, dass hier einmal die Hanse kräftig mitgemischt und die Gegend mit den deutschen Tugenden infiziert hatte? George fotografierte die blutrot und ocker gestrichenen Holzspeicher, in denen früher Trockenfisch, Felle und andere Handelswaren gelagert wurden, mit einem Eifer, den sie ihm gar nicht zugetraut hätte. Seine Augen glänzten jedes Mal, wenn er meinte, ein Motiv optimal erwischt zu haben. Nicht nur ihr ging es nach den Schmerzen am Morgen wieder besser, anscheinend stimulierte auch ihn die Besichtigung der Altstadt.

Zurück an der Uferpromenade setzten sie sich in ein Bistro und tranken Milchkaffee. George führte ihr die Reihe gelungener Aufnahmen auf dem Display vor, sie war dazu mit ihrem Stuhl nahe an ihn herangerückt.

»Ich frage mich immer noch, was Sie von mir wollen, George«, sagte sie, während sich ihre Gesichter beinahe berührten. Einen Augenblick lang stellte sie sich vor, ihn zu küssen, und bildete sich ein, er versuche es zu provozieren.

Nur zu, Margo! Es gibt Tausend Arten, sich ins Unglück zu stürzen. Du suchst dir immer die perfidesten aus. Wenn er an sein Ziel gelangt ist und dich das erste Mal nackt sieht, wirst du Zeuge deines eigenen Absturzes werden, oder die Lügerei und Heuchelei geht los, und das ist noch das Beste, was dir passieren kann ...

»Vielleicht will ich sehr viel und weiß nur noch nicht, womit ich anfangen soll.«

»Mich beschützen?«

Er sah sie neugierig an.

»Zu spät. Mir ist schon alles passiert, was einem passieren kann.«

Der resignierte Tonfall ihrer Antwort auf die Frage, die sie sich selbst gestellt hatte, stieß George nicht etwa ab, er schien sogar darauf vorbereitet. »Ich finde, Sie machen es sich zu schwer, Margo.«

»Woher wollen Sie das wissen?« Eine Gelegenheit, das Versteckspiel endlich zu beenden.

»Ich weiß es einfach ...« Er wurde ernst und nahm noch einen Schluck aus seiner Tasse.

»Sie haben Milchschaum an der Oberlippe«, stellte Margo fest, als er die Tasse wieder absetzte, »aber lassen Sie nur, so kommen Sie mir nicht so besserwisserisch vor.«

Das brachte ihn zum Lachen.

»Verraten Sie mir, was Sie von mir wissen?«, versuchte sie es noch mal.

Er zögerte, ließ sich jedoch ein paar Worte entlocken. »Es gibt einen Ort, den wir beide besser kennen, als uns lieb ist …«

Sie strengte ihr Gehirn an, wo sie ihm begegnet sein könnte, ohne es bemerkt zu haben. Es musste länger her sein, nach der Diagnose hatte sie sich von Bekannten und früheren Freunden völlig zurückgezogen. Außer Stubben, den sie mehrmals in der Woche in seiner Praxis aufgesucht hatte, weil sie *Anders* an den Rand des Wahnsinns getrieben hatte, konnte sie niemanden um sich herum ertragen.

»Es gibt nur *einen* Ort, der infrage kommen könnte«, antwortete sie, doch er ließ sich nicht aus der Reserve locken.

»Ich habe gute Gründe, ihn nicht zu nennen, Margo. Dieser Ort soll für uns eines Tages keine Rolle mehr spielen.«

George konnte nicht wissen, wie sehr sie es hassen gelernt hatte, Rätsel um einen Mann zu lösen, hinter denen böse Überraschungen lauerten. Und da war noch etwas: Sie kannten sich gerade einmal drei Tage, und er sprach schon von *uns*? Hatte *Anders* vielleicht Recht? Wer war dieser Mann, den sie so vertrauensselig *George* nannte? Sie dachte zurück, als die Rätsel um Armin begannen …

Nachdem er sie zweimal am Telefon bekniet hatte, trafen sie sich wieder beim Italiener, sie spielte weiterhin die Beleidigte und unterstellte ihm, nicht wirklich frei zu sein. Armin gab sich alle Mühe, während sie es genoss, wie er versuchte, sich herauszureden, und sich verbog, um sie wieder zurückzugewinnen. »Glaub mir doch, Margo, ich bin frei, ich war mir nur nicht sicher, ob ich dich wirklich liebe. Aber jetzt bin ich es. Du bist so …« Er steigerte sich in seine Komplimente hinein, dass ihm die Hände vor Erregung zitterten und sie lachen musste. »Ich hätte auch lügen und es auf die Arbeit schieben können. Schließlich steht die Wahl vor der Tür und ich weiß nicht, was ich zuerst machen soll. Ich bin schon ganz kopflos, ja, das muss es gewesen sein, das war vielleicht der wirkliche Grund, dass ich mich nicht gemeldet habe.«

Er beugte sich über den Tisch und nahm ihr Gesicht in seine Hände, sie schloss die Augen und erwartete seine Lippen. Doch dann kippte die halb volle Karaffe Rotwein um und ruinierte ihr kleines Grünes von Pierre Cardin. Armin sprang auf und entschuldigte sich tausendmal. Dazwischen die pummelige Kellnerin, die mit einer Serviette an ihrem Kleid herumwischte, wo doch nichts mehr zu retten war. Weder das Kleid noch ihr Herz, und erst recht nicht ihr Verstand ...

Der Abend verlief so, wie sie ihn sich erträumt hatte. Sie fuhren in seine Wohnung. Im Bett konnte sie von seinem Geruch und seinen Zärtlichkeiten nicht genug bekommen. Als sie am nächsten Tag erst zwei Stunden nach Feierabend aus dem Büro kam – Korte hatte sie noch wegen Details zur anstehenden Pressekonferenz aufgehalten –, meinte sie, Armins Wagen wäre an ihr vorbeigefahren, er hinter dem Steuer und neben ihm eine Frau. Aber dann war sie sich nicht mehr so sicher gewesen. Immerhin fuhr nicht nur *ein* großer BMW durch die Straßen von Hildesheim.

＊

Ein hochgewachsener Uniformierter von der Schiffsleitung war unerwartet bei Holk erschienen. Seine Frau sei bei unruhiger See über Bord des Ausflugsbootes gegangen, aber Dank der schnellen Reaktion eines Passagiers gerettet worden. Er solle sich keine Sorgen machen, außer ein paar blauen Flecken habe sie nur eine leichte Unterkühlung davongetragen. »Sie liegt jetzt hier auf der Krankenstation, um einem Schock vorbeugen zu können.« Das alles sagte der Mann in beruhigendem Ton und mit professionellem Lächeln.

Natürlich stünde es Holk frei, die Reise zu unterbrechen, alle Vorkehrungen würden dann getroffen, aber seine Frau sei bei Bewusstsein und wolle die Reise unbedingt fortsetzen. Anscheinend hatten sie alles im Griff, in erster Linie vermutlich, um jedes Aufsehen zu vermeiden, das der Reisegesellschaft schaden würde.

Winnie wäre auf offener See fast ersoffen, während er in der Kabine an Bord der »Mythos« diesen Jungen umgarnt hatte. Das ging ihm durch den Kopf, als ihn der Uniformierte zum Krankendeck begleitete. Dann fiel ihm wieder ein, dass Winnie noch versucht hatte, ihn für den Ausflug zu begeistern, und so gefühlvolle Anwandlungen bekam. »Sie sind sicher, dass es sich um einen Unfall handelt?« Er brauchte die Bestätigung jetzt. »Soweit bekannt«, lautete die Auskunft, »drückte plötzlich eine starke Welle das Schiff nach oben. Ihre Frau hatte sich etwas zu weit über die Reling gelehnt und dabei den Halt verloren. Ein anderer Passagier stand nicht weit von ihr entfernt, konnte sie aber nicht mehr festhalten, dazu die scharfe Brise. Solche Unfälle lassen sich nicht immer verhindern.«

Wiederholte sich hier die Vergangenheit? Holk dachte an damals, als er seine Verabredung mit Sascha nicht sausen lassen wollte, obwohl er wusste, dass Verena ihn brauchte. Er hatte sie zappeln lassen, wie oft hatte sie ihn gedemütigt. Eine Warnung fürs Leben sollte es für sie sein. Und er hatte mit diesem geilen jungen Muskelpaket gevögelt, während sie sich aus Verzweiflung den goldenen Schuss gesetzt hatte ...

Auf den Fotos, die der Privatdetektiv in seinem Auftrag geschossen hatte, knutschte Verena hemmungslos in aller Öffentlichkeit mit einem langen dünnen Jungen herum, der sie mit seinen großen Händen begrapschte. Aber das war es nicht, was ihn erschütterte. Ihr Gesichtsausdruck war es, dieses unbeschwert glückliche Lachen seiner Verena, das sie ihm, ihrem Vater, schon vor vielen Monaten entzogen hatte. Sie schenkte es allein diesem Jungen. Eine maßlose Wut stieg in ihm auf und er musste sich eingestehen, dass der größte Teil davon pure Eifersucht war. Zwei Tage brauchte er, um wieder einigermaßen klar denken zu können. Aber so war es mit Töchtern, irgendwann hatte der Vater ausgedient und ein anderer Mann folgte, der sie unglücklich machte. Das war der Lauf der Dinge, damit hatte er sich abzufinden. Im Prinzip war er auch bereit dazu, aber deshalb musste sich Verena nicht so aufführen. Warum redete sie nicht über ihre Überzeugungen und stellte ihren Freund zu Hause vor? Auch das wäre normal. Offenbar schämte sie sich für ihre Eltern. Waren Winnie und er wirklich so erbärmlich bürgerlich, ignorant und feige, wie sie ihnen vorwarf? – Zumindest in einem Punkt ließ es sich nicht von der Hand weisen: Er hatte Winnie über die andere Seite in seinem Leben immer im Unklaren gelassen. Ein Gespräch, wie es unter Eheleuten längst fällig gewesen wäre, hatte nie stattgefunden. Verena wusste von all dem nichts, das konnte sie ihm nicht zur Last legen.

Doch diesmal musste ein klärendes Gespräch stattfinden, er wollte seine Tochter nicht verlieren. Und wenn nicht mit Verena selbst – wie oft hatte er es vergeblich versucht –, dann mit ihrem Freund. Er nahm sich vor, dem jungen Mann, der Steffen Treiber hieß, auch das hatte die Detektei herausgefunden, zu beweisen, dass er kein verklemmtes Arschloch war, einer der nur geradeaus denken konnte. Er wollte ihm zeigen, was Toleranz bedeutete, ja, er hatte sich fest vorgenommen, ein Lehrstück in Toleranz aufzuführen …

»Ich fühle mich gut. Der Schüttelfrost ist vorbei. Ich kann schon aufstehen, aber man lässt mich nicht«, zeterte Winnie von der Krankenliege aus, als sie ihn kommen sah. Der Schiffsarzt, der gerade den Puls kontrolliert hatte, drehte sich um und lächelte schalkhaft. »Die Tiefseehaie haben sie nicht angerührt, aber der Schreck steckt ihr noch in den Knochen.« Er reichte ihm flüchtig die Hand und ließ beide allein.

Holk wusste nicht, was er sagen sollte, dagegen würde Winnie sicher etwas einfallen, ihr fiel immer etwas ein. Er trat näher an sie heran, sie mied es, ihn anzusehen. Bisher hatte sie außer bei Verena immer alles durchgesetzt, was sie wollte. Diesmal hatte es nicht funktioniert, allerdings würde sie es nie zugeben. Es gab kaum eine größere Demütigung, als einen gescheiterten Selbstmordversuch eingestehen zu müssen. Er nahm ihre eiskalte Hand. Sie wandte ihr Gesicht ab. Sollte er schlicht fragen: *Warum?* Nur damit sie wusste, dass sie kein Theater aufzuführen brauchte? Oder waren sie sich nicht längst darüber einig, die Sache schlicht zu ignorieren? Es passte nicht zu ihr, sich aus der Verantwortung zu stehlen. Doch wie verzweifelt musste sie gewesen sein, um so weit zu gehen? Es rührte ihn plötzlich und er spürte, wie ihm Tränen in die Augen stiegen. Sie zog ihre Hand zurück. Er sollte sie nicht trösten dürfen. Sie wollte sich im Meer ertränken, während er alles daran gesetzt hatte, diesen Jungen vom Service zu verführen. Und wieder hatte er sich schuldig gemacht …

*

»Tone«, stöhnte er, es war so heiß, die Sonne blendete ihn.

»Was ist, Opa, geht es dir nicht gut?«

Vor Guntram tauchte das Gesicht einer Frau auf, das er schon einmal gesehen hatte, aber es war nicht das von Tone, Tone hatte ein ovales, feines Gesicht mit einer Haut wie Milch, über dem sich ein zartes Netz aus unzähligen blassen Sommersprossen spannte, bis hoch zum Haaransatz. »Tone …«

»Ich bin es doch, Hilde.«

»Ja, Hilde.« Natürlich Hilde. »Wir sind in Stavanger.«

»Nein, wir sind noch in Bergen, Opa.«

Er konnte hören, wie sie mit Alex sprach. »Er schwitzt und redet wirres Zeug«, sagte sie. »Wir sollten zum Schiff zurückkehren.«

»Möchtest du etwas trinken, Opa?«, fragte Alex. Doch Guntram wollte nicht. Der kleine Max kam zu ihm und legte seine Kinderhand auf seine alte, absterbende. Max spürte, dass er Zuspruch brauchte. Was Kinder nicht wissen, das spüren sie, sie haben nur keine Erfahrung und sind noch unfertig. Aber wird man irgendwann fertig? Wer könnte schon behaupten, es zu sein? Und wenn man denkt, man hätte diesen Punkt erreicht, folgte der Absturz ins Bodenlose …

»Bitte, Opa, trink etwas.« Hilde hielt ihm eine Plastikflasche vor die Nase. »Dein Körper braucht das jetzt.«

»Er dehydriert uns noch«, sagte Alex, gleich in Panik.

»Trink, Opa«, sagte Max und seine Augen, beschirmt von den sanften, erstaunlich langen Wimpern, blinkten ihn besorgt an.

»Okay, Kapitän«, brummte er. Hilde steckte ihm den Schnabel in den Mund, und er spürte die Flüssigkeit auf seinen rissigen Lippen, wie sie den ausgetrockneten Rachen umspülte und die Speiseröhre hinunterlief. Dann stieß er die Flasche zurück.

Hilde schob jetzt kräftiger, das Tempo erhöhte sich und Guntram hatte das Gefühl, dass es zurück zum Wagen ging. Seine Enkel unterhielten sich währenddessen. Er verstand nicht viel, aber das, was an sein gutes Ohr drang, war ihm peinlich. Sie gaben sich kaum noch Mühe, Gespräche dieser Art vor ihm zu verbergen.

»Ausgerechnet jetzt, wenn man ein paar Tage Urlaub genießen will, wo man das ganze Jahr …«

»Wir haben gewusst, dass es jederzeit passieren kann.« Das war Hilde. Ihre Stimme klang nüchtern, vernünftig. Sie war ein vernünftiges Mädel, seine Hilde, bis zur Freudlosigkeit vernünftig. Aber sicher ging ihr im Kopf herum, dass sie ihren Traummann schneller heiraten könnte, wenn ihr lästiger Opa endlich abnibbeln würde. Doch der lästige Opa hatte sich vorgenommen durchzuhalten. Sie sollten erfahren, wie es damals wirklich gewesen war …

Stavanger, Anfang Dezember 1943

Es war beißend kalt geworden. Lange hielt er es hinter den Felsen nicht mehr aus. Trotzdem kam er fast täglich dorthin und starrte über die steinige Wiese hinweg auf das Haus mit dem Tor aus knorrigen Ästen. Bald würde er Weihnachtsurlaub haben, wenn es dieses Jahr dazu käme. Die Zerstörung fraß sich durch Deutschland, der sicher geglaubte Sieg war kaum mehr als ein Wunschtraum. Goebbels geiferte, der Führer mahnte, die Wochenschau machte die Frontsoldaten zu Helden. Er hatte das Glück, nicht da kämpfen zu müssen, wo gestorben wurde. Er war nicht stolz darauf, wahrlich nicht. Er glaubte an den Führer, aber es wurde von Tag zu Tag schwerer. Tone ließ sich nicht mehr blicken. Sollte es wirklich nur dieses eine Mal gewesen sein? Er spürte eine unstillbare Sehnsucht nach ihr wie nach keiner anderen Frau in seinem Leben, *nichts* davor war mit ihr vergleichbar. Greta hatte auf die Kriegsheirat gedrängt, weil sie sicher sein wollte, und er hatte nachgegeben. Jetzt sah er ein, dass es ein Fehler gewesen war. Er liebte sie nicht genug, nicht annähernd so wie Tone.

Wenn die Dämmerung einsetzte, machten sie drüben im Holzhaus Licht, und er begnügte sich mit den bewegten

Schatten an den Fenstern. Es waren zwei Schatten, Tones und der ihres Vaters. Vielleicht hatte der alte Fuchs längst einen Verdacht und versuchte, seine Tochter zu beschützen? Wer konnte es ihm verdenken?

Einmal, als Guntram beobachtet hatte, dass der Alte im Stall bei den Schafen zugange war und die Hunde mitgenommen hatte, schlich er von dem Felsenhügel hinunter zum Tor und warf kleine Kiesel gegen das beleuchtete Fenster. Kurz darauf öffnete sich die Haustür, Tone erschien, warf einen Blick zum Schafstall und lief dann fast lautlos zu ihm ans Tor. »Kommen in drei Tage. Vater weg«, flüsterte sie, und sie küssten sich, als einer der Hunde kläffend und drohend aus dem Stall stürmte. Tone packte ihn am Halsband und streichelte ihn, aber er beruhigte sich nicht. Sie mussten sich trennen. Guntram rannte über den schmalen Fußweg, der wieder ganz vom Nebel verdeckt war, zurück zum Lager, während ihm das Herz bis zum Hals schlug. In drei Tagen.

*

»Wenn du meine Meinung hören willst, hatte sie es darauf angelegt«, sagte Jürgen, als seine Jutta und er fast zwei Stunden nach dem Vorfall im Fjord auf dem Oberdeck der »Mythos« saßen und Spargelcremesuppe löffelten. Eigentlich hatte er sagen wollen: »Jetzt machen sie Stasi-Schmidt auch noch zum Helden.« Jutta zuckte nur mit den Schultern. Das Wetter war umgeschlagen, die Sonne log das düstere Sturmwetter einfach weg, als hätte es diesen sogenannten Unfall nie gegeben.

Er war auf ganzer Linie gescheitert. Hatte so lange gezögert, bis ihm die dumme Gans einen Strich durch die Rechnung gemacht hatte. Dass mit ihr etwas nicht stimmte, hatte er gleich erkannt, aber nicht erwartet, dass sie Ernst machen würde. Jeder denkt mindestens einmal im Leben an Selbstmord, die Statistik kannte er von einer Fernsehreportage her, aber ihn wirklich durchzuziehen, war eine andere Sache. Sie verdiente Respekt, dachte Jürgen, im Gegensatz zu ihm.

Dieser Harry Schmidt hatte direkt neben ihm gestanden, ein Stoß wäre ein Kinderspiel gewesen und der Kerl wäre über Bord gegangen. Wer hätte ihm, Jürgen Wörner, irgendetwas nachweisen können bei der aufgewühlten See und den starken Böen? Er hätte etwas gewartet – nicht zu lang, doch lang genug – und Schmidt dann den Rettungsring hinterhergeworfen, für ihn natürlich unerreichbar. Später, nachdem die Leiche geborgen worden wäre, hätte er sich als unglücklicher Helfer aufspielen können …

Ein Gedanke, den er hasste, lief wie ein Nachrichtenband unterhalb der Bilder vorbei, die ihm gerade durch den Kopf gingen. Vielleicht war es nicht die Stasi, die ihn zum Verlierer gemacht hatte. Vielleicht lag es an seiner Unentschlossenheit, an seiner Unfähigkeit, *das* eisern durchzuziehen, was er sich vorgenommen hatte. So wie damals, als es für ihn allen Grund gegeben hatte, auf den Putz zu hauen …

Es war schmerzlich, erkennen zu müssen, dass der Dumme, den sie brauchten, um die niedrige Arbeit im Lager zu machen, niemand anderes war als er selbst. Seit sein Kumpel Andi ihm beim Grillen die Augen geöffnet hatte, litt er unter dem anfangs leisen Spott doppelt, der ihm jeden Tag entgegengebracht wurde. Dann fanden sie Spitznamen wie »Eckenputzer« und »unser Mann im Lager« und belächelten ihn offen. Bei Brigadeleiter Feldmann war er bisher abgeglitten. Aber er gab nicht auf und insistierte wieder und wieder mit derselben Frage. Warum sie sich gerade ihn ausgesucht hätten, er, der einen Sohn habe und eine Frau, die wieder schwanger sei. Er brauche eine Arbeit, wo er das Gefühl habe, beim sozialistischen Aufbau dabei zu sein und nicht in einer Lagerhalle zu vermodern. Feldmann hörte zu und vertröstete ihn. Doch einmal fuhr er ihn an, was er sich einbilde: »Alle Arbeit ist wichtig, Genosse. Wo kommen wir hin, wenn jeder meint, sich seinen Platz in der Gesellschaft selbst aussuchen zu dürfen.« Dabei schnarrte die Stimme des Brigadeleiters wie die des Sachsen mit dem Bärtchen. Das war der Punkt, an dem Jürgen die Geduld verlor. »Verstehe«, antwortete er, »ich diene dem sozialistischen Vaterland auch im Lager und werde in Zukunft den Bestand noch mehr vor unbefugten Zugriffen schützen. Eine Liste der Diebstähle und Verdächtigen habe ich schon geschrieben ...«

Feldmann wusste natürlich sofort, was er meinte, wurde gelb im Gesicht und bekam Basedow-Augen. »Ich kann auch anders, Wörner«, sagte er.

Aber als Feldmann in der nächsten Zeit wieder ausgesucht freundlich zu ihm war und ihm sogar Westzigaretten anbot, rechnete er nicht mehr mit ernsten Folgen.

12

Eigentlich wollten sie nach dem Nachmittagskaffee auf die »Mythos« zurückkehren, aber Margo verspürte plötzlich Lust auf die umliegenden Fjord-Landschaften, und George tat einen Taxifahrer auf, der sich für einen annehmbaren Preis zu einer Tour bereit erklärte. Er entpuppte sich sogar als Juwel unter den Touristenführern. Mit ein paar Brocken Deutsch und Englisch zimmerte er die komplette norwegische Geschichte von den Wikingern bis heute zusammen, hatte auch Ahnung von Kunst. So behauptete er mit Stolz in der Stimme, dass Edvard Munchs »Der Schrei« das teuerste Gemälde der Welt sei, was Margo nicht ernsthaft überraschte. Was war in Norwegen nicht teuer?

Gegen fünf kehrten sie auf die »Mythos« zurück und verabredeten sich zum Dinner im Golden Gate. George wollte sich noch die Bordzeitung besorgen, deshalb trennten sie sich bereits kurz nach der Sicherheitskontrolle unten im Schiffsbauch. Auf dem Weg zur Kabine spürte Margo auf einmal, wie erschöpft sie war …

Was hast du erwartet? Dass du dich nach dem Ausflug fühlst wie aus dem Jungbrunnen gezogen? Sei froh, dass du nicht unterwegs schlappgemacht und dich bis auf die Knochen blamiert hast. Mit seiner Schwäche zu kokettieren, ist eine Sache, wirkt vielleicht sogar anziehend auf manche Männer, aber echt krank zu sein, ist eine ganz andere …

»Sei doch still!«, sagte sie laut, dass sich der junge Vater und sein kleiner Sohn, die auch auf den Lift warteten, erstaunt nach ihr umdrehten.

»Ist die Frau gaga?«, fragte der Kleine seinen Vater halblaut.

»Sie ist in Gedanken, Max«, antwortete der Vater und errötete leicht. Doch bevor Max, der ein ziemlich vorlautes Früchtchen zu sein schien, weiter insistierte, konterte Margo: »Gaga sein ist chic, weißt du? Und manchmal muss man gar nicht so lange üben, bis man gaga ist.«

Der Kleine schwieg, sah unsicher zu der hohen Gestalt seines Vaters auf. »Kann man das glauben?«, fragte der Blick.

Der Vater schmunzelte. »Eins zu null für Sie«, sagte er zu Margo gewandt. Dann kam das »Pling«, der Lift öffnete sich, und sie stiegen ein. Zwei Decks höher verabschiedeten sich Vater und Sohn.

»Du brauchst es nicht zu wiederholen! Ich weiß, dass es zu spät ist. Ich kann keine Familie mit eigenen Kindern mehr haben. Vielleicht will ich es auch nicht mehr«, schrie sie fast. Aber sie war allein, und niemand konnte sie hören. Der Kleine hatte recht. Sie war gaga. *Anders* war der Beweis.

»Ich weiß nur, dass du die Frau bist, mit der ich Kinder haben will.« Armin machte dabei ein feierliches Gesicht, als hätte er um ihre Hand angehalten. Und es verfehlte seine Wirkung nicht, ihre Einbildung produzierte eine Szene: Sie ging durch die Stadt, flankiert von zwei bildschönen, dunkeläugigen Kindern, die »Mami« zu ihr sagten. Ein umwerfendes, alles andere verdrängendes Gefühl. Es störte sie auch nicht mehr, dass er ihre Frage nicht beantwortet hatte, wer die Frau gewesen sei, die neben ihm in seinem Wagen gesessen hatte. Sie wollte nicht kleinlich sein, tagsüber verkehrte er mit Tausenden Leuten, die er aus genauso vielen Gründen sprechen musste, zum Essen einlud und auf die Schnelle im Auto mitnahm. Außerdem hatte er ihr an dem Abend der Aussprache versichert, dass außer ihr keine andere Platz in seinem Leben habe. Wann solle er auch Zeit für eine andere aufbringen, wenn er jeden Abend nach zehn bis zwölf Stunden Arbeit in *ihren* Armen, den Armen seiner geliebten Frau, chillen würde?

Ab jetzt sahen sie sich täglich, und er zog sie in seine Welt, erklärte ihr seinen Job, und sie meinte, das wäre alles, was sie verstehen müsste, um ihn zu kennen. Sie übernachtete immer öfter bei ihm. Ihre Wohnung im Zentrum kam ihr beinahe fremd vor, nachdem sie sich fast jeden Morgen in seinem Badezimmer die Zähne putzte, die Haare wusch und in der chaotischen Küche seine Espressomaschine benutzte.

Dann kam der Tag der Kommunalwahl. Armin stand hoch im Kurs. Doch der Sieger hieß Ewald Korte, der alte Fuchs hatte sich unerwartet gegen den dynamischen Zukunftsmacher durchgesetzt. Armin steckte die Niederlage anscheinend gut weg. Das Ergebnis sei knapp genug, und wer wisse schon, wie lange sich Korte noch halten würde, der nächste Bauskandal warte bereits. Die Leute hätten ihn einfach noch nicht verdient, gab er sich selbstbewusst am Telefon und hatte ihr versprochen, so früh wie möglich nach Hause zu kommen …

Die Sonne marmorierte das Himmelsgewölbe in Pink und Messing. Ein Untergang der besonderen Art, dachte Margo und trat auf den Balkon ihrer Kabine. Man sollte jeden Abend sein Glas auf die Vergangenheit erheben und beten, dass sie vergangen bleibt. Es war frisch, und sie ging wieder hinein, um sich ihre Strickjacke zu holen, als es an der Tür klopfte. »Kommen Sie herein, Joan!«, rief sie. Sie musste zugeben, dass sie sich auf die Begegnung mit ihm freute, ein paar banale Worte mit ihm zu wechseln, aufgewertet durch seinen südländischen Charme. Sie hatte vor, ihm von ihrem Ausflug zu erzählen und war neugierig, was er selbst über Norwegen wusste. Natürlich würde *Anders* sie später deshalb in der Luft zerreißen, aber das war ihr die kurze Unterhaltung mit dem liebenswerten Katalanen wert.

»Service, Madame. Ich Li Peng«, sagte die kleine schmal-
brüstige Chinesin mit dienstbeflissenem Lächeln, die an den
zwei Flaschen Mineralwasser schwer zu tragen hatte.

»Wo ist Joan?« Margos Enttäuschung, die unbeabsichtigt
mitschwang, löste bei der Chinesin Betroffenheit aus. »Joan
krank, Madame, nicht können arbeiten. – Li Peng nicht gut?«
Sie verbeugte sich mehrmals hintereinander und wirkte fast
verzweifelt.

»Doch, natürlich. Es ist alles in Ordnung. Vielen Dank,
Li Peng«, besann sich Margo. Aber wundern durfte sie sich:
Was konnte Joan so plötzlich umgeworfen haben, wo er am
Morgen noch völlig gesund wirkte?

*

Nachdem ihm Winnie auf der Krankenstation die kalte Schulter gezeigt hatte, begab sich Holk an den Tresen der Mythos
Bar, die direkt über dem medizinischen Versorgungsdeck lag.

»Ting-a-ling-a-ling, ting-a-ling-a-ling … that's amore …«
Der alte Dean wirkte jetzt wie Wundpflaster, und den Single
Malt konnte er als Betäubungsmittel akzeptieren. Der Platz
mit Aussicht auf die Spirituosengalerie war gut gewählt, er
würde ihn nicht einmal verlassen, wenn der Pott absaufen
würde. Sollte die kühle Nordsee doch alles diskret unter
sich begraben …

»Noch einen Whiskey, Sir?«

Wieder so ein gut aussehender junger Kerl mit dem Pro-
fil eines ägyptischen Pharaos und ausgesprochen schönen
Händen.

»Schon gehört, Sir? Unfall passiert heute Nachmittag.«

»Nein«, antwortete Holk entschieden, wovon sich der
Barmann aber nicht abbringen ließ. »Frau fast ertrunken
in Fjord, aber wurde gerettet …«, und hinter vorgehaltener

Hand, als vertraute er ihm ein Geheimnis an: »Leute sagen, Frau unglücklich und hat gemacht mit Absicht ... Aber niemand genau wissen ...«

»Ja, das stimmt, sie ist unglücklich und vielleicht wollte sie sich umbringen.« Dem verwunderten Pharao sah er dabei direkt in die Augen, bis der sich irritiert abwandte. »Ach übrigens, ich nehme noch einen Whiskey.«

Winnie sollte diese Nacht noch unter ärztlicher Beobachtung bleiben. Wenn sich keine Auffälligkeiten zeigten, könne sie morgen zurück in ihre Suite, so der Arzt, den er vergeblich zu überzeugen versucht hatte, sie schon heute zu entlassen.

Winnie war ihm plötzlich fremd. Sie war immer stark gewesen, er hatte sich an ihr orientiert, und er tat es nach wie vor. Natürlich litt er darunter, dass sie ihm für alles die Schuld gab. Aber seine erste Rebellion nach Verenas Tod war diese Reise, die er, ohne sie zu fragen, gebucht hatte. Und was brachte sie? Die Katastrophe setzte sich nahtlos fort ...

Er hatte sich die Zeit gestohlen, um diesen Steffen Treiber, Verenas Freund, ausfindig zu machen, stellte ihm zwei Tage nach und sprang dann bei günstiger Gelegenheit, als Verena nicht dabei war, aus dem Wagen, um ihn zu einem Kaffee einzuladen, was er ablehnte. Das, was sie zu besprechen hätten, könnten sie auch am Straßenrand erledigen, sagte er, als wollte er ein lästiges Insekt abwehren.

»Gut, dann machen wir es hier ...«

Der junge schlaksige Kerl, dessen wasserblaue Augen ihn aus dunklen Höhlen scharf anblitzten, verlor keine Zeit: »Ich kann mir denken, was jetzt kommt. Meine Antwort lautet: Verena wird in ein paar Wochen 18 und ich bin 21. Wir lassen uns unser Leben nicht wegnehmen. Wir leben es nach unserer Vorstellung, nicht nach Ihrer und nicht nach der *meiner* Eltern!«

Nichts Neues unter der Sonne. Das hatten sie doch auch gefühlt, damals, als sie in dem Alter waren, und hatten es hinter sich gebracht. »Aber darüber können wir doch reden –«, sagte er und versuchte, so zuversichtlich wie möglich zu klingen.

»Alles nur ein billiger Trick, auf den wir nicht hereinfallen. War's das?«

Dieser Scheißer ließ ihn tatsächlich mitten auf dem Trottoir stehen wie einen Idioten. Was nützte Toleranz, wenn die andere Seite nicht mitspielte? Und was sollte er Winnie erzählen? Sie hatte sich auf seine einnehmende Art im Umgang mit Menschen verlassen.

In den folgenden drei Tagen nach dem missglückten Gesprächsversuch mit ihrem Freund mied es Verena, mit ihnen zusammenzutreffen …

Der dritte Single Malt hatte bei ihm Wirkung gezeigt. Er machte einen unleserlichen Schnörkel unter die Extrarechnung, die ihm der Kellner vor die Nase hielt, und versuchte, danach unauffällig zum Lift zu gelangen. Er war deutlich angetrunken, aber es reichte nicht aus, die Erinnerung an das auszulöschen, was am Morgen vorgefallen war. Nie war ihm eine tiefere Kränkung von einem Mann widerfahren, er hatte diesen Paradiesvogel für etwas Besonderes gehalten, für einen, der Bücher liest, dem es auf innere Werte ankam …

Als er sein Schlafzimmer betrat, fiel sein Blick auf die roten Flecke vor dem Bett. Er hatte völlig vergessen, sie zu entfernen. Doch da klopfte es schon. »Service«, klang eine dünne Frauenstimme von draußen.

*

Guntram schlug die Augen auf und blickte in das breite Grinsen eines Mondfisches, aus dessen Maul Worte blubberten, die er nur mühsam verstand.

»Da sind wir ja wieder, das ist aber schön, Herr Fellner. Sie müssen etwas trinken …«

Alle wollten immer, dass er trank, er war doch kein Schwamm. Der Raum, in dem er sich befand, roch nach Krankenhaus. Er musste nur nachdenken, dann würde ihm schon einfallen, was passiert war. Sie wollten nach Hause – nicht nach Oberbarmen –, sondern auf das Schiff. Und er sollte etwas trinken, Max hatte ihm die Tasse hingehalten. Aber weiter erinnerte er sich nicht, offenbar war er eingeschlafen. Die Krankenschwester mit dem runden Gesicht erhob sich und ein Arzt trat zu ihm, um Manschetten anzulegen. »Ihr Blutdruck war plötzlich abgefallen, Herr Fellner«, sagte er in beruhigendem Bariton, »und Ihre Familie hat sich Sorgen gemacht.«

»Ja, ja«, sagte er nur. Er war machtlos gegen diesen launischen Körper. Dem fiel in immer kürzeren Abständen etwas Neues ein. Einmal stotterte der Kreislauf, dann ließ der Darm wie eine schlecht funktionierende Behörde alles unbearbeitet liegen, und wenn sie ihm dann Beschleuniger verabreichten, flog die Behörde in die Luft.

»Wo sind wir?«, fragte er den Arzt.

»Auf der Krankenstation. Ich bin Dr. Krebs.«

Passender Name für einen Arzt, dachte Guntram.

»Der Blutdruck ist noch unten, aber stabil. Ruhen Sie sich etwas aus, später kann Sie Ihre Enkelin dann abholen.« Er befreite ihn wieder von den Manschetten.

Der Moment kam immer näher, in dem das letzte Sandkorn durchrieseln würde, dachte Guntram. Er erinnerte sich an seinen Vater, als es mit ihm so weit gewesen war. Mit brüchiger Stimme hatte er ihm vom Totenbett zugeraunt: »Ich entschuldige mich bei dir, Guntram. Ich kann dir nicht genau sagen wofür, aber du wirst es wissen.« Kurz darauf war sein Atem erloschen.

Der Arzt schenkte ihm noch ein zuversichtliches Lächeln, bevor er den Raum verließ. Erst jetzt bemerkte Guntram, dass er nicht der einzige Patient war. Ihm gegenüber, getrennt von einem Rollwagen, an dem Sauerstoffschläuche befestigt waren, lag eine Frau, die sich zu ihm umdrehte und ihn ansah. Er hatte noch nie in so hoffnungslose Augen gesehen.

Stavanger, Dezember 1943

Er war so voll Hoffnung, obwohl es nie eine Zukunft für sie geben würde. Er war der Feind, der gehasste Besatzer, und außerdem hatte er eine Frau, Greta. Doch was er für Tone empfand, war Liebe, und er konnte das Warten auf den Tag kaum ertragen, an dem ihr Vater außer Haus sein würde und er sie besuchen durfte.

Es war der Donnerstag nach Nikolaus, ein freundlicher Tag. Der Wind hatte den Himmel freigezogen und die Sonne beschien die Felsen, die fast blau schimmerten gegen den Schnee, denn es hatte über Nacht neu geschneit. Am Morgen bekam er Post. Er überflog den Brief und steckte ihn in die Tasche. Großvater war gestorben, den anderen ging es den Umständen entsprechend gut. Doch in seinem Kopf steckte nur der Gedanke, wie er wenigstens ein kleines Stück Schokolade auftreiben konnte. Er war sogar bereit, seine Zigarettenration dafür einzutauschen.

Kurz vor der Dämmerung wusch und rasierte er sich, schlich sich aus dem Lager und machte sich auf den Weg über den schmalen, steinigen Pfad bis zur Anhöhe. Dort wartete er und starrte ungeduldig auf das Holzhaus hinunter, ob sich an den Fenstern etwas bewegte. Er schaute dem grauen Rauch nach, der aus dem Schornstein quoll und dann in Fetzen riss. Über eine Stunde rührte sich nichts. Vielleicht hatte es sich ihr Vater anders überlegt. Wenn er Verdacht geschöpft hatte, würde er seine Tochter niemals allein im Haus zurücklassen.

Es blieb ihm nur, auszuharren und auf ein Zeichen zu hoffen. Seine Finger waren schon ganz steif gefroren, als das Tor des vorderen Stalls langsam von innen aufgeschoben wurde und der Alte erschien, bis zu den Ohren in Wollkleidung und Fellen verpackt. Er zog den voll beladenen Handkarren hinter sich her, umschwänzelt von dem großen Hund, den Guntram bereits kannte. Auf der Höhe des Wohnhauses blieb der Alte stehen, Tone kam heraus, ihr Kopf mit den wundervollen hellblonden Haaren unbedeckt, umarmte und küsste ihn, dass Guntram eine leise lächerliche Eifersucht in sich spürte. Als der Alte aufbrach, winkte sie ihm hinterher, während der Hund sich scheinbar nicht trennen wollte und den Karren noch lange begleitete, bis er schließlich umkehrte und Tone ihn in den Stall brachte.

Als sie aus dem Stall kam, warf sie die Arme überschwänglich in die Höhe, machte Zeichen, als wollte sie ein Kriegsschiff in den Hafen lotsen. Er rannte über die Wiese hinunter zum Haus. Mit ausgebreiteten Armen erwartete sie ihn, und ihre Augen sagten: »Ich gehöre nur dir!« Er war so glücklich, so überglücklich …

Der Schatten einer Bewegung holte ihn zurück. Die Frau in dem Bett auf der anderen Seite hatte sich aufgesetzt und spähte neugierig zu ihm herüber.

»Sie müssen sie sehr lieben, diese Tone …«, sagte sie, offenbar hatte er im Schlaf gesprochen.

»Ja«, erwiderte er mit belegter Stimme. Diese Frau hatte ja keine Ahnung, dass sie die Erste war, der er es eingestand. »Aber es ist lange her. Sie ist tot, alle sind tot außer mir …«

»Ich habe auch einmal geliebt«, sagte die Frau. »Jetzt sind mir nur die Bücher geblieben …«

*

Seine Jutta redete nicht viel, sie hörte lieber zu. Aber beim Abendessen und später in der Theaterbar, als er von früher erzählte, seufzte sie öfter und fügte solche Sätze an wie: »Man muss die Vergangenheit ruhen lassen, sonst frisst sie einen auf«, oder: »Wir sind davongekommen, was willst du mehr?« Jeder dieser Sätze traf Jürgen ins Mark. Beim Kir Royal, den sie probieren wollten, sagte sie dann: »Gerechtigkeit kann man nicht erzwingen, man muss geduldig abwarten, irgendwann kommt sie von allein.«

An der Stelle war er anderer Meinung, und sie sollte es wissen, er liebte Jutta über alles, aber manchmal … »Manchmal muss man dem Recht nachhelfen, sonst wird Unrecht zu Recht«, erwiderte er. Vermutlich würde sie kontern: »Schweinchen-Schlau hat gesprochen.« Dann würden sie beide schmunzeln, denn sie fanden immer wieder zum Frieden zurück, er und seine Jutta. Doch diesmal war ihre Reaktion unerwartet heftig. Sie warf den Kopf herum und starrte ihn an. In dem Moment bekam er fast Angst vor ihr, so streng war der Blick, so kompromisslos hart. »Manchmal muss man klug sein und einfach das Richtige tun!«

Was sollte das heißen? Etwa, dass alles nur an ihm gelegen hatte, dass allein *er* die Schuld trug?

Er sah ein, dass es keinen Sinn machte, Brigadeleiter Feldmann auf die Nerven zu gehen. Vielleicht musste es einfach sein, dass er eine gewisse Zeit im Lager absaß, und wenn er seine Belastbarkeit unter Beweis gestellt hätte, würde er für andere Aufgaben geholt. Und Jutta stützte ihn. »Wir haben eine schöne Wohnung, deine Eltern und meine helfen uns aus«, redete sie ihm immer wieder gut zu, »und fürs Nesthäkchen reicht es auch noch.« Sie hatten eine Kerstin bekommen. Eine gesunde kleine Kerstin mit einer süßen Stupsnase und so hellblond wie Jens, ihr Stammhalter.

Zwei Wochen vor dem ersten Mai kurz vor Arbeitsschluss kam Feldmann in Begleitung von zwei grauen Männern, offenbar nicht aus dem VEB, zu ihm herunter ins Lager und sprach ihn in offiziellem Ton an: »Nach Prüfung hat die Verwaltung festgestellt, dass das Warenlager unzulässig um einige Posten erleichtert wurde.«

Jürgen wunderte sich nicht. »Wir hatten darüber gesprochen. Ich habe Ihnen auch gesagt, dass ich die Namen derjenigen kenne, die für die Diebstähle infrage kommen.«

»Wir stellen natürlich unsere eigenen Erhebungen an, Genosse, und darüber wollen wir uns mit Ihnen unterhalten«, sagte einer der Grauen. Er solle sie bitte begleiten, es würde bestimmt nicht lange dauern, den Sachverhalt zu klären.

Er hatte Jutta versprochen, pünktlich zu Hause zu sein, denn am Abend würden sie Besuch bekommen. Doch was blieb ihm übrig, schließlich wollte er sauber dastehen.

Sie führten ihn zum hinteren Ausgang auf eine schmale Gasse hinaus. Der Wagen, ein sandbrauner Wartburg, war nicht weit von ihnen am Straßenrand geparkt. Feldmann verabschiedete sich von den Männern und kehrte um. *Ihn* sah er nicht einmal an. Während sich einer der Grauen ans Steuer setzte, öffnete ihm der andere die Tür zum Fond und sagte »Bitte.«

Jürgen ahnte, wohin es gehen sollte, konnte es jedoch nicht glauben …

»Einen wunderschönen guten Abend, hier spricht Ihr Kapitän von der Brücke. Ich hoffe, dass Sie das herrliche Wetter in Bergen genießen konnten …«

»Komm!«, sagte Jutta und knuffte ihn versöhnlich in die Seite. »Der Anfang ist angeblich das Beste von der Show.«

»... *und werden gegen 8 Uhr am Morgen in Geiranger anlegen. Ich empfehle Ihnen, schon etwas früher aufzustehen, um die Einfahrt in den Fjord genießen zu können. Zum Aufwärmen hält die Crew am Aussichtsdeck heißen Kaffee und Tee für Sie bereit.*«

Bis sie ihn damals in eine Zelle gesperrt hatten, wollte er nicht glauben, es plötzlich mit der Stasi zu tun zu haben. Doch dann kam dieser unfassbare Vorwurf ...

Er konnte diesen Schmidt nicht ungestraft davonkommen lassen. Je mehr er darüber nachdachte, desto stärker wurde seine Überzeugung. Und noch war er nicht am Ende. Schon in Geiranger würden sich neue Möglichkeiten eröffnen. Vielleicht hatte Schmidt den Ausflug mit den vielen steilen Aussichtspunkten gebucht, der nach ganz oben führte auf den Berg, der Dalsnibba hieß ...

FAHRT AUF DEM GEIRANGERFJORD

13

6.03 Uhr. Was hatte sie aufgeweckt? Das Gefühl, beobachtet zu werden, oder dieser beklemmende Traum, der immer noch wie ein Stein auf ihrer Brust lag? Margo rutschte aus dem Bett und schob den Vorhang an der Glasfront beiseite. Der Morgen war dunstig, aber entlang der Fahrrinne gab sich der monströse Leib eines Ungetüms zu erkennen. Sie waren im Land der Riesen und Trolle angekommen.

Schweigend vor Ehrfurcht lief die »Mythos« an dem schroff abfallenden Felsen vorbei. Nur der gellende Schrei einer Möwe war zu hören. Im Hintergrund schoss der weiß aufschäumende Wasserstrahl eines prallen Schmelzbaches über die Felsenkante weit hinaus in den Fjord.

Margo wollte hinaus auf den Balkon. Ihr Bademantel lag auf dem Stuhl neben dem Sideboard. Sie griff danach, als der Traum zurückkehrte: Ein Mann riss den Mund weit auf und sein angstvoller Schrei schwoll zu einer unerträglichen Frequenz an – aber nichts war zu hören. Und doch spürte man seine Angst und sah das Entsetzen auf seinem Gesicht. Es war Joans Gesicht …

Gestern Abend beim Dinner wollte sie George erzählen, dass Joan – Aber dann fand sie es unpassend, sich um einen Mann vom Service zu sorgen, den irgendein Virus oder Ähnliches erwischt hatte, der sich deshalb auskurierte und durch eine Chinesin ersetzt wurde. Ziemlich banal das Ganze. George könnte einen völlig falschen Eindruck bekommen. Aber der Traum beunruhigte sie. Immerhin blieb es merkwürdig, dass ein gesunder junger Mann innerhalb weniger Stunden so krank geworden war, auch wenn heutzutage selbst durchtrainierte Leute einfach umfielen wie dieser Fußballer neulich …

Sie öffnete die Balkontür, stellte sich an die Reling und sog die klare Luft ein. Die Sonne war noch zu schwach, den Morgenschleier aufzulösen, der Riese starrte sie jetzt aus einer dunklen Höhle an. Allmählich verhallte das Geräusch des Sturzbaches. – Doch wenn Joan wirklich in Schwierigkeiten steckte?

Du willst doch nicht etwa behaupten, dass es nur der mütterliche Instinkt einer Frau ist, die nie Kinder bekommen hat und keine bekommen wird? Oder die keusche Sorge, es könnte dem einzigen Mann auf dieser Welt mit ehrlichem Herzen etwas passiert sein? – Dass ich nicht lache! Dir fehlt einer, der dir schmeichelt, der dir etwas vormacht, der dich belügt und hintergeht. Mit anderen Worten: Du bist wieder läufig …

An dem Abend hatte sie stundenlang auf Armin gewartet. »Wie auch immer die Wahl ausgeht, wir werden eine Flasche Schampus auf den Neubeginn köpfen, auf dich und mich«, hatte er vorher versprochen, und sie hatte sich darauf gefreut. Als er kam, gegen halb drei, war er angetrunken, roch nach fremdem Parfüm und sein Hemdkragen trug unverkennbar Lippenstiftspuren. Immerhin hatte er so viel Vernunft bewiesen, den Wagen stehen zu lassen und ein Taxi zu nehmen. Er fiel ihr um den Hals, als wäre sie seine Retterin. »Ich musste noch auf die Party, sonst wären einige beleidigt gewesen«, war seine Entschuldigung. Im Bett schlief er sofort ein, während ihr Herz schlug, dass sie ihre Gedanken kaum hören konnte. Sie empfand Enttäuschung, kam sich abgestellt vor. Die, die zu Hause wartete. Was zog sie an diesem Mann so an? War es wirklich Liebe oder nur Lust, vielleicht auch die Hilflosigkeit, die er ausstrahlte, gepaart mit der jungenhaften Unschuld, der ihr Mutterinstinkt nicht widerstehen konnte?

Sie entschied sich, seine Wohnung in nächster Zeit zu meiden, um wieder einen klaren Kopf zu bekommen. Es machte kaum Sinn, Armin hinterherzuschnüffeln. Entweder sie vertraute ihm oder sie musste Schluss machen ...

Margo hatte erwartet, dass *Anders* die Gelegenheit nutzen würde, ihre Gedanken durcheinanderzubringen. Es tat weh, auch die Erinnerung an Armin, aber in diesem Augenblick war etwas stärker in ihr. Sie würde nie vergessen, wie rührend Joan sie getröstet hatte, und wenn er Hilfe brauchte, war es an ihr zu tun, was in ihrer Macht stand ...

Als sie ihre Kabine verließ, war der Zimmerservice schon bei der Arbeit. Wäschewagen, voll beladen mit Putzmitteln, schneeweißen Laken und Frottiertüchern, engten den Flur ein, und die Türen zu den Personal- und Lagerräumen auf der Innenseite standen weit offen. Dort drängten sich Menschen verschiedener Kulturen, die während einer solchen Fahrt miteinander auskommen mussten, dachte Margo, und jeder hatte seinen Gott, seine Traditionen, seinen Stolz ...

Oben auf dem Aussichtsdeck wartete bereits George, vollauf konzentriert, die Landung der »Mythos« in Geiranger – der kleine Ort am Kopf des Fjords – auf sein iPad zu bannen. Allmählich verflog der Morgendunst und gab einen gigantischen Blick frei, der ihnen den Atem nahm. Aus dem Lautsprecher klang leise Musik von Grieg. Und obwohl Margo es hasste, wenn es Werbefachleute auf ihre Gefühle abgesehen hatten, konnte sie sich dem Zauber des Moments nicht entziehen.

»Haben Sie gut geschlafen, Margo?«, fragte George.

»Danke gut, George«, antwortete sie und fragte sich, warum sie einem so freundlich besorgten Herrn wie ihm nicht von Joan erzählen sollte ...

*

Sie waren gelandet. Zu dem phallischen Protz der Natur passte nur *eine* Musik: die krachenden Akkorde der achten Bruckner, die einen erstarren ließen. Doch die Morgenluft wehte vom Aussichtsdeck nur sentimentales Gesäusel herüber. Holk Sonntag saß im Liegestuhl auf seinem Balkon und stellte sich vor, von diesen Felsen erschlagen zu werden. Ein würdiger Tod, sich den ewigen Mächten zu überantworten. Winnie hatte ihr Ende in den Fluten gesucht. Rauschen überall, du hörst keine Stimme mehr, auch deine eigene nicht, nur das Glucksen um dich herum, das friedliche Glucksen der Unterwassergalaxien …

Seine Hände zitterten und er nahm wieder einen Schluck aus der Flasche, die ihm die kleine Chinesin gestern Abend noch besorgt hatte, natürlich gegen ein üppiges Trinkgeld. Er hoffte, sie damit ködern zu können, denn ihm war die Gier nicht entgangen, die in ihren Augen blitzte. Auch wenn diese Asiaten immer die Herrschaft über ihren Gesichtsausdruck behielten, die Augen verrieten sie irgendwann. Mit einem speziellen Putzmittel und ein paar Handgriffen hatte sie die Blutflecken vor seinem Bett entfernt, nicht ohne ihn währenddessen argwöhnisch zu beobachten, als hätte sie etwas von ihm zu befürchten.

Geiranger Ort schien nicht mehr als die unbedeutende Siedlung zu sein, die sie mit dem Steg verband. Voran einige Hotels an schmalem Ufer, eingepfercht von Felsen. An der rückwärtigen Seite der etwas sanftere Anstieg auf einen Berg, von dessen Rücken noch Schnee herabblinkte. Die Luft war kalt, aber der Malt-Whiskey machte Holk unempfindlich dagegen.

Es war der Punkt erreicht, an dem sein Leben keine Bedeutung mehr hatte. Er war an seinen Fronten gescheitert, konnte sich selbst nicht mehr trauen, erst recht nicht weiter daran glauben, dass das, was er sein Leben lang gemacht hatte –

Bücher herstellen und verkaufen –, das Heil der Menschheit bedeutete. Kultur war nur eine Hoffnung, wie alles andere auch, eine Ersatzreligion. Aber seine Insel des Glaubens war gestern geflutet worden, sein Idealismus sang- und klanglos abgesoffen. Sollte er Winnie erzählen, was vorgefallen war? Vielleicht wusste sie es längst oder ahnte es, so wie sie Verenas Tod geahnt hatte …

Seine Tochter war 18 geworden und hatte sich an ihrem Geburtstag nicht einmal zu Hause blicken lassen. Zwei Jahre vorher hatte er Verena für den Tag ihrer Volljährigkeit einen kleinen roten Flitzer versprochen, gesetzt, sie würde den Führerschein bestehen, was damals keine Frage gewesen war. – Vor Kurzem hatte er sie wieder darauf angesprochen. Um dort hinzukommen, wohin sie wolle, brauche sie kein Auto, hatte sie seinen Versuch müde lächelnd abgetan, sie wieder an der Realität zu beteiligen. Und das Abi? Ein Fiasko. Sie hatte am untersten Level bestanden, aber die Noten waren so schlecht, dass es quasi wertlos war. Ihn selbst hatte sie erst gar nicht davon in Kenntnis gesetzt, von ihrem Oberstufentutor hatte er den Ausgang der Nachprüfungen erfahren.

Jetzt saß sie ihm bei McDonald's gegenüber und verschlang diesen trockenen Burger, zu dem er sie eingeladen hatte, wie ein ausgehungerter Löwe.

»Nicht dass du meinst, ich hätte es deinetwegen getan. Steffen hat gesagt, ich müsse das Abi bestehen, um mich an der Uni einschreiben zu können, damit ihr nicht auf die Idee kommt, mich zu erpressen. Solange ich in der Ausbildung bin, seid Ihr verpflichtet, für meinen Unterhalt zu sorgen.«

Er konnte ihre Denke nicht fassen. Warum wohl dieses Treffen? Er hatte weder die Absicht, sie zu nötigen, noch sie verhungern zu lassen. Aber sie riss die Gräben immer weiter auf, provozierte ohne Ende, dazu die ständigen Vorwürfe, als hätten Winnie und er sich ernsthaft etwas zuschulden kommen lassen. Sie sah blass aus, ihre Haare versteckt unter einer Wollmütze, Fingernägel so schmutzig wie die eines Straßenkindes, und doch hatte er keinen größeren Wunsch, als ihre Hände zu berühren, sie in die Arme zu schließen und zu küssen. Selbst wenn ihr Blick ihn belauerte, als müsste sie sich vor ihm in Acht nehmen, vor ihrem eigenen Vater.

»Habe ich jemals gedroht, dir Geld vorzuenthalten, das dir zusteht?«

»Nein, aber du hattest es vor. Bestimmt hattest du es vor, versuch erst gar nicht, mich anzulügen!«

Er schwieg. Sie hatte recht. Skrupellos entzog sie sich ihren Pflichten und hing ihn an seinen auf. »Du könntest wenigstens wieder einmal nach Hause kommen. Deine Mutter würde …«

»Um mir Vorwürfe anzuhören? Ich habe das Abi gemacht, und jetzt lebe ich, wie ich will. Wenn ihr eine andere Tochter haben wollt, dann kauft euch doch eine!«

Sie wollte ihm wehtun, und *das* tat weh. Aber musste er hier sitzen und sich erniedrigen lassen, von einer dummen kleinen Gans, die so viel Charakterlosigkeit erkennen ließ, ihren Vater zu entmündigen und ihn gleichzeitig auszunutzen, wie es das Gesetz hergab? War das autonom?

Plötzlich stand dieser Steffen wie ein langer, unheilvoller Schatten neben ihr, legte seine knochige Hand auf ihre Schulter und sagte sanft: »Lass uns gehen.«

In diesem Augenblick entschied Holk, seinen Anwalt einzuschalten.

*

»Meinetwegen hättest du nicht auf den Ausflug verzichten müssen«, sagte Guntram. Es war bereits das zweite Mal seit dem Frühstück, dass er Hilde darauf ansprach. Es war nicht fair. Aber es reizte ihn, immer wieder herauszufinden, ob sie es ehrlich meinte oder ihm doch nur etwas vorspielte. Auf Anhieb hätte er nicht sagen können, was ihm lieber wäre: eine konsequente Schauspielerin, die ihre Rolle beherrschte und durchhielt, oder eine liebende, sich selbst aufopfernde Enkelin. Liebe hörte auf einmal auf und wich gnadenloser Vernachlässigung. Das hatte er schon bei anderen beobachtet.

Sie stand hinter ihm und zupfte die Fleecedecke zurecht, die sie ihm um Hals und Schulter gelegt hatte. Vom Heck des Aussichtsdecks aus konnte er in einiger Entfernung die Sieben Schwestern erkennen, wie ihre Wasserfälle in feinen Verästelungen den anthrazitfarbenen Fels äderten. Norwegens Natur.

»Du hast mir immer noch nicht verraten, wer dein größter Schatz ist«, stichelte er.

»Ich habe versprochen, ihn dir vorzustellen«, antwortete Hilde in gewohntem Gleichmut, »und was ich verspreche, das halte ich auch.«

»Bis es so weit ist, könnte ich tot sein.« Eine der wenigen Situationen, in denen er sein Alter ausspielen konnte. Obwohl das Alter nicht das größte Risiko darstellte, alle setzten ihr Leben oder das anderer aufs Spiel, jeden Tag, der Säugling, der im offenen Kinderwagen von einer streunenden Katze erstickt werden könnte, oder der Greis, der auf dem Fußgängerstreifen der Gefahr ausgesetzt war, die Kanalabsperrung zu übersehen. Die Wahrscheinlichkeit, durch reinen Verschleiß zu krepieren, war da verhältnismäßig gering.

Hilde stellte sich neben ihn an die Reling. Ob sie endlich mit einer Antwort herausrückte? Tatsächlich zogen sich ihre Lippen zu einem seltsamen Lächeln zusammen.

»Er hat etwas von dir, Opa, so viel kann ich schon verraten … Er opfert sich für die Familie auf, schont sich nicht und gibt alles, um jeden zufriedenzustellen. An sich denkt er erst ganz am Schluss …«

Zweifellos gefiel Guntram, was er hörte, und es war ihm eine Genugtuung, dass die Kinder endlich einsahen, was er für sie aufgebaut hatte in all den Jahren, sich krummgelegt, nur um ihnen eine gute Zukunft zu ermöglichen.

»Nie würde er mit eiserner Härte anderen seinen Willen aufzwingen, sie tyrannisieren und sich ungefragt in ihr Leben einmischen, alles wegen Geld, nur wegen Geld …«

Was war das jetzt? Was sollte dieser Unterton?, dachte Guntram. Sollte das etwa eine Anspielung sein? Sie würde doch nicht wagen …!

»Sag bloß, es ist Pfarrer Wilhelmi?«, platzte es aus ihm heraus.

Als sie ihm ihr Gesicht zuwandte, standen ihre Augen voller Tränen …

Stavanger, Dezember 1943

Es waren die schönsten drei Tage seines bisherigen Lebens gewesen. Tone und er hatten sie – soweit er nicht abkommandiert worden war – wie ein Liebespaar in dem warmen alten Holzhaus verbracht, und es hatte ihnen an nichts gefehlt, denn die Vorräte waren üppig. Beide hatten sie geweint, als er aufbrechen musste. Einen Tag darauf, es waren keine zwei Wochen mehr bis Weihnachten gewesen, hatte sein Heimaturlaub begonnen, und er hatte sich gefragt, wie er Greta unter die Augen treten sollte.

In Oberbarmen schlug man sich durch wie überall in Deutschland. Es gab kaum noch Schlachtvieh, die Versorgung der Soldaten an der Front ging vor. Das beliebte Haus auf dem Wupperfelder Markt, über dessen Eingangstür »Metzgerei Anton Fellner« zu lesen war, stand jetzt leer und wirkte hoffnungslos. Greta fiel ihm etwas theatralisch in die Arme,

Mutter sah abgemagert aus und Vater lag im Sterben. Sein älterer Bruder hatte keinen Urlaub bekommen. Wie gerne hätte er mit Jupp über Tone gesprochen. Er war der Einzige, dem er vertraute, der Geheimnisse für sich behalten konnte.

Nachts lag er neben Greta. Er fühlte sich genötigt, mit seiner Frau zu schlafen, während sie vermutlich spürte, dass etwas nicht stimmte. Sie sprach ihn aber nicht darauf an, schob es wahrscheinlich auf den Krieg. Und war der etwa nicht schuld daran, dieser verdammte Krieg?

Bereits am zweiten Tag sehnte er sich nach den Geräuschen der Küste, den Möwenschreien, dem Geruch nach Fisch und Rentierfellen und Tones weißen Armen.

*

Der Bus erklomm die Serpentinen, vorbei an baumloser Landschaft, die von einem grüngelben Bart aus Flechten und Moosen überwachsen war. Unterhalb des verhangenen Berggipfels, links und rechts weite Schneefelder, hielt er auf dem Parkplatz eines alten Gasthauses, dessen Bauweise Jürgen Wörner an die im Harz erinnerte.

»Sieh dir das an!« Jutta stieß ihn in die Seite. »Aus dem Schnee schimmert ein blaues Licht. Fast unheimlich, findest du nicht?«

Ja, Jürgen fand es auch ... *unheimlich*, nur zwei Reihen hinter einem Verbrecher zu sitzen, der sich mit seinen Kumpel amüsierte, als trüge er keine Schuld, keine Verantwortung, als hätte Recht ein Verfallsdatum ... *Wir müssen irgendwann wieder neu anfangen. Wenn wir nur rückwärts denken, bewegt sich nichts mehr* – Alles Ausreden, um die Täter nicht bestrafen zu müssen, denn dann bekäme man es mit der Wahrheit zu tun, und an der Wahrheit war niemand interessiert ...

»Du könntest ein paar Fotos schießen«, drängte Jutta. Draußen vor dem Bus zog ein schneidender Wind über das urzeitliche Gletschertal, das sich vor ihnen ausbreitete und dessen Eis unter der Schneedecke so geheimnisvoll blau leuchtete. Und Jutta zuliebe fotografierte Jürgen, bis die Reiseleiterin, die sich Grit nannte, über den Parkplatz rief: »Wir werden nun ein kleines Frühstück einnehmen, vielleicht ist danach der Gipfel frei. Bitte kommen Sie!« Als hätten sie auf dem Schiff nicht genug zu essen. Aber ein Tee war nicht zu verachten.

Die »Gruppe Schmidt« – Jürgen nannte sie der Einfachheit halber so – schien schon jetzt ziemlich aufgekratzt, ihre Gesichter waren gerötet. Im Bus hatte er beobachtet, wie sie sich gegenseitig kleine Schnapsflaschen zusteckten. Wer arglos und angetrunken war, würde auch schnell unvorsichtig werden …

Eine Stunde später hatte sich die Dunstglocke über dem Dalsnibba noch nicht verzogen. Da sie jedoch die Fahrt einschließlich Gipfel gebucht hatten, bestanden einige der Touristen darauf, sie unter allen Umständen durchzuführen. Jutta lauschte weiter entspannt den Erklärungen und launigen Anekdoten der Reiseleiterin Grit, während sich in Jürgen eine Unruhe steigerte, wie er sie nur einmal erlebt hatte, damals an dem Tag, als ihn die zwei Männer von der Lagerarbeit abgeholt hatten …

Während der Fahrt sprachen sie nicht. Auf die eine Frage, die er ihnen mit bebender Stimme stellte: »Was ist eigentlich los?«, antwortete der, der neben ihm saß, in nüchternem Ton: »Darüber werden die Kollegen Sie bald aufklären.«

Gerade diese Selbstverständlichkeit, mit der sie ihn aus seinem Leben abführten, machte ihn fassungslos, wühlte ihn auf, lähmte aber gleichzeitig seinen inneren Widerstand, er ließ es mit sich geschehen. Der Wartburg schnurrte über die Pflastersteine, das Wetter war grau wie die Stadt. Es dauerte nicht lange und sie fuhren durch einen Torbogen, der ihm nie aufgefallen war, hielten vor einem Hintereingang, den er nie gesehen hatte.

Jemand übernahm ihn und führte ihn in einen Raum, in dem nur ein Eisenbett ohne Matratze stand, dürftig erhellt von einem Oberlicht. Die Wände waren mit brauner Ölfarbe gestrichen, der Boden mit Linoleum bedeckt. Neben der Tür ein Waschbecken und ein schmieriges Handtuch am Haken. »Warten Sie hier, Sie werden abgeholt.« Der Mann zog die Tür hinter sich zu und schloss zweimal mit lautem Geräusch ab.

Er war eingesperrt in einer Zelle, in der nicht einmal ein Stuhl stand. Er begann auf und ab zu laufen. Jutta machte sich bestimmt Sorgen. Sie hatte für die Familie und die Gäste gekocht, und die Kinder wollten ihn sehen, bald würde es Zeit für Jens' Gutenachtgeschichte sein. – Sie konnten ihn nicht so einfach verschwinden lassen. Er hatte zwar gehört, dass es vorkam, aber doch nicht *er*. Er war Familienvater und tat sein Bestes für den sozialistischen Aufbau. Er wollte doch auch, dass es voranging.

Das Oberlicht wurde diffus, draußen dämmerte es. Es kam ihm wie Stunden vor, die er auf dem stumpfen Linoleum hin und her getrabt war, als sich wieder der Schlüssel im Schloss drehte …

Einige blieben im Bus, denn die Sicht endete bereits ein paar Meter hinter der rot-weißen Absperrung. Als störte der Nebel nicht genug, wurde auf dem Gipfel auch gebaut. »Ein modernes Fremdenverkehrszentrum soll es werden, und irgendwann müssen sie ja arbeiten«, war die Erklärung von Reiseleiterin Grit, die dafür nicht nur Verständnis erntete, schließlich hatte sie es mit deutschen Touristen zu tun. Aber Schmidt und seine Freunde ließen sich nicht aufhalten, sie kletterten aus dem Bus, feixten mit dem mannshohen Troll aus Hartplastik, der den Eingang des Gipfelhäuschens bewachte, und posierten für Fotos.

»Vielleicht sollte ich auch …«, sagte Jürgen zu Jutta und zückte seine Nikon. »Bleib du nur sitzen, es wird gleich weitergehen.«

Der Lärm der Baumaschinen war ohrenbetäubend. Die Gruppe Schmidt hatte sich von dem Troll getrennt und begab sich zu der eingerahmten Landschaftskarte, die ihren einsamen Platz zwischen markierten Baulöchern hatte. Schmidt ließ die anderen vorausgehen und ruhte sich an einem schlecht gesicherten Felsvorsprung aus, den Rücken ihm zugewandt. Die zweite Einladung, dachte Jürgen. Diesmal würde er nicht zögern. Nur wenige Schritte war er von Schmidt entfernt. Seine Hände fühlten sich feucht an. Doch er würde sich nicht von seinem Vorhaben abbringen lassen, komme was wolle …

Plötzlich ragte ein Stahlarm aus dem Nebel, ein Caterpillar mit überdimensionalen Reifen hielt genau auf sie zu. Diesmal nicht, dachte Jürgen nur und warf sich auf Schmidt, während der Caterpillar ins Schlingern kam und in einem Bauloch stecken blieb. Ein Arbeiter erschien, der brüllend und fluchend hinter dem Bagger herlief, als wollte er einen ungehorsamen Hund zurückrufen.

Jürgen lag auf dem Bauch und hatte sich das Kinn blutig geschlagen. Schmidt war nicht zu sehen.

»Sie haben ihm das Leben gerettet!«, hörte er einen Bass über sich, einer von Schmidts Freunden half ihm hoch. »Wir haben alles gesehen. Wenn Sie nicht gewesen wären, hätte ihn die Baggerschaufel erwischt.« Der Mann klopfte ihm gerührt auf die Schulter. Schmidt war wieder auf den Beinen, kam auf ihn zu und streckte ihm die Hand entgegen. »Danke, alter

Freund«, sagte er. Sie schauten sich in die Augen. Das erste Mal nach über 30 Jahren, Schmidt erkannte ihn nicht und sein Mundwinkel hatte vorübergehend das Zucken eingestellt.

»Schon gut«, sagte Jürgen, aber er meinte es nicht so.

14

»Wahrscheinlich ist er kerngesund und außer Gefahr, Margo«, erwiderte George. Immer noch saßen sie beim Sektfrühstück im Golden Gate, konnten sich nicht von der kolossalen Aussicht in den Fjord trennen, die sich von ihrem Tisch aus ergab. »Servicekräfte müssen flexibel sein und helfen nach Bedarf in anderen Abteilungen aus. Dieser Joan wird sicher bald auftauchen.«

Es klang einleuchtend, was er sagte, und sie fragte sich, ob ihre Sorge nicht übertrieben war. Doch sie bereute keineswegs, mit George darüber gesprochen zu haben. Auf diese Weise hatte sie sich auch seiner Treue versichert, denn sein irritierter Blick, als sie von dem jungen Katalanen angefangen hatte, der schmollende Augenaufschlag, verrieten zumindest eine Spur von Eifersucht, die ihr schmeichelte. Doch sie unterdrückte jeden weiteren Gedanken dazu, denn *Anders* wartete nur darauf, wieder über sie herzufallen.

»Sie haben recht, George«, trat sie nur scheinbar den Rückzug an, »aber …«

»Ihr weiblicher Instinkt sagt etwas anderes?«

»Vielleicht folge ich nur dem Rat meines allwissenden Therapeuten …«

»Und der wäre?«

»Mich mehr am Gesellschaftsleben zu beteiligen, nicht einmal davor zurückzuschrecken, meine Nase in fremde Angelegenheiten zu stecken. Das würde seelische Verkrampfungen lösen und ungeahnte Heilungsmöglichkeiten eröffnen.«

»Nachvollziehbar, aber etwas zynisch, finden Sie nicht?«

»Sie meinen, im Elend anderer herumzuschnüffeln, wäre die mieseste Art, sich selbst aufzubauen?«

Über ihre etwas drastische Formulierung war er anscheinend erstaunt. Ihre Blicke kreuzten sich und trafen tiefer, als sie beide ertragen konnten. Margo spürte Tränen in den Augenwinkeln. George führte verlegen die schneeweiße Stoffserviette an den Mund. »Bitte entschuldigen Sie, so habe ich es …«

»Bleiben Sie bei der Wahrheit, George: Sie haben es so gemeint, und womöglich stimmt es in der überwiegenden Zahl der Fälle. Aber in diesem will ich mich lediglich für eine Hilfe erkenntlich zeigen, die außergewöhnlich war: Als ich kurz davor stand, verrückt zu werden, hat mir Joan aus einem Buch vorgelesen und mir endlich den rettenden Schlaf geschenkt …«

»Bitte Margo, verzeihen Sie mir …«

»… und wenn Joan etwas zugestoßen sein sollte, wäre es an *mir*, ihm zu helfen, das verstehen Sie doch George, oder?«

Plötzlich wirkte er entspannt. »Natürlich. Vielleicht ist Ihr Therapeut sogar ein weiser Mann und hat Ihnen genau das Richtige verschrieben.« Er schmunzelte in sich hinein, dass Margo wieder die Ahnung beschlich, er wisse weit mehr von ihr, als er durchscheinen ließ.

Am Abend rief Armin schon während der Tagesschau an, die sie eingeschaltet hatte, um ein Ritual wiederaufleben zu lassen, das sie an die Zeit *vor* ihm erinnerte, die erst ein paar Wochen zurücklag, ihr aber wie Jahre erschien.

»Ich bin gerade nach Hause gekommen und habe gesehen, dass du deine Sachen mitgenommen hast. Was soll das heißen?« Mehr war nicht nötig, um in ihr eine Lawine der Schwäche auszulösen. Natürlich hatte *sie* alles missverstanden, hatte überinterpretiert und überreagiert, *sie* … Und es geschah genau das, was sie befürchtet hatte: Sie verstand sich selbst nicht mehr.

»Ich …«, druckste sie, »ich kann doch meine Wohnung nicht so lange unbeaufsichtigt lassen. Ich wollte wieder einmal hier schlafen. Nur ein paar Tage …«

Mit dieser dämlichen Ausrede hoffte sie, ihm eine aufrichtige Antwort schuldig bleiben zu können. War es nicht noch peinlicher, ihm wie ein eifersüchtiger Hausdrache seinen angetrunkenen Zustand und den Lippenstift am Kragen vorzuwerfen? Er hatte die Wahl verloren und danach auf der Party der Frustrierten die Zügel etwas locker gelassen. Was war daran tragisch?

»Also gut, dann muss ich mich damit abfinden.« Besetztzeichen.

Ihr Herz schlug wie ein Hammer gegen ihre Brust. Das bisschen Glück, das ihr über den Weg gelaufen war und sich an sie hängen wollte, hatte sie bereits nach kurzer Zeit wieder abgeschüttelt. Alles musste nach ihren spießigen Vorstellungen ablaufen, sie war unfähig, echtes Verständnis für einen Partner aufzubringen …

Im Barschrank fand sich noch die Flasche Hennessy, die

ihr eine Kollegin als Dankeschön für die Hilfe bei der neuen Verwaltungssoftware geschenkt hatte. Mit jedem Schluck Cognac kam ihr die Wohnung kleiner vor, sie sah sich wieder allabendlich allein vor der Tagesschau sitzen … Nein, das hatte sie nicht gewollt, bestimmt nicht!

Nach einer Weile setzte sich das Karussell in ihrem Kopf in Bewegung, sie schwankte ins Schlafzimmer, warf sich, ohne sich vorher auszuziehen, aufs Bett. Das Kissen roch nach Weichspüler. Jemand schluchzte – Sie hatte es nicht anders verdient.

Irgendwann bildete sie sich ein, es hätte an der Wohnungstür geklopft. Im Halbschlaf rutschte sie auf Strümpfen in den Flur und öffnete die Tür.

»Margo, ich …«

Sie fiel ihm wortlos in die Arme, und er trug sie zurück ins Schlafzimmer.

Auf dem Weg in die Kabine rumorte ihr Magen. Sie hätte auf das zweite Glas Sekt verzichten sollen. Jedenfalls brachte es Margo auf eine Idee: Jetzt hatte sie einen Grund, in der Krankenstation aufzutauchen. Sie trat aus dem Lift und folgte den Wegweisern.

»Schonen Sie sich und melden Sie sich bitte sofort, wenn Sie spüren, dass mit Ihnen etwas nicht stimmt. Ein Schock kann ungeahnte Nachwirkungen haben …« Als Margo in der Tür stand, drückte der Arzt gerade einer Frau mit zerknittertem Gesicht die Hand, deren Blick sie kurz streifte, bevor sie den Raum fluchtartig verließ.

»Sebald mein Name«, begann sie und schilderte, dass ihr Magen so seltsame Geräusche produziere. Worauf der Arzt, der sie zunächst etwas skeptisch beäugte, entgegnete: »Verspüren Sie Brechreiz?«

»Nicht direkt«, antwortete sie, aber sie habe gehört, es

würde eine Art Seuche grassieren, ein junger Mann vom Servicepersonal sei davon befallen worden. Der Arzt schüttelte verständnislos den Kopf. »Immer dieses Gerede. Geben Sie bitte nichts darauf. Jeder ernsthafte Krankheitsfall an Bord wird sofort hier gemeldet und behandelt, notfalls lassen wir die Infizierten ausfliegen. Aber bisher gibt es nicht einmal einen leisen Verdacht. Lassen Sie sich nicht beunruhigen.«

Soweit hatte George gepunktet, dachte Margo. Aber das schloss nicht aus, dass Joan in Gefahr schwebte. Und warum hatte die kleine Chinesin gelogen?

*

Holk lehnte an der Reling, die halb volle Flasche Malt in der Hand, als er die Tür schließen hörte. Er nahm einen weiteren Schluck, bevor er sich umdrehte und den Blick in Erwartung ihrer geißelnden Worte niederschlug. Aber Winnie verzog sich, ohne ihn anzusprechen, in ihre Schlafkabine, und er verspürte nicht die geringste Lust, sich auch nur *ungefähr* vorzustellen, wie es in ihr aussah, randvoll mit einem Gefühlscocktail, in dem Frust, Scham und Demütigung ihren vollen Geschmack entfalteten. Hatte er Mitleid? – Würde er ihr oder sich damit helfen?

Er wechselte die Stellung und setzte sich in einen der beiden Balkonstühle mit dem Rücken zur Schiffswand. Doch der Gebirgsfluss am Ortseingang von Geiranger, der jetzt seinen starken Strahl auf ihn richtete, verschlechterte nur seine Laune. Plötzlich erschien Winnie im Jogginganzug hinter einer Sonnenbrille, die ihren Augen einen starren, insektenhaften Ausdruck verlieh, und setzte sich auf den verbliebenen Stuhl am anderen Ende des kleinen Tisches. Was wollte sie von ihm? Er konnte sie nicht trösten. Noch etwas, das er nicht konnte. Im Augenblick fühlte er sich auch unfähig, ein einigermaßen normales Gespräch zu führen, nicht einmal die eingeübten Floskeln, die die letzten fünf Jahre ihre Ehe ernährt hatten, würden über seine Lippen kommen.

Er wagte einen Blick zu ihr hinüber. Nie hätte er für möglich gehalten, dass ein Mensch von einem auf den anderen Tag so verfällt. Sie war abgemagert, ihre Gesichtshaut – gelb und von unzähligen kleinen Rissen durchzogen – hing schlaff an den Wangenknochen, die Lippen blutleer und verkniffen. Vielleicht lag es daran, dass sie gerade erst aus der Krankenstation entlassen worden war und noch keinen Blick in den Spiegel geworfen hatte. Oder fiel ihm das jetzt alles auf, weil er sie in den letzten Jahren nicht mehr richtig angeschaut hatte?

Er fühlte die Angst vor dem ersten Wort in sich anwachsen. Meistens ahnte er, was sie sagen würde. Sie waren sich gegenseitig keine Überraschung mehr, aber diesmal spürte er nichts als peinliche Leere.

Sie griff nach seinem Whiskeyglas auf dem Tisch, in dem noch ein Streifen stand, und kippte ihn hinunter. Die Schärfe des ungewohnten Alkohols ließ sie zusammenzucken. Er goss ihr nach, die Flasche befand sich noch in seiner Hand. Es war nicht das, wonach es aussah, kein Einlenken, keine sentimentale Verbrüderung, die hier stattfand, das machte sie ihm klar, indem sie weiter schwieg, nicht einmal eine Stichelei war er ihr mehr wert.

Doch dann waren unerwartet die großen starren Insektenaugen auf ihn gerichtet. »Wir sollten endlich reden …«, sagte sie mit unvermutet fester Stimme. Er hätte antworten können: »Ich wüsste nicht was.« Das hätte sie natürlich einkalkuliert. Auf diese Weise schob sie *ihm* die Verantwortung zu, aus der Situation etwas zu machen …

Aus Scham hatte er lange gezögert, seinen alten Freund Mathiesen zu seiner Rechtslage als Vater zu befragen. Der wegen seiner Aufgeschlossenheit und versöhnlichen Fähigkeiten so geschätzte, kommunikative Holk Sonntag, der im Vorstand des Verlegerverbandes saß, war nicht einmal imstande, mit seiner Tochter ein vernünftiges Gespräch zu führen. Aber Winnie und er waren allmählich verrückt vor Sorge.

»Verenas Freund scheint Bescheid zu wissen«, sagte Mathiesen, nachdem er Holks Gestammel aufmerksam zugehört hatte. Auf dem Gesicht seines Freundes breitete sich nicht das gewohnte Siegerlächeln aus. Er wurde ernst. »Wenn es dir ein Trost ist, kann ich dir bestätigen, dass ihr nicht die Einzigen seid, die mit dieser Art Entfremdung umgehen müssen. Kommt jetzt öfter vor, dass Eltern ihre Kinder von heute auf morgen nicht wiedererkennen.«

Mathiesen hatte gut reden, ihm diente die Menschheit lediglich als Studienobjekt für kriminalistische Optionen.

»Es muss doch eine Möglichkeit geben, sie vor diesem Typ zu schützen ...«

»Mit 18 kann sie tun und lassen, was sie will, Holk, damit musst du dich abfinden. Und es stimmt auch, dass du nicht raus bist, solange sie eine Ausbildung nachweisen kann.« Er grinste, wie Anwälte grinsen, wenn sich die Lage hoffnungslos darstellt.

»Und wenn ich mich weigere?«

»Ich stelle mir folgende Schlagzeile vor: *Düsseldorfer Verleger verweigert Tochter den Unterhalt.* Das könnte völlig ausreichen, um jemanden wie dich zu ruinieren.«

So wie er Verena beim letzten Treffen erlebt hatte, würde sie wahrscheinlich auch *davor* nicht Halt machen. »Was soll ich also tun?«

»Nimmt sie Drogen?«

Es lief ihm kalt über den Rücken, als Mathiesen endlich aussprach, was sich Winnie und er schon länger gefragt hatten. Aber außer dass Verena verwahrlost und abgemagert auf ihn wirkte, hatte er keine Anzeichen entdeckt, die den Verdacht bestätigt hätten.

»Wenn es so wäre, und du könntest es nachweisen, bestünde die Möglichkeit einzugreifen.«

»Erst dann, wenn alles zu spät ist?«

Mathiesen warf ihm einen Blick zu, der ihm offenbar Hoffnung machen sollte. »Immerhin ist nicht ausgeschlossen, dass sie wieder zu Verstand kommt. Du musst Geduld haben, und ich würde unbedingt darauf verzichten, sie weiter unter Druck zu setzen. Das reizt sie nur noch mehr.«

*

Guntram war plötzlich schwarz vor Augen geworden. Dass ausgerechnet Hilde, die er nie ganz ernst genommen, aber für loyal gehalten hatte, so schlecht von ihm dachte, traf ihn sehr. Und sozusagen als Zeichen von stillem Protest hatte sein Körper für ein paar Sekunden das Licht ausgeknipst.

Hilde schien das nicht bemerkt zu haben. Sie beugte sich jetzt zu ihm herunter und rümpfte kurz darauf die Nase. »Wir sollten besser in die Kabine zurück, es ist etwas passiert«, sagte sie im Ton der Altenpflegerin. Und Guntram roch es auf einmal auch. Es war wieder passiert. Er wagte nicht, sie anzusehen. Hilde schaltete die Minna auf Handbetrieb, schob ihn von der Reling weg und kreuzte den markierten Rundweg, der um das Aussichtsdeck führte.

In der Kabine würde sie ihn auspacken, waschen und trockenlegen und ihn strafen, indem sie den Gestank seines beschmierten, modernden Körpers aushielt, der nicht

mehr den Anstand besaß, seinen Dreck kontrolliert abzu-
sondern. Bisher hatte er Hilde unterschätzt, doch in diesem
Moment verstand er: Jesus wusch seinen Jüngern die Füße
und bewies ihnen damit Liebe und Demut. Aber Demut
konnte auch eine niederträchtige Waffe sein. Sie erhöhte
denjenigen, der gewaschen wurde, und setzte ihn damit ins
Unrecht. Vielleicht rächte sich Hilde mit ihrer Demut an
ihm, erntete tagtäglich den süßen Lohn der Rache, indem
sie ihn wusch und wickelte …

Es war Hass, der in ihm aufstieg, wenn er an die ekelhafte
Prozedur dachte, die ihm wieder bevorstand. Ja, er hasste
es, von ihr angefasst zu werden, und er konnte seinen eigenen Gestank nicht mehr ertragen. »Ach, mein Gott, warum
befreist du mich nicht endlich?«, entfuhr es ihm.

»Gleich fühlst du dich besser, Opa, alles halb so schlimm«,
sagte Hilde, die besorgte Enkelin, als hätte er sich das vorhin alles nur eingebildet.

»Ich bin ein stinkendes Monster …«

»Bitte hör damit auf, du machst es mir nicht gerade leicht.«

»Ich dachte, ich tue dir einen Gefallen. Du bist doch ver-
sessen darauf zu leiden, oder?«

Stavanger, Januar 1944

Die Sehnsucht hatte ihn leiden lassen, er konnte es kaum
erwarten, Tone wiederzusehen. Beim Abschied von Greta in
Oberbarmen waren ihm die Tränen gekommen, ehrliche Tränen, aber nicht die, die seine Frau von ihm erwarten konnte.

In Stavanger herrschte strenger Winter. Tagelang bekam
er Tone nicht zu Gesicht, nicht einmal am Fenster. Von der
verschneiten Felsenhöhe aus beobachte er ihren Vater, wie er
den großen Hund vor den Schlitten spannte, um Holz oder
gehortete Ware auf den Markt zu bringen. An einem Tag, als
der Alte mit einer größeren Fuhre losgezogen war, rannte

er von seinem Versteck hinunter zum Haus und klopfte an die Tür. Auf der Stelle brach von innen das heisere Gebell von Jarle los, dem kleineren und älteren der beiden Hunde, aber es waren keine Schritte zu hören. Guntram durchfuhr der Gedanke, dass Tone bei einem anderen sein könnte. Sie war schön und eine lohnende Braut für einen jungen Mann aus der Gegend. Darüber hatten sie nie geredet, überhaupt hatten sie nur selten geredet.

Nach einer Weile entschied er sich zu gehen. – »Heinz, warte!«, ertönte ihre helle klare Stimme vom Fenster aus. Tone, seine Göttin, so wunderschön, öffnete ihm die Haustür, sie umarmten sich, küssten sich, konnten es nicht erwarten, sich in Tones Schlafzimmer zu lieben, und vergaßen alles um sich herum, bis …

Bis plötzlich das raue Organ ihres Vaters nach ihr rief. Er durfte sie nicht zusammen sehen. In wilder Eile zog Guntram sich an, sprang aus dem Fenster und stapfte hastig durch den Schnee hinter dem Haus. Als er die Anhöhe erreicht hatte und zurückblickte, waren seine Fußspuren auf der ansonsten unberührten Fläche weithin sichtbar.

*

Die Angelegenheit auf dem Gipfel des Dalsnibba hielt sie fast eine Stunde auf. Nicht nur die Besucher am Aussichtspunkt, auch die Fahrgäste, die im Bus geblieben waren, trieb die Neugierde trotz der Kälte und des Nebels an die Unglücksstelle. Ein Menschenauflauf, die Reiseleiterin Grit und der Vorarbeiter der Baumannschaft verstrickten sich in eine Diskussion: Hatten die Bremsen des Baggers versagt oder hatte der Fahrer sie nicht fest genug angezogen?

Die Wunde an Jürgens Kinn war nicht schwerwiegend, sie musste keinesfalls genäht werden, nur ein Kratzer, bestätigte er allen, die es wissen wollten. Der Busfahrer brachte seinen Erste-Hilfe-Kasten zum Einsatz, desinfizierte mit einem Spray die Stelle, die längst nicht mehr blutete, und klebte ein Pflaster darüber. Das bisschen äußerer Schmerz war leicht zu ertragen, nur das Schulterklopfen ging Jürgen auf die Nerven.

Später im Bus bedankte sich die Reiseleiterin noch einmal über das viel zu laut eingestellte Mikro bei ihm. Als die Leute sich nach ihm umdrehten und applaudierten und Schmidt ihm von seinem Platz aus anerkennend zulächelte, fühlte er sich peinlich berührt. Dann ging es endlich zurück zur Tagesordnung.

»Du bist ein Lebensretter«, flüsterte seine Jutta, während sie ihm stolz wie einem kleinen Jungen über die verschwitzte Stirn strich. Und er schämte sich. Geschichte wiederholte sich – wie ein Fluch, der sich durch sein Leben zog. Wie damals, als er sich beim Aufbau Ost beweisen wollte, stattdessen im Lager nur die Ersatzteile zählen durfte, und als er sich anbot, bei der Aufklärung der Diebstähle zu helfen, selbst bei der Stasi landete …

Er wurde in einen Raum geführt, in dem ein breiter Schreibtisch aus hellem Holz stand, darauf eine Leuchte, die ihr gebündeltes Licht auf eine Akte und die kräftigen Hände eines Mannes warf, der in Anzugjacke und Krawatte dahinter saß. Er kam Jürgen bekannt vor, aber das konnte auch täuschen, weil von dem Bild an der Wand einer auf sie herabsah, dessen trostlos bedrohliche Miene jeder im Land kannte.

Man bedeutete ihm, sich auf den freien Stuhl gegenüber dem Mann am Schreibtisch zu setzen. »Genosse Wörner«, begann der mit fester Stimme. Jürgen schwieg, auch wenn er *nicht* Genosse war. Hätte man ihm in diesem Augenblick angetragen, Genosse zu werden, er hätte angenommen, ohne eine Sekunde zu zögern.

»Helfen Sie mir«, sagte der Mann leutselig – oder spöttisch? –, ohne von seiner Akte aufzublicken. »Ich lese hier, dass sie im VEB durch zersetzende Bemerkungen über die Kollegen aufgefallen sind. Kann das sein?«

Nein, konnte es nicht! Wer das behauptete, war ein Lügner! Es war darum gegangen, Missstände zu erkennen und zu vermeiden … Aber Jürgen sah ein, dass es sinnlos war, sich aufzuregen. Das würde ihn erst recht verdächtig machen in den Augen dieses Mannes. Jetzt kam es auf jedes Wort an. Worte, die sich nicht so leicht verdrehen ließen: »Ich fühle mich missverstanden, Genosse, wenn ich das sagen darf …«

Doch der Genosse schien ihn nicht gehört zu haben, blätterte in der Akte, vertiefte sich in die eine und andere Stelle, hob den Kopf. »Uns liegen Informationen vor, dass Sie das Betriebsklima stören und damit die Planerfüllung gefährden. Kann das sein?« Die Frage klang schärfer als beim ersten Mal und die dunklen Augenhöhlen waren auf Jürgen gerichtet.

»Ich bin nach meiner Meinung gefragt worden und …«

»Jeder Arbeiter ist verpflichtet, am Aufbau mitzuwirken. Und wir machen alle Fehler, denn wer arbeitet, macht auch Fehler. Aber wir sind Brüder im Sozialismus und helfen uns gegenseitig, *denunzieren nicht!*«

»Natürlich, ich wollte auch nur helfen …«

»Mach dich nicht wichtiger, als du bist, Genosse!« Er führte die Akte näher an seine Augen. »Und was muss ich hier lesen? – Neuerdings beschuldigt Genosse Wörner seine Kollegen, sich am Ersatzteillager zu bereichern? – Kann das sein?«, schrie der Mann jetzt mit wutverzerrtem Gesicht, schlug die Faust auf den Tisch, dass der ganze Raum zusammenzuckte. Jürgen traute sich nicht zu sprechen, er traute sich nicht einmal zu denken. Wer kam nur auf die Idee, dass er ...?

»Ich habe Frau und zwei Kinder, Genosse, ich will mein Bestes geben, ich will niemandem schaden«, ging ihm durch den Kopf. Aber dieser Mann würde ihn nicht verstehen, er, Jürgen, war hier, weil sie ihn nicht verstanden oder weil sie ihn nicht verstehen wollten ...

15

»Nicht alle Norweger sind von uns begeistert ...«, sagte George nachdenklich, als sie später an der Uferstraße entlangschlenderten und die »Mythos« so selbstbewusst vor ihnen lag. Wahrscheinlich drängte sich ihm gerade die Frage auf, ob man als Einheimischer die lauten und permanent Müll produzierenden Kreuzfahrttouristen unbedingt lieben musste. Aber Margos Gedanken kreisten um etwas anderes. »Ich habe in der Krankenstation nachgefragt. In den letzten 24 Stunden sind nur eine Frau und ein alter Mann dort behandelt worden.«

»Wie ich schon sagte, Margo, Joan hilft bestimmt aus, vielleicht benötigen sie in der Küche mehr Hände als disponiert«, erwiderte George mit einem selbstzufriedenen Lächeln.

»Aber warum hat sich die kleine Chinesin vorhin so seltsam verhalten, als hätte ich sie beim Lügen erwischt?«

»Ich finde das ganz verständlich: Sie will Ärger vermeiden und fühlt sich schuldig, wenn etwas nicht zur Zufriedenheit des Gastes läuft.«

Diesmal wirkte Georges Lächeln allerdings etwas angestrengt, deshalb verschwieg Margo ihm, dass sie nicht locker gelassen hatte, bis Li Peng schließlich damit herausgerückt war, dass Joan eine Freundin habe, Lara, aus dem Tanzensemble, und jede freie Minute mit ihr verbringen würde. Aber das sei ein Geheimnis, und sie hatte ihre Lippen mit dem Zeigefinger versiegelt.

In der Nacht hatten sie sich geliebt. Auch wenn sich Margo am nächsten Morgen, immer noch benebelt von dem Cognac, an kaum etwas erinnern konnte, war sie randvoll von dieser totalen Befriedigung, die sie *vor* Armin nicht gekannt hatte.

Plötzlich flackerte ein Licht auf, und Armins Handy gab Laut. Aber er ging nicht dran. Stattdessen drängte sich sein haariger Arm unter ihre Schulter, und mit warmem Atem flüsterte er in ihr linkes Ohr: »Ich liebe dich, Margo. Vergiss bitte nie: Zwischen uns passt kein Blatt.«

Eine knappe Stunde später, als sie an ihrem Schreibtisch in Kortes Vorzimmer saß, ging ihr dieser Satz immer wieder durch den Kopf: »Zwischen uns passt kein Blatt.« So etwas sagte nur, wer es ernst meinte. Es lag jetzt an ihr, ihn beim Wort zu nehmen …

»Alles leere Versprechungen. Warum kann man sich auf niemanden mehr verlassen, nicht einmal auf die eigenen Leute?« Korte stand in der Tür und warf ihr einen fordernden Blick zu, als hätte er die feste Absicht, sie fristlos zu feuern, wenn sie nicht sofort eine passende Antwort auf Lager hätte.

»Vielleicht sollte man alles optimistischer sehen, Herr Dr. Korte, das motiviert auch die Mitarbeiter …«

Korte sah sie erstaunt an. Den aufmüpfigen Ton kannte er gar nicht an ihr. »Nicht schlecht, Margo. Demnächst schlage ich Sie zur städtisch beauftragten Mentaltrainerin vor: Lebenshilfe aus dem Hildesheimer Rathaus.«

Sie lachte, konnte gar nicht mehr aufhören mit diesem entfesselten Lachen. Alles in ihr sagte: Ja!, und ihr Leben lag klar vor ihr. Kurz vor der Mittagspause kam Armin mit einem Strauß roter und weißer Rosen und fragte sie, ob sie ihn heiraten wolle.

*

Holk hielt es neben Winnie nicht aus, er räumte seinen Stuhl und stellte sich wieder an die Reling. Erwartete sie, dass er sich mit ihr eine Schlacht lieferte wie George und Martha in »Wer hat Angst vor Virginia Woolf?«? Was konnten sie schon bereden, worüber sich nicht jeder von ihnen längst ein Urteil gebildet hatte, von dem er aus Stolz oder Besserwisserei nicht abrückte oder weil es unabänderlich war wie Verenas Tod und die Tatsache, dass Winnie und er nie hätten heiraten dürfen?

Die Heiratsurkunde war der erste besiegelte Beweis gewesen, dass er ein Feigling war. Jemand, der sich verleugnete, um seine Chancen in alle Richtungen zu wahren, sich zu tarnen wie der Zwerg mit der Kappe. Aber dann hatte er die Chancen für seine literarischen Ambitionen nicht einmal genutzt. Sein Ziel war doch gewesen, Schneisen in die Köpfe der Menschen zu schlagen. Und wenn er über seine linken Ideen pleitegegangen oder zum Säufer geworden wäre, hätte er wenigstens Größe bewiesen. Jetzt hielt er sich an einer Flasche Whiskey fest, war menschlich und geschäftlich fertig, ohne auch nur einen Finger für so etwas wie eine Überzeugung gekrümmt zu haben …

Was wunderte es ihn eigentlich, dass seine Tochter innen faul gewesen war, falscher Schein, wie er selbst? Wieder fragte er sich, wer Verena wirklich gewesen war, was sie so verändert und schließlich in den Tod getrieben hatte, auch wenn er wusste, dass ihr die Antwort nicht mehr helfen konnte.

Nachdem sein Anwalt ausgerechnet in Verenas Fall nicht mehr als Tröstungen anzubieten hatte, befiel ihn eine Lethargie der Mutlosigkeit, die wochenlang andauerte. In der Zeit bekam er Verena nur einmal zu Gesicht, als er seine Wohnung völlig erledigt von der Messe betrat und sie sich mit einem großen Weidenkorb, angefüllt mit irgendwelchem Krempel, an ihm vorbeidrängte. Später hatte ihm Winnie erklärt, dass sie endgültig ausgezogen sei. Was das Finanzielle betraf, so hatten sie sich telefonisch geeinigt. Er war über das hinausgegangen, was ihr zustand, dennoch wollte sie mehr. Als er ablehnte, entgegnete sie lediglich, dass sie von ihm ohnehin keine Großzügigkeit erwartet habe. Spitzen dieser Art taten immer noch weh, aber die Zeit verging und er fühlte sich leer, verspürte nicht mehr den Auftrag, sie zu bekehren oder zurückzuholen, er stand tatsächlich kurz davor, seine Tochter abzuschreiben …

An einem der Montage, die man hasst, weil sich auf dem Schreibtisch die Abrechnungen türmen, schlich Malte Griesmann, sein Vertriebskoordinator, durch die Tür und mischte sich in seine schlechte Laune. »Ich hab sie gesehen, Holk …« Er setzte sich nicht einmal, rieb nervös die Hände an den Oberschenkeln. Holk hatte Malte vor Wochen, nach der Besprechung der unbefriedigenden Vorjahresumsätze, seine Probleme mit Verena angedeutet, und obwohl er ihn seit 20 Jahren kannte, hatte er sich hinterher über seine

Geschwätzigkeit geärgert. Manchmal war er so randvoll mit den Gedanken an seine Tochter, dass es ihm schwerfiel, den Mund zu halten.

»Wo?« Und ihm wurde bewusst, dass Malte ihn nie behelligen würde, wenn es nicht wirklich wichtig wäre.

»Auf dem Strich.«

Eine Nadel stach in das Zentrum seines Gehirns, das für die Wahrnehmung der Realität zuständig war. »Das kann nicht sein, du hast sie verwechselt!«

Malte schwieg.

Verena auf dem Straßenstrich von Düsseldorf? »*Du hast dich geirrt!*«, hörte sich Holk plötzlich schreien: »Was suchst *du* als verheirateter Mann eigentlich auf dem Strich? Und ziehst meine Tochter da hinein! Pass bloß auf, Malte!«

Malte sollte gehen, aber Malte blieb. »Ich habe sie gesehen«, wiederholte er stoisch, »wie sie zu einem Freier ins Auto gestiegen ist. Ich wollte es dir nur sagen. Ich dachte, du solltest es wissen …«

Dann ging Malte, und für ihn brach der Wahnsinn aus.

Holk spürte den Alkohol. Seine Knie fühlten sich weich an und von seinem Magen stieg leichte Übelkeit auf. Winnie saß auf ihrem Stuhl wie eine lauernde Gottesanbeterin.

»Du meinst, ich verachte dich, weil ich dir Verenas Tod vorwerfe?«, begann sie und schien tatsächlich ihre Drohung wahr zu machen, sich mit ihm aussprechen zu wollen. »Vielleicht stimmt davon kein Wort, ist einfach nur bequemer für dich. *Du* bist das Opfer, der Verkannte, mit den besten Absichten unverdient Gescheiterte …« Offenbar versuchte sie, an ihre alte Form anzuknüpfen.

»Und weswegen verachtest du mich wirklich?«

Ihre Hände umkrallten die Stuhllehnen, als stünde sie kurz davor, vom höchsten Punkt einer Achterbahn in die Tiefe zu rauschen. »Ich wusste von Anfang an, dass du schwul bist, dein Getue von wegen Geschäftsterminen, wenn du dich mit deinen Kerlen getroffen hast, war einfach lächerlich. Aber ich nahm deine Anstrengungen, was uns betraf, ernst, und deine Versuche, etwas aus unserem Leben zu machen. Du hast mich gebraucht, du hast den Halt gebraucht, den ich dir bieten konnte. Und ich liebte dich. – Liebe ist Verzicht, hat mir meine Mutter einmal gesagt, als es in der Ehe meiner Eltern nicht gut lief. Und ich blöde Kuh hab es geglaubt …«

Oh, wie konnte er nur! Natürlich hatte Winnie das größere Opfer in ihrer Ehe gebracht. Versuche nie in puncto Leidensfähigkeit mit einer Frau zu konkurrieren. »Ich hätte nichts dagegen gehabt, wenn du dir einen Liebhaber genommen hättest«, versuchte er einen schwachen Konter.

»Wer sagt dir, dass ich es nicht ausprobiert habe?«

Das schien allerdings ein Eigentor zu sein.

»Aber für dich gab es keinen Ersatz. Ich musste damit leben, auf die besondere Zuwendung meines Mannes zu verzichten, den ich liebte. Von dem Gefühl, nur zweite Wahl zu sein, gar nicht anzufangen …«

Ihr seelisches Coming-out war verblüffend neu. Und im ersten Augenblick berührte es ihn sogar. Oder war es doch wieder die alte Tour, ihm ein schlechtes Gewissen zu machen, nur eine Stufe schmerzvoller? Aber nach ihrem gescheiterten Versuch, sich im Fjord zu ertränken, musste sie irgendwie zurück ins Leben finden. Sie brauchte einen Punchingball, um sich selbst wieder zu spüren.

»Vielleicht verwechselst du etwas. Du hast geliebt und du liebst immer noch leidenschaftlich, aufopferungsvoll, bis in deine letzte Faser. Aber nicht mich, sondern den Verlag. Du hast den Verlag geheiratet und führst eine glückliche Ehe mit ihm …«

»Dein Zynismus hilft dir nicht, Holk. Vielleicht hat dieser Zynismus sogar unser Leben zerstört … Angeblich hast du mich aus Mitleid eingestellt, lange genug lief die Mär jedenfalls durch den Verlag. Niemand wusste, wie schamlos du ausgenutzt hast, dass ich in Düsseldorf eine Stelle suchte, weil Mutter meine Pflege brauchte, dass du meine Erfahrungen jahrelang für ein Spottgehalt ausgebeutet hast. Noch als deine Frau war ich die unscheinbare Brillenschlange hinter dem großen Holk Sonntag. Und nicht *ein* Wort kam von dir, um diese Lüge endlich zu beenden.«

Deshalb verachtete sie ihn also. – Vielleicht hatte sie auch Grund dazu, aber dabei vergaß sie, dass er sich damals gezwungen sah, sie in Schach zu halten, weil sie sich zu wichtig nahm, sich überall einmischte und Vorgänge bereits auf den Weg brachte, bevor er sie selbst in Auftrag gegeben hatte. Das ging so weit, dass er ihr klarmachen musste, wer die Entscheidungen traf. »Warum wärmst du das alles wieder auf?«

»Es ist die unbesehene Rückseite, Holk. – Dann kam Verena. *Du* bist es gewesen, der sie zum Püppchen gemacht hat. Sie wollte *dir* gefallen, ihrem geliebten Papi, bis ihr jemand die Augen geöffnet hat …«

Sie ging zu weit. Winnie wusste genau, dass er hilflos gewesen war und wie er gelitten hatte. »Warum hast *du* dich nicht eingemischt, du mischst dich doch sonst in alles ein?«

Ihre Antwort interessierte ihn schon nicht mehr, ihr Geschwätz war ihm unerträglich geworden. Jemand musste sie zum Schweigen bringen, damit die Lügen endlich aufhörten. Er spürte den Flaschenhals in seiner Hand, löste sich von der Reling und schwankte auf sie zu. Eine Möwe, die auf dem Geländer des Nachbarbalkons saß, flatterte auf und stieß ihr weithin hörbares Gejammer aus …

*

Bald würde das Schiff ablegen. Der Kapitän hatte eine sensationelle Aussicht versprochen, auf die sie im Morgennebel bei der Einfahrt hatten verzichten müssen. Jetzt, gegen 17.30 Uhr, war es klar und noch taghell, als sich die Fellners im Panoramacafé die Zeit bis zum Abendbrot vertrieben.

»Ich habe einen Troll gesehen …«

»Wirklich?«, staunte Guntram, dabei übertrieb er bewusst. Mäxchen liebte es, andere in Spannung zu versetzen, und nahm es sehr übel, wenn man nicht mitspielte.

»Der Troll saß in einem riesigen Bagger und fuhr einen Mann platt. Der war nur noch Brei und die Leute standen herum und glotzten.«

Wie kam der Junge nur auf so schauerliches Zeug, dachte Guntram und sah tadelnd zu Alex hinüber.

»Ganz so war es nicht, Max, oder?« Alex fasste seinen Sohn unter den Achseln und setzte ihn auf seinen Schoß. »Oben auf dem Dalsnibba wird gebaut. Plötzlich kam ein führerloser Caterpillar ins Rollen, hat aber keinen großen Schaden angerichtet«, erklärte er, um sich dann wieder an Mäxchen zu wenden: »Warum erzählst du so einen …?«

»Bullshit?« Mit einem hellen Kichern befreite sich Max aus den Armen seines Vaters, anscheinend wollte er lieber zu seinem Urgroßvater. »Sehen alle Trolle gleich aus?«

»Es gibt große und kleine«, antwortete Guntram, offenbar war er jetzt Experte für Trolle. »Aber eins steht fest: Sie haben alle große Füße und hässliche Gesichter.«

»Und warum?«

»Weil das Böse hässlich macht, und in ihnen wohnt das Böse.«

Jetzt riss Max die Augen auf. »Sind sie gefährlich?«

»Ja, aber du kannst dich vor ihnen schützen, weil du an den großen Füßen und den hässlichen Gesichtern gleich erkennst, dass es Trolle sind. Nur vor den verzauberten Trollen musst du dich in Acht nehmen, denn die sehen aus wie du und ich, sind aber in Wahrheit Trolle. Und wenn du ihnen zu lange in die Augen schaust, übernehmen sie die Macht über dich …«

Stavanger 1944

Bis Mitte Januar hatte die Wehrmacht Leningrad noch im Griff, dann sprengte die Rote Armee innerhalb von Tagen die deutsche Belagerung und übernahm wieder die Macht. Es hatte unsagbar viele Tote gegeben, die Kompanien waren aufgerieben. Natürlich hörten sie auch in Stavanger davon. »Der Anfang vom Ende der Nordfront« machte die Runde. Aber sie waren Führer und Vaterland etwas schuldig. Guntram erschien der Führer manchmal im Traum, wie er den Mund weit aufriss und schrie: »Guntrrram Fellner! Das Vaterrrland brrraucht dich!« Und wenn er aufwachte, war er nass geschwitzt. »Wir sollten abziehen«, meinte Kamerad Rüdi. »Jeder macht dem Führer zu Ehren noch ein Kind, und dann geben wir Fersengeld, bevor die Russen den Himmel abreißen.«

Täglich wartete Guntram oben auf der Felsenhöhe darauf, dass sich das Fenster links neben der Eingangstür des Bauernhauses öffnete und Tones Gesicht, umweht von den goldenen Haaren, herausschaute. Aber es blieb verschlossen. Wenn der Alte mit dem Schlitten zum Markt fuhr, nahm er neuerdings eine vermummte Gestalt mit, Gesicht und Haare in einer weiten Kapuze verborgen. Es konnte nur Tone sein. Vermutlich hatte ihr Vater die verräterischen Spuren entdeckt, die er bei der überstürzten Flucht hinterlassen hatte, und seine Tochter zur Rede gestellt.

Alle Tage kamen ihm unerträglich vor, an dem er sie nicht sehen durfte. Er entschloss sich, ihr bis zum Markt zu folgen, ihm würde schon etwas einfallen, um sie wenigstens für eine Minute für sich zu haben …

Der frische Fisch in den Trögen dampfte, und die Leute begutachteten und verhandelten, aber niemand wurde zu laut. Guntram hatte sie schnell gefunden, blieb an ihrem Stand stehen und schützte vor, an der Ware interessiert zu sein. Neben Fisch boten sie auch Rentier- und Schaffelle an. Tone erschrak, als sie ihn erkannte, sagte nur mit belegter Stimme: »Gute Fisch für Sie.«

Er ging weiter bis zum anderen Ende des Marktes und wartete hinter einer Hausecke darauf, dass der Alte eine Pause machte. Und tatsächlich verzog er sich kurz darauf in Richtung der Hafenschenke.

Als Guntram Tone gegenüberstand und sie ihn anlächelte, war er wieder ganz erfüllt von diesem Gefühl, das er nicht beschreiben konnte. Während sein breiter Rücken sie vor den Blicken der Kunden abschirmte, drückte er ihre Hände. »Egal wie es ausgeht, ich werde dich holen«, flüsterte er und träumte den süßen Traum. »Ich liebe dich und ich werde dich nie verlassen.«

»Heinz«, sagte sie nur darauf. »Ich will …«

*

Sie schnurrte wie ein Kätzchen, und wenn Jürgen in ihre leuchtenden Augen sah, hatte dieser Vorfall auf dem Dalsnibba auch sein Gutes. Sie waren wieder ganz eng, er und seine Jutta. Er erinnerte sich, wie schön und begehrenswert sie einmal gewesen war, ihre festen Schenkel, ihr üppiger Busen und die vor Erregung harten Brustwarzen hatten ihn immer angetörnt …

Jetzt saßen sie auf dem Bett ihrer Kabine und sein rechter Arm umspannte ihre stattliche Taille. Sie hatten sich nur geküsst, doch es hatte sich angefühlt wie Sex.

»Mein Held«, seufzte Jutta wohlig. Er hätte zufrieden

sein können, schließlich war der Beweis erbracht, dass er nicht versagte, wenn es darauf ankam, entschieden zu handeln. Nur hatte er sein Ziel nicht erreicht, hatte es sogar ins Gegenteil verkehrt, auch wenn er der Einzige war, der davon wusste. – Schmidt lebte, gerettet ausgerechnet durch *seine* Hand. Welch ein Hohn!

»An diesem besonderen Tag sollten wir chic essen gehen. Mit einem Glas Champagner und allem, was sie uns zu bieten haben«, sagte Jutta, während sie die kurzen grauen Härchen an seiner linken Schläfe streichelte.

»Wenn du meinst.« Er klang nicht wirklich überzeugt.

Jutta rutschte vom Bett. »Außerdem ist es *die* Gelegenheit, endlich meine neue Bluse mit den Pailletten zu tragen.« Sie öffnete den Kleiderschrank, hielt sich das blitzende Teil, das noch in der Schutzfolie steckte, vor die Brust und wartete auf sein anerkennendes Lächeln. »Warum so schlecht gelaunt? Es ist doch alles schön«, versuchte sie ihn aufzumuntern.

Nichts ist schön, hätte er am liebsten geantwortet. Aber durfte er Spaßverderber sein? Sie waren doch hier, um zu genießen. Und jetzt, wo sich Jutta öffnete, hätte er zumindest *ein* Etappenziel erreicht …

»Verschwinden Sie! Ich will Sie hier nicht mehr sehn!«, schrie der hinter dem Schreibtisch. »Abführen!« Auf dem Gang spürte Jürgen etwas Feuchtes zwischen den Beinen. Er begriff nicht sofort, aber dann packte ihn das Entsetzen: Er hatte sich vor Angst in die Hose gemacht, die Scham brannte heiß wie Lava. In seinem Kopf herrschte totale Verwirrung. Sie hielten ihn für schuldig, war er es nun oder war er es nicht? Die Zellentür knallte hinter ihm zu. »Ich muss doch zu Jutta und den Kindern, sie machen sich Sorgen …«, hörte er sich selbst brabbeln. Nur eine schwache Birne leuchtete und ließ den Raum zur Höhle werden. Er setzte sich an den Rand des Eisenbettes, spürte, wie die Pisse von seinen Beinen tropfte. Jetzt kam die Wut, aber ihm war bewusst, wenn er randalierte, würden sie ihn nur länger festhalten. Fragte sich, was als Nächstes käme. Er blieb auf der Bettkante sitzen, stützte sich nach einer Weile mit den Händen ab, damit die Eisenstangen nicht das Blut in seinen Oberschenkeln abschnürten. Dann wurde die Tür wieder geöffnet.

»Mitkommen!«

Es ging alles sehr schnell, er erhielt seine Schlüssel und die Armbanduhr zurück und wurde in einen Wagen gesetzt. Zwei schweigende Männer – er hätte nicht sagen können, ob es dieselben waren, die ihn vor Stunden vom Arbeitsplatz abgeholt hatten – ließen ihn am Anfang der Straße aussteigen, in der er wohnte. Während der wenigen Schritte bis zur Haustür überlegte er, was er Jutta sagen sollte. Wenn er einen Fehler gemacht hatte, dann musste *er* dafür geradestehen, er allein. Er durfte seine Familie nicht ins Unglück stürzen. Er durfte das alles doch nicht zerstören.

Als er die Wohnung betrat, knisterte es in der Küche, Jutta steckte den Kopf aus der Tür. »Feldmann hat angerufen und dich wegen der dringenden Besprechung entschuldigt. Kretschmers habe ich daraufhin abgesagt und sie nächste Woche eingeladen.«

Seine Jutta war ahnungslos, und es hatte den Anschein, als lief alles ganz normal, nur der Fleck auf seiner Hose bewies, dass es nicht so war.

16

Der breite Gang der Shoppingmall war wie leer gefegt, letzte Gäste strebten dem Lift zu, um noch rechtzeitig das Aussichtsdeck zu erreichen. Niemand wollte die größte Sensation der Fahrt verpassen. George wartete schon auf sie, aber Margo hatte noch etwas zu erledigen. Vor der Abendvorstellung fand eine interne Probe für die Tanzshow auf der großen Bühne statt, die Gelegenheit durfte sie sich nicht entgehen lassen.

»Hopp, hopp, hopp … come on, once again please, with music! – Markus, bist du da? – Ist denn keiner beim Ton?« Die genervte Stimme des Probenleiters, der sich wie sie im halb dunklen Zuschauerraum befand, schüchterte Margo ein. Wahrscheinlich würde er ziemlich ungnädig mit ihr umgehen, wenn er sie erwischte. Sie duckte sich in die nächste Sitzreihe wie ein Hase in die Ackerfurche. Musik dröhnte vom Band, die Tänzer sprangen aus den seitlichen Kulissen auf die Bühne, während der Probenleiter bis an die Rampe lief und kurze Kommandos hinaufschickte. Zwei Tänzerinnen waren in der Truppe, vielleicht war auch Lara darunter. Sicher würde sich Joans Verschwinden in wenigen Minuten aufklären, möglich, dass er sogar im Zuschauerraum saß und seine Lara auf der Bühne bewunderte. Aber Margo entdeckte niemanden außer dem Probenleiter und dem Mann am Mischpult, der in diesem Augenblick die Musik herunternahm.

»That's all folks, danke euch, ihr macht das schon, wie immer …« Der Probenleiter klatschte in die Hände und wandte sich dem Mann am Mischpult zu, worauf die Tanztruppe hinter der Bühne verschwand. Nur einer der männlichen Tänzer kam über eine Verbindungstreppe in den Zuschauerraum, besprach sich kurz mit dem Probenleiter und steuerte dann den Seitenausgang an.

»Entschuldigen Sie, darf ich Sie kurz stören?«, fragte Margo fast flüsternd.

»Si, Signora, aber ich habe gerade keine Autogrammkarten bei mir«, antwortete der Tänzer in gutem Deutsch, offenbar gern bereit für Small Talk mit den Fans. Sie verließen den Zuschauerraum und blieben vor dem Theatereingang stehen.

Sie habe alle Shows bisher gesehen, log sie, aber ihre Begeisterung war echt, und ihr rosaroter Kindertraum, einmal Ausdruckstänzerin zu werden, stand ihr wieder vor Augen. Einen Partner wie diesen konnte man sich nur wünschen. Er war etwa so groß wie sie, und sein markantes Gesicht und die Figur definierten sich wie die eines römischen Gottes. Nach einer Weile kam sie auf den Punkt: »Wenn Sie schon so lange im Ensemble sind, dann kennen Sie sicher alle Kollegen …«

»Rico kennt sie alle.«

»Auch Lara?«

»Ja, natürlich«, sagte er und schien neugierig geworden. »Warum fragen Sie?«

»Sie ist Joans Freundin, und …«

»Ach, so ist das … und ich dachte, Sie wollten ein Selfie mit *mir* machen …« Aus dem charmant plaudernden Beau entwich die Freundlichkeit wie Gas aus einem undichten Ballon. »Ich werde mich nicht in den battalia delle Donne einmischen. Ich sage nichts.«

»Bitte, es ist nicht so, wie Sie vielleicht denken. Ich bin eine alte Bekannte von Joan und er ist plötzlich verschwunden, ich mache mir Sorgen. Ist er vielleicht bei seiner Freundin?« Sie warf dem eingeschnappten Rico einen flehenden Blick zu.

»Joan ist immer bei einer *Dame*. Alle *Damen* an Bord

fliegen auf ihn, und er sagt nicht Nein. Verstehen Sie?« Er machte die international unmissverständliche Geste. »Zuerst war Lara *meine* Freundin, aber Joan hat sie mir weggeschnappt …«

Vielleicht war Rico nur eifersüchtig, sie glaubte einfach nicht, dass Joan für Geld … Aber sie konnte nicht das Gegenteil beweisen. »Haben Sie ihn gestern oder heute gesehen? Das würde mir schon genügen.«

»Nein«, antwortete er mit Stirnrunzeln, dann entschuldigte er sich, er müsse jetzt in die Maske.

»Nur noch eine Frage: Ist Lara die Schwarzhaarige, die gerade auf der Bühne so hochgesprungen ist?« Er nickte, dann ging er mit federndem Schritt davon. Margo war gleich der Meinung gewesen, dass dieses temperamentvolle Mädchen gut zu Joan passen würde.

Ihre Hochzeit sollte im kleinen Kreis stattfinden. Margo hatte keine Verwandten mehr, außer einer alten Tante in Brügge, die sie nur von Fotos kannte, und erschreckend wenig Freunde, wie sich bei dieser Gelegenheit herausstellte. Armins Mutter lebte noch, war aber stark dement, und wenn sie ihren Sohn erkannte, zählte dies zu den hellen Momenten. Also beschloss er, nur seine besten Freunde einzuladen, was sich als schwer möglich herausstellte, durfte er doch keine großen Unterschiede machen, wenn er weiterhin mit breiter politischer Unterstützung rechnen wollte. Am Ende feierten sie mit 80 Gästen im Knochenhaueramtshaus am Hildesheimer Marktplatz und ließen sich den Spaß etwas kosten. Auch Korte kam und gratulierte Armin, seinem ewigen Widersacher. Ihr Chef erwies sich den Abend über als der Mann von Format, für den sie ihn immer gehalten hatte, hielt sogar eine launige Tischrede.

»Sie beide geben ein gutes Paar ab«, sagte er später, während er Margo zu einem Beatles-Song im Foxtrottschritt über den Dielenboden schob. »Aber denken Sie daran, wenn Sie einmal jemanden zum Reden brauchen: Auch Männer können zuhören ...« Er hatte tatsächlich ein Tränchen im Auge, der ansonsten so korrekte Korte, der die ganzen Jahre ihr gegenüber nie ein privates Gefühl ins Spiel gebracht hatte. Erst gegen halb drei war Schluss, die Gesellschaft löste sich auf, und Armin bestellte ein Taxi, das sie und ihn Arm in Arm auf dem Rücksitz, in die neue Penthousewohnung – nicht umwerfend groß, dafür aber mit geräumiger Dachterrasse – in der Nähe der Michaeliskirche brachte. »Korte scheint dich sehr zu schätzen«, sagte Armin.

»Warum nicht? Schließlich halte ich ihm den Rücken frei.«

»So eng wie ihr getanzt habt.«

Sie drängte sich näher an seine Brust. »Vielleicht liebt er mich heimlich. Aber jetzt ist es zu spät, jetzt bin ich *deine* Frau ...«

»Ja, das bist du«, erwiderte er mit einem merkwürdigen Unterton, der sie für eine Sekunde irritierte. Dann küsste sie ihn auf den Mund.

✳

Aus der Ferne zoomte ein Bild heran, zuerst in groben Pixeln, dann immer dichter, Wölbungen waren zu erkennen, das zarte Elfenbein einer kindlichen Gesichtshaut, bis zum weichen rotblonden Haaransatz eine noch unberührte Landschaft, zwei große hellwache Augen im Halbmond eines Lächelns. Im Hintergrund hörte er Schluchzen. Doch das Gesicht blieb unverändert, war in seinem Ausdruck gefangen ... Verena ...

Holk wachte auf, sein Schädel war tonnenschwer. Er lag auf einem Bett, dem Bett in seiner Schlafkabine ... An wel-

cher Stelle hatte sein Bewusstsein ausgesetzt? – »Winnie?«
Seine Stimme, wie ein Vogel krächzend, erkannte er fast nicht
wieder. Winnie hatte ihm wieder Vorwürfe gemacht und er …
Sein linkes Knie schmerzte. Als er mit der Hand darüber rei-
ben wollte, spürte er den Verband. »Winnie?«

Im Schlaf musste er geweint haben, sein Gesicht war trä-
nennass. In diesem Moment zog ein überwältigendes Bild
von außen an ihm vorbei. Schäumendes Wasser stürzte vom
Fels in den Fjord. Sein Kopf fiel zurück aufs Kissen. Als er
die Augen wieder aufschlug, spielte sein Magen verrückt,
das Schiff schien sich um die eigene Achse zu drehen. Sein
Zustand war jämmerlich, er bezweifelte, den Prozess der
langsamen Ausnüchterung lebend überstehen zu können.
Die Wasserfälle verschwanden, sein Blick war jetzt auf die
schroffen Felsen gerichtet, doch was er für ein Traumbild,
bewirkt durch den Alkohol, gehalten hatte, stellte sich als
real heraus: Das Schiff drehte sich wie ein Zirkuselefant auf
der Stelle. Geiranger Ort kam noch einmal in Sicht, aber nur
als lächerlicher menschlicher Eingriff in einen gigantischen
Kosmos erkennbar. Die Kuppe des hohen Berges im Hintergrund war zum Abschied nebelfrei.

»Winnie?« Plötzlich erinnerte er sich, hatte er wirklich …?
Sein rechter Arm zitterte, als er versuchte, sich aus dem Bett
zu wuchten. Das Schiff drehte weiter. Er stolperte und fiel
gegen den Kleiderschrank. »Winnie, wo bist du?« Es klang
jetzt jämmerlich. Die Schleimhäute in seinem Mund trock-
neten immer mehr aus, er konnte kaum schlucken. Auf dem
Sideboard stand eine Flasche Mineralwasser, die er sich an
den Hals setzte. Aber sein Magen sagte Nein und alles landete in der Kloschüssel und stank nach Whiskey. Er traute
sich nicht, in den gemeinsamen Wohnraum zu gehen. Was,
wenn sie dort mit eingeschlagener Schädeldecke läge? Aber
wer hatte ihm das Knie verbunden? Ein Frösteln überkam

ihn, das er für die Reaktion seines Körpers auf den Versuch, sich mit Alkohol zu vergiften, hielt. Oder war es schiere Angst?

Nachdem Malte das Büro verlassen hatte, erwartete Holk einen Nervenzusammenbruch oder etwas Derartiges. Wann war schon der richtige Zeitpunkt dafür, wenn nicht jetzt? Aber außer dass sein Herzschlag verrücktspielte und sein Gesicht vor Scham und Wut brannte, passierte nichts.

Sicher hatte er Fehler gemacht wie jeder Vater bei der Erziehung seiner Kinder, aber die standen so verstörend unverhältnismäßig neben dem Ergebnis, und niemand gab ihm eine Chance, kleine Kompromisse auszuhandeln, wie sie das Leben vorschlägt. Er war verdammt dazu, tatenlos zuzusehen, wie Verena ihr Leben ruinierte.

Keine zehn Minuten später griff er zum Telefon, entschuldigte sich bei Malte für sein unpassendes Verhalten und ließ sich den Straßennamen geben, wo er Verena zusammen mit dem Freier gesehen haben wollte ... Doch bei dem Gedanken überkam ihn der totale Ekel, und er fing an zu heulen. Ja, das schmeckte auch nach Selbstmitleid und gekränkter Eitelkeit ... Er bat Malte, Winnie gegenüber unbedingt zu schweigen, er würde es ihr selbst sagen und dabei den Zeitpunkt selbst bestimmen. Immer noch blieb ein Quantum Hoffnung. Er dachte an das, was Mathiesen ihm gesagt hatte, für den Fall dass Verena Drogen nehmen würde. Wer auf den Strich geht, braucht Geld, da gab es jedenfalls nichts zu deuten.

Er hielt es im Verlag nicht mehr aus, setzte sich mit zitternden Händen in seinen Wagen, der Zündschlüssel passte nicht ins Schloss. Jemand klopfte von außen an die Wagentür. »Ich fahre dich«, sagte Malte. »Aber besser in meinem Wagen. Verena braucht nicht zu merken, dass du sie beobachtest. Dann weißt du später wenigstens, wo sie sich aufhält, wenn du sie suchst.«

Während der Fahrt sprachen sie nicht, nur das gedämpfte Schnurren des Motors war zu hören und ab und zu das Ticken des Blinkers. Er starrte aus dem Fenster, seine Hände waren feucht vor Aufregung. Es wartete nicht das schmuddelige, unappetitliche Viertel, das er erwartet hatte. Grüne Bäume säumten den Straßenrand. Zumindest tagsüber sah man der Gegend nicht an, was sich dort abspielte. Er glaubte es immer noch nicht, er glaubte Malte, seinem absolut verlässlichen Vertriebschef seit nahezu 20 Jahren, kein einziges Wort.

»Hier, Ecke Klosterstraße, habe ich sie gesehen«, durchbrach Malte das schützende Schweigen. Aber Verena war nicht da. Holk wischte sich die Hände an der Hose ab.

»Lass uns etwas essen«, erwiderte er. »Ich lade dich ein.«

*

Die Menschen drängten sich auf dem Aussichtsdeck, beschallt von klassischer Musik. Hilde beugte sich zu ihm herunter und teilte ihm mit, dass es sich um das berühmte Klavierkonzert von Grieg handele. »Ich weiß«, erwiderte Guntram. Das war geflunkert, aber er konnte die Überheblichkeit, die Hilde manchmal an den Tag legte, gerade nicht ertragen. In Friedenszeiten und mit seinem Geld im Rücken konnte man sich schließlich leicht Bildung aneignen …

Er fand den Aufwand übertrieben, doch die plätschernden Tonketten des Konzertes passten tatsächlich zu den Wasserfällen, die »Die Sieben Schwestern« genannt wurden und sich vor staunenden Touristen in den Fjord stürzten. Ein falsches Staunen, wie Guntram fand. Die Ernsthaftigkeit fehlte ihm dabei, die Ehrfurcht. Zu viel oberflächliche Sensationsgier.

Sie kreuzten gerade das Unfassbare, diese Landschaft war unbegreiflich, nicht geplante Illusion wie in einem Vergnügungspark, die Genialität von Jahrmillionen steckte darin, allein das rührte zu Tränen.

»Weinst du, Uropa?«, fragte Max.

»Nein, der Wind weht nur ein bisschen scharf.« Hilde reichte ihm das große Stofftaschentuch, das sie für alle Fälle in der Manteltasche mit sich trug, während das Schiff weiter auf der Stelle rotierte.

Plötzlich brach die Musik ab, der Kreuzfahrtdirektor in weißer Festuniform griff zum Mikrofon, sprach Grußworte, lobte das standhafte Wetter, befeuerte die allgemeine Begeisterung und eröffnete ein weiteres Büfett auf dem Pooldeck.

»Bring mir ein Glas Sekt, Hilde!«, sagte Guntram, noch bevor das Konzert wieder einsetzte.

»Aber Opa, das lassen wir doch besser«, war die Antwort, die er erwartet hatte.

»Es sind meine letzten Tage. Willst du mir das bisschen Freude verderben?« Er warf ihr einen ungnädigen Blick zu. »Und eine Zigarre darf es auch sein.«

Alex schwieg, zuckte nur mit den Schultern. Hilde war überstimmt. Manchmal ist es an der Zeit, diese dümmliche Vernunft, die unsere Tage bestimmt, zu durchbrechen, dachte Guntram.

Stavanger, Frühjahr 1944

»Guntram hat wieder das Leuchten in den Augen«, zog ihn Rüdi auf, und Rüdi wusste, dass er verheiratet war. Was er wohl von ihm dachte? Die meisten waren verheiratet und kümmerten sich nicht darum. Oder musste man ein besonders schlechtes Gewissen haben, wenn man sich *verliebt* hatte?

»Jung, bliev doch vernünftig«, sagte immer seine Mutter, eine waschechte Kölnerin, wenn er sich etwas Verrücktes in den Kopf gesetzt hatte. Aber seit wann war Liebe vernünftig, *echte* Liebe? Es gab auch keinen *vernünftigen* Zeitpunkt, sich zu verlieben. Liebe kam, wann sie wollte, und suchte sich ihre Leute aus …

Anfang März wurde Tones Vater krank und bettlägerig, sie pflegte ihn und übernahm die ganze Arbeit in Stall und Haus. Jeden Abend gegen acht löschte sie das Licht im Schlafzimmer ihres Vaters. Darauf wartete Guntram, zuvor hatte er ein Lager im Stall zurechtgemacht. Die Hunde brauchte er dabei nicht zu fürchten, sie kannten ihn. Wenn Tone dann zu ihm kam, fand dort auf einem Rentierfell ihr gemeinsamer Traum von der Liebe statt …

Als sie wieder im Stroh lagen – Tone hatte ihm vom Abendessen ein Stück Hammelfleisch mitgebracht und schmackhaftes Gemüse –, streichelte sie seine Wange und sagte: »Ich habe ein Geschenk für dich, Heinz.«

Und wieder durchfuhr es ihn, weil sie ihn mit dem falschen Namen ansprach. Er wusste selbst nicht genau, warum er ihr nicht das bisschen Ehrlichkeit schenkte, ihr seinen richtigen zu nennen. »Was ist es denn?«, flüsterte er neugierig.

Sie lächelte geheimnisvoll, rückte näher an ihn heran. Dann zog sie ihre Bluse aus dem Rock und entblößte ihren Bauch.

*

Allmählich verschwanden die berühmten Wasserfälle im bläulichen Dunst der Dämmerung, die Fahrrinne wurde merklich breiter und die Musik hörte endlich auf. Klassische Musik konnte Jürgen nicht leiden, sie machte ihn melancholisch, und er hatte Mühe genug, der plötzlichen Lebensfreude seiner Jutta standzuhalten.

»Willst du nicht mit mir tanzen, mein Held?«, fragte sie und zwinkerte ihm verführerisch zu, dass er lachen musste. In der Konzertmuschel am Kopfende des Pools hatte das Boardtrio begonnen, einschmeichelnde Swing-Rhythmen zu spielen. Die ersten Pärchen bewegten sich auf der Tanzfläche. Jutta und er schlossen sich an und ihre Beine fanden schnell in den Schritt, der zu den meisten Standards passte. Aber Jürgen war nicht zum Amüsieren aufgelegt, er wurde seine Trübsal einfach nicht los.

»Nun sei doch nicht so«, versuchte Jutta ihn aufzumuntern, und ihm fiel wieder einer ihrer Lieblingssprüche ein: »Wer nicht vergessen kann, der sieht früher das Grab.«

Es gab viele Argumente gegen diesen Spruch, doch in Juttas weichen Armen fehlte ihnen die Schärfe. War es nicht wirklich besser zu vergessen, als sich ins Unrecht zu setzen, um *altes* Unrecht zu bestrafen? Sollten sie sich nicht lieber mit ihrer Rente so viel wie möglich von dem gönnen, was sie unter Honecker so sehr ersehnt hatten, und irgendwann zufrieden die Augen schließen?

Sie legte den Kopf an seine Schulter. Zusammen wiegten sie sich im Rhythmus der zärtlichen Musik, als sie ein angeheitertes Pärchen anrempelte. Den Mann kannte Jürgen, es war der Mann mit dem Zucken um den Mund …

Seine Umgebung verhielt sich so, als ob das Stasiverhör nie stattgefunden hätte. Doch er trug von morgens bis abends ein quälendes Gefühl wie einen bitteren Nachgeschmack herum, das erst abends für ein paar Stunden nachließ, wenn er mit den Kindern Räuber spielte oder ihnen vorlas. Er hatte das dringende Bedürfnis, mit jemandem darüber zu reden. Aber das ging nicht einmal mit Jutta, er wollte unbedingt vermeiden, dass sie dachte, er wäre nicht verantwortungsvoll genug. »Man muss eben auch einmal den Mund halten können«, hatte sie zu ihm gesagt, als er ihr gegenüber versucht hatte, etwas von dem anzudeuten, was ihm passiert war. Natürlich hatte er so getan, als würde es einen Kollegen betreffen, um sie nicht zu beunruhigen.

Brigadeleiter Feldmann kam in den folgenden Tagen wie immer im Lager vorbei, fragte nach der Familie und bot ihm eine Zigarette an. Nicht *ein* Wort verlor er über den Vorfall, an dem er doch selbst beteiligt war.

Offenbar war etwas bei den Kollegen durchgesickert. »So kommt es, wenn man alles besser weiß und die anderen anschwärzt«, hatte jemand beim Werksport hinter seinem Rücken gezischt. Jürgen wusste, wer dieser jemand war, konnte sich jedoch nicht wehren. Jede weitere Auffälligkeit, jede Auseinandersetzung würde ihm wieder eine Begegnung mit der Stasi einbringen, eine Versetzung nach sich ziehen oder ihn die Arbeit kosten. Sie hatten einen neuen volkseigenen Idioten gefunden, auf den sie ungestraft eindreschen konnten, der eines Tages am Strick baumeln würde, weil er es nicht mehr ausgehalten hatte. Den verrückten Jürgen würden sie ihn demnächst nennen.

17

»Da ist Ihnen wirklich etwas entgangen, Margo. *Atemberaubend* reicht als Beschreibung nicht aus«, schwärmte George, als sie verspätet ihr Dinner im Golden Gate einnahmen.

»Ich kann es ja nachholen, vorausgesetzt Sie haben alles digitalisiert, und davon gehe ich aus«, erwiderte sie schmunzelnd. Der trockene französische Rosé, den sie zum ersten Mal bestellt hatte, schmeckte angenehm fruchtig.

»Natürlich, aber wo zum Teufel haben Sie gesteckt?«

Ein beruhigendes Gefühl, dachte sie, dass sich jemand um sie Sorgen machte, solange dieser jemand keine Rechte daraus ableitete. »Ich habe mich nur ein wenig erkundigt, George«, versuchte sie herunterzuspielen, brannte aber natürlich darauf, die Ergebnisse loszuwerden.

»Oh, nein, nicht schon wieder Joan. Ich fange langsam an, neidisch zu werden.«

»Wollen Sie nun hören, was ich herausgefunden habe, oder nicht?«

Er nickte, wieder ganz der aufmerksame Begleiter, und sie begann, von dem eifersüchtigen Tänzer zu erzählen, dem sie ganz *zufällig* begegnet sei und von dem sie erfahren habe, dass Joan der Hahn im Korb sei und angeblich käuflich …

»Eine gewagte Behauptung«, kommentierte George. »Wenn das durchsickert, wäre Joan seinen Job sofort los.«

»Ich glaube auch nicht daran, aber seine Freundin Lara leidet unter den Gerüchten. Die beiden haben sich gestern lautstark gestritten.«

»Sind Sie ihr auch ganz *zufällig* begegnet?« In seinen Augen funkelte es unverhohlen spöttisch.

Sie konnte unmöglich zugeben, dass sie Lara wie ein Spürhund hinterhergeschnüffelt hatte, um bei aller Sorge um Joan nicht wie eine unverbesserliche Klatschtante auszusehen. »Das Schiff ist kleiner als man denkt, mein lieber George, und als Lara plötzlich vor mir stand, da konnte ich nicht anders, als sie nach Joan zu fragen. Sie erzählte mir also, dass sie ihn nach ihrem Streit nicht mehr gesehen hat. Nicht einmal gesimst haben sie.«

»Aber offenbar hat Lara das nicht weiter beunruhigt, oder?«

»Zuerst nicht, er arbeitet manchmal im Restaurant, wenn jemand krank ist, manchmal auch im Verkauf. Aber dann wunderte es sie doch, dass er sich nicht gemeldet hatte, und in meiner Gegenwart schickte sie ein SMS ab, doch es kam keine Antwort.«

»Wenn er im Dienst ist, kann er nicht sofort reagieren, das versteht sich von selbst«, meinte George.

»Aber es verstärkt meinen Eindruck, dass etwas nicht stimmt«, beharrte Margo unbeirrt auf ihrem Standpunkt.

Sie hatte einen Politiker geheiratet, einen Sklaven der Macht in ewiger Bereitschaft, das war ihr klar gewesen. Entsprechend kurz fiel die Hochzeitsreise aus. Sie hatten sich eine Woche Port d'Andratx ausgemalt. Davon blieb nur ein verlängertes, aber unwirklich schönes Wochenende: karminroter Hibiskus vor jahrhundertealtem Gemäuer, Galas von Sonnenuntergängen, die die Seele abheben ließen, flüsternde Nächte, das Gefühl begehrt zu sein von dem Mann, den sie liebte, der zärtlich sein konnte, der sie zum Lachen brachte und in den Arm nahm …

Dann kam der Umzug in ihre neue Wohnung. Armin hatte seine eigene Vorstellung von Ordnung, und sie gerieten aneinander, weil er das Wohnzimmer zu seinem Büro degradieren wollte. »Die Wohnung ist eben zu klein für zwei Berufstätige«, sagte er. »Bleibt die Frage, wer von uns seinen Beruf an den Nagel hängen soll«, konterte sie.

Sein Blick verfinsterte sich, aber nur kurz, dann nahm er sie in den Arm und sie beschlossen, Armins häuslichen Arbeitsplatz auf das kleine Zimmer, das später als Kinderzimmer vorgesehen war, zu beschränken. Doch nach wie vor war Margo Kortes Sekretärin und brauchte selbst eine Ecke, wo sie ihren Schriftverkehr erledigen und Akten nacharbeiten konnte, wenn es eng wurde. Also zog sie in das Hauswirtschaftszimmer. »Eine provisorische Lösung«, versprach Armin. »Ich werde mir etwas einfallen lassen.«

Eine Woche später bat Korte sie zum Gespräch. Dabei setzte er eine todernste Miene auf, nicht die leiseste Spur von Ironie, was Margo verwunderte, waren sie sich doch bei der Hochzeit erst gerade näher gekommen. Mehr noch als die Schärfe im Unterton fiel ihr die Enttäuschung in seiner Stimme auf, die plötzlich eine unüberbrückbare Distanz zwischen ihnen schuf.

»Unter den gegebenen Umständen ist es wohl besser, wenn wir uns trennen, Margo. Ich bedauere das sehr.« Sein Blick in ihre Augen war aus Stahl, offenbarte maßlose Enttäuschung.

»Aber Klaus-Dieter …« Was war hier los? Sie waren immer offen zueinander gewesen, auch wenn etwas falsch gelaufen war. Sie wussten, was sie voneinander zu halten hatten. »Vielleicht klären Sie mich erst einmal auf …«

»Wir könnten einen Skandal daraus machen, Margo, ich halte es allerdings für würdiger, uns ohne viele Worte wie vernünftige Menschen einvernehmlich zu trennen, dann ist der Schaden überschaubar.«

Sie hielt das für einen schlechten Witz, wusste verdammt noch mal nicht, wovon er überhaupt sprach, als er sich bereits

von seinem Drehsessel erhob. »Sie kennen meinen Termin-
kalender besser als ich, Margo, die Ausschusssitzung wartet
nicht. Überlegen Sie sich, was ich Ihnen vorgeschlagen habe.
Mir bleibt nur, Sie ab morgen freizustellen.«

*

Sein Gehirn quietschte beim Nachdenken, und die rasen-
den Kopfschmerzen waren immer noch da. Holk Sonntag
musste auf der Couch im Wohnzimmer eingeschlafen sein.
Jetzt erinnerte er sich: Winnie lag weder mit zertrümmertem
Schädel zwischen den Stühlen, noch verletzt auf dem Bett in
ihrem Schlafzimmer. Anscheinend hatte er sie *nicht* umgebracht, was ihn jedoch kaum beruhigte. Er hinkte auf den
Balkon. Beim Versuch, Winnie eins mit der Flasche überzu-
ziehen, war er offenbar gestolpert und hatte sich das Knie
aufgeschlagen, das ließ sich an der verschmierten Blutspur
erkennen. Dabei musste er das Bewusstsein verloren haben,
Winnie hatte ihn in sein Zimmer geschleppt und ihm das Knie
verbunden. So weit drängte sich das Geschehen auf. Aber wo
steckte sie jetzt? Er versuchte, den Gedanken zu verdrängen,
doch es bestand die Möglichkeit, dass sie … Winnie führte
immer zu Ende, was sie sich einmal vorgenommen hatte.

Er stellte sich an die Reling und starrte in die Wellen. Es
war fast dunkel, sodass es kaum etwas bringen würde, nach
irgendwelchen Spuren zu suchen, die darauf hindeuteten,
dass sie sich über Bord gestürzt haben könnte. Vielleicht
joggte sie auch auf dem Pooldeck oder trampelte sich die
Fersen auf einem Ergometer im Fitnessraum blutig? Nichts
war ausgeschlossen. Er suchte wieder ihr Schlafzimmer auf,
beim ersten Mal hatte er nur einen oberflächlichen Blick hin-
eingeworfen. Konnte sich jemand in diesen Kleiderschrän-
ken erhängen? Er hatte von einem Filmschauspieler gehört …

Zuzutrauen war es ihr, vielleicht hatte sie geplant, dass er sie so finden sollte, mit aufgequollenem Gesicht, die Zunge wie ein blauer Aal aus dem Hals hängend. Er riss die Schranktür auf und – kam sich ziemlich lächerlich vor. In ihrem halb geöffneten Koffer lag ihr Jogginganzug, sie hatte also die Kleider gewechselt. Zieht man sich vorher um, wenn man die Absicht hat, sich anschließend in der Nordsee zu ertränken?

Nach einer weiteren Runde durch das Rotlichtviertel fuhren sie zu Maltes Lieblingschinesen und schwiegen während des ganzen Essens. Den verbleibenden Teil des Nachmittags quälte er sich dann in seinem Büro mit der Antwort auf die Frage, ob er Winnie einweihen sollte. Als Verenas Mutter hatte sie jedes Recht darauf. Mehrfach griff er zum Telefon, unterließ es aber, die Verbindungstaste zu drücken. War es wirklich schon so weit, die totale Pleite einzugestehen? – Um fünf verließ er, vollgepumpt mit Adrenalin, das Verlagshaus. Er setzte sich in seinen Wagen, drehte die Musik auf – ausgerechnet ein alter Knef-Song mit diesem abgeklärten Wissen um die Welt. Vielleicht sollte er es wie Winnie machen, ins Fitnessstudio fahren und dort Gewichte stemmen, bis die Bandscheiben aus den Schienen sprangen. Doch er fuhr in eine andere Gegend.

In die Dämmerung hinein begann es zu nieseln, und in langen Abständen durchschnitt der Scheibenwischer das Bild der Stadt. Der Blinker tickte, er bremste ab und bog in eine schmale Seitenstraße ein, die er seit dem Morgen kannte. Sein Kopf fühlte sich leer an, doch seine Augen scannten zielbewusst die Bordsteinrampe. Eine Einschlägige mit breitem ordinärem Gesäß, verpackt in einen knallengen pinkfarbenen Minirock, der knapp unterhalb ihres Hinterns aufhörte, stand rauchend in einem Hauseingang, straffte sich, als sie spürte, dass sie ins Visier genommen wurde. Ein schwarzer

Mercedes-Van kam ihm entgegen und zwang ihn kurz anzuhalten. Eine andere lehnte am Baum und starrte wie hypnotisiert auf die Straße. Kurz trafen sich ihre Blicke, worauf ihr Interesse in Sekundenbruchteilen erlosch. Der Profi erkennt offenbar sofort, ob er zu Geld kommen kann. Und in seiner Brust schlug nur ein ängstliches Vaterherz.

Am Ende der Straße stand eine halb entschlossene Vogelscheuche mit dunklen Schatten unter den Augen, die anschaffen ging, um sich den nächsten Druck leisten zu können. So jedenfalls stellte er sich diese bemitleidenswerten Kreaturen vor. Er bog in die Klosterstraße ein, wollte nach Hause ins Zooviertel, als ihn plötzlich dieser gemeine Stich in die Herzgegend traf. Hinter ihm hupte jemand. Er erschrak, scherte aus und würgte vor einer Hauseinfahrt den Motor ab: Die Vogelscheuche war Verena.

✳

Guntram hatte noch den Geruch von Erde in der Nase, als er mit dem befreienden Gefühl aufwachte, wieder einmal entkommen zu sein. Der Traum hatte ihn nicht das erste Mal heimgesucht. Wie in dem alten Hollywoodfilm lag er lebendig begraben in seinem Mausoleum und kam nicht an die Klingel …

Die leuchtenden Uhrzeiger des Weckers standen auf der Zwölf fast übereinander. Geisterstunde, dachte er. Seine Arme und Beine spürte er gerade nicht, und er schnappte mehr nach der Luft, als dass er sie atmete. Die Zigarre hatte seinen Bronchien einen Schlag versetzt. Auch dass sein Magen überfordert sein würde, überraschte ihn nicht, der Champagner bildete renitente Gase und gelegentlich schickte der Schleusenwärter eine ekelhaft bittere Flüssigkeit die Speiseröhre herauf.

»Wenn du den besonderen Tag noch erleben willst, dann solltest du dich zusammenreißen, hörst du, Guntram?«

Diese Stimme und wie sie *zusammenreißen* sagte …

»Mutter?«, fragte er etwas ängstlich.

»Erkennst du nicht einmal mehr meine Stimme? Mit dir ist wirklich nichts mehr los.«

»Greta …« Es war Greta. Die Schreibtischlampe verbreitete einen dünnen Lichtschleier, der nur die Raumecken im Dunkeln ließ. Aber niemand war zu sehen. Geister sind durchsichtig, nur ein eisiger Windhauch verrät sie, so viel wusste Guntram von ihnen, doch es bewegte sich kein Lüftchen. Er hätte Greta gern wiedergesehen, auch wenn es nur für einen kurzen Moment sein sollte, seine einzige Ehefrau, die ihm auf ihrem Totenbett schonungslos die Wahrheit gesagt hatte: »Wir haben unsere Ehe damit verbracht, Schafdärme mit Brät aufzublasen, eine Firma aufgebaut und expandiert. Dabei habe ich mir nie viel aus Geld gemacht. Ich wollte eine nette Familie haben und reisen. Stattdessen haben wir uns kaputtgeackert. Nee, Guntram, das haben wir in den Sand gesetzt.«

In ihrer Ehe hatte sie ihm nie etwas vorgeworfen, auch nicht über ihre Wünsche gesprochen, und er hatte nie danach gefragt. Nach dem Krieg waren sie schnell wieder auf die Beine gekommen, in den 50ern ging es ihnen bereits gut. Er erinnerte sich an kaum etwas, immer hatte er gearbeitet. Nur dass er manchmal am Ruhetag, wenn sie das Geschäft geschlossen hatten, mit ihr durch die Elberfelder Innenstadt schlenderte und sie aufforderte: »Mutti, such dir was aus«, und sich dabei großzügig vorkam. Er konnte sich schon damals etwas leisten, auch für seine Frau einen Ring mit einem Brillanten. Den vor allem deshalb, weil sich Greta mehr als fürsorglich um seinen Sohn kümmerte, den kleinen Alfred. Alfred, der eigentlich Adolf hieß. Das hatte er ihr hoch angerechnet …

Stavanger, Ende März 1944

Er streichelte über die kleine Wölbung unterhalb ihres Nabels, und während sie sich in die Augen sahen, erkannten sie im anderen ihre eigenen Gefühle: Glück und Angst, Stolz und Schuld. In Tones Augen schimmerten Tränen. Dieses Kind war ein *Wenn*-Geschenk: *Wenn* sie nicht im Krieg und Feinde wären … wenn er nicht verheiratet wäre … wenn sie eine Zukunft hätten …

»Ist was los?«, fragte ihn Rüdi am nächsten Morgen beim Rasieren.

»Ich habe einen Fehler gemacht«, wollte er antworten, aber dann besann er sich. Ein deutscher Soldat mit reinem Blut war sogar aufgefordert, die nordische Rasse zu veredeln, im Namen des Führers, im Namen des Reiches. Er brauchte keine Skrupel zu haben. Dieses Kind war ein Glück für jede Mutter, dankbar durfte sie sein, dass sie ein arischer Mann geschwängert hatte. Und es müsste nicht hungern, wäre versorgt als Kind einer Bauerntochter.

Abends traf er sich mit Tone im Stall. Sie lagen auf dem Rentierfell, und während er sie im Arm hielt, stellte er sich vor, wie der kleine Mann – sicher würde es ein Junge werden – vor ihnen auf dem Boden krabbelte und rührende, unverständliche Laute von sich gab. Ein kräftiger Knabe mit leuchtend hellblondem Haar, milchig weißer Haut und einem offenen Blick aus klaren blauen Augen.

Seit er wusste, dass sie schwanger war, hatte er das Gefühl, dass sie sich veränderte, dass sie sanfter und weiblicher wurde. Sie brauchte jetzt seinen Schutz, den er ihr jedoch nicht geben konnte, auch als Vater konnte er seinen Sohn nicht schützen. Er war der Feind.

»Vater geht es besser«, sagte Tone. »Er will bald wieder arbeiten.«

Es war gut, dass sie endlich den Hof nicht mehr allein führen müsste, jetzt, wo sie schwanger war, aber es bedeutete auch, dass sie sich dann nicht mehr im Stall treffen könnten. Und was würde sein, wenn ihr Vater schließlich die unübersehbare Wahrheit erführe?

In den Tagen danach beobachtete er von der Felsenanhöhe aus, wie Tones Vater den Stall ausmistete und den Karren zum Markt schob, Tone begleitete ihn. Sie trafen sich wieder am Fischmarkt, warteten, bis der Vater seine Pause in der Hafenschenke verbrachte, um ein paar Worte zu wechseln und sich an den Händen zu halten.

Die Meldungen brachten nichts Gutes, der Führer schien immer mehr in Bedrängnis zu geraten. Doch sie mussten weiter die Stellung halten, um den Briten den Weg zu versperren. An einem stürmischen Morgen Anfang April belud der Alte wieder den Karren und brach zum Markt auf, ohne Tone. Aus irgendeinem Grund musste sie daheimgeblieben sein, wartete vielleicht schon auf ihn. Er rannte die Anhöhe hinab, klopfte an die hölzerne Haustür, ans Fenster, freute sich auf eine heiße Milch. Doch drinnen regte sich nichts.

Auch am nächsten Tag machte sich der Alte allein auf den Weg zum Markt. Das Haus stand leer, nur der alte Jarle bellte heiser hinter der Tür …

✳

Jürgen vermutete, dass es gegen fünf war. Nur selten schlief er bis halb sieben durch. Er fischte nach der Flasche Mineralwasser auf dem Nachttisch rechts neben sich, schraubte sie auf und nahm einen Schluck daraus, um die Lippen und den Mund zu befeuchten. Seine Jutta schnurrte im Schlaf leise vor sich hin. Gestern war sie angeheitert gewesen, hatte auf dem Aussichtsdeck drei Gläser Champagner getrunken und später, nach dem Tanzen, als sie sich zu Leuten aus Darmstadt an den Tisch gesetzt hatten, weil die Bar übervoll war, noch alle Cocktails durchprobiert, natürlich mit Alkohol. Sie würde es heute ihrem Magen zeigen, hatte sie alle am Tisch wissen lassen und frei heraus gelacht, seine Jutta. Immer noch lag sie neben ihm und war seine Frau, das Gesicht im warmen Nest ihrer Haare eingekuschelt. Und jeden Morgen war er früher aufgewacht als sie, und wenn er dann Gelüste gespürt hatte, war er auf die Suche nach ihrer Stupsnase und ihren weichen Lippen gegangen, hatte sie unter der Decke gekitzelt und zum Kichern gebracht, ihre Brüste geknetet und geküsst. Wie er sie geliebt hatte, diese runden weichen Berge mit den zwei Erdbeeren in der Mitte. Und ihr Seufzer, wenn er in sie eindrang, der ihm das Gefühl gegeben hatte, alles wäre wunderbar …

Auch gerade jetzt spürte er die Lust, sie war da, aber irgendwo in diesem Tausend-Zimmer-Gehirn eingesperrt und fand nicht dorthin, wo sie gebraucht wurde. Schon lange war bei ihm tote Hose. Eines Tages war es nicht mehr gegangen. Mit Jutta hatte es nichts zu tun. Die Liebe zu seiner Jutta war nie abgeflaut, eher noch gewachsen. Aber er konnte sie ihr nicht mehr beweisen. Das tat verflucht weh, er fühlte sich schuldig, wenn sie überkochte und er ihr nicht geben konnte, was sie brauchte. Und auf einmal tauchte ausgerechnet wieder dieser Schmidt auf und rempelte ihn beim Tanzen an mit einer billigen Madame im Arm. Die Vorstellung, wie er es mit ihr in der Koje trieb, ließ Jürgen vor Wut das Blut in den Kopf schießen …

»Wir brauchen uns nicht anzustrengen, unser Jürgen schafft das Plansoll ganz allein«, witzelten die Kollegen und spielten darauf an, dass er für seinen Verdienst kaum den Hintern bewegen musste. Aber es lag nicht an ihm, er wollte arbeiten, er durfte nur nicht.

Unterdessen gingen die Diebstähle im Lager weiter. Jürgen erzählte Jutta davon. »Was geht es dich an? Du hast nichts damit zu tun«, sagte sie, er mache sich immer an der falschen Stelle Sorgen, solle sich lieber um seine Arbeit kümmern und es den Zuständigen überlassen, sonst stünde nichts als Ärger vor der Tür. Jutta war sehr ernst und fast laut geworden, und damit war die Angelegenheit für sie vom Tisch.

Doch seine Überlegungen gingen weiter: Was würde sein, wenn sich herausstellte, dass falsche Zahlen kursierten und sie nicht – wie so oft – die wahren Diebe suchten, sondern am Ende diejenigen zur Verantwortung ziehen würden, denen hätte auffallen müssen, dass etwas nicht stimmte? Wem würden sie wohl als Erstes dafür die Schuld geben? – Schweigen zahlte sich für ihn nicht mehr aus. Wenn sie ihn schon verhörten, dann wollte er wenigstens wissen, warum. Eines war ihm klar: Vorab würde er nicht mit Feldmann reden, diesmal würde er sich direkt an die Leitung des Kombinats wenden. Es konnte einfach nicht sein, dass sich niemand für die Aufklärung der Angelegenheit interessierte. Hier wurde das Volk bestohlen, das durfte keinen kaltlassen. Jutta würde ihn natürlich warnen und ihm davon dringend abraten. »Warum wartest du nicht auf die nächste Gelegenheit? Eines Tages werden sie dich brauchen und dann kommst du aus dem Loch heraus. Feldmann weiß, dass du mehr kannst, als im Lager eine ruhige Kugel zu schieben«, hörte er sie sagen, und er zögerte wochenlang. Doch im März hielt ihn nichts mehr zurück.

IN HAUGESUND

18

Schon am Morgen gab das Wetter einen glänzenden Vorgeschmack auf den Sommer. George hatte zwei Liegestühle in bester Aussichtslage auf dem Pooldeck ergattert: Backboard zog ein urzeitlicher Schärengarten an ihnen vorbei, Steuerboard eröffnete sich die scheinbar grenzenlose Nordsee. Beste Voraussetzungen für zwei oder drei entspannte Stunden, dachte Margo, schob ihre Sonnenbrille über die Augen und ließ den gestrigen Abend an sich vorüberziehen.

George war auf die Idee gekommen, den Dancing Club aufzusuchen, und das erste Mal seit ihrer Hochzeit mit Armin hatte sie sich aufs Parkett gewagt. Bis gegen zwei waren sie geblieben, die klassische Gelegenheit, sich näherzukommen, und George war nicht abgeneigt, bis ihr auf einmal *Anders* zugesetzt hatte …

Sie musste an die komische Alte – so hatten sie sie genannt – denken, deren derb geschminktes Gesicht an die Bemalung eines Medizinmanns aus dem Regenwald erinnerte und die mit ihren bizarren Bewegungen auf der Tanzfläche alle Blicke auf sich gelenkt hatte. Jetzt fiel Margo auch ein, woher sie die Frau kannte. Auf der Krankenstation war sie ihr begegnet, als sie den Arzt befragt hatte. Und damit waren ihre Gedanken wieder bei Joan, plötzlich hatte sie ihre Ruhe verloren. Sie würde es unmöglich den ganzen Morgen auf dem Sonnendeck aushalten, so angenehm der Platz auch war. »Ein Kaffee wäre jetzt nicht schlecht«, wandte sie sich an George. »Bin gleich wieder zurück.« Dieser war viel zu sehr damit beschäftigt, beim Fotografieren die blendende Sonne auszutricksen, und brummte nur etwas Unverständliches. Margo war fest entschlossen, die Zeit bis zum nächsten Anlegen zu nutzen, bestimmt würde sie Li Peng beim Betten-Machen antreffen.

»Ich habe Kollegen gefragt«, antwortete Li Peng nur wenige Minuten später auf ihre Frage, wer von der Service Crew Joan zuletzt gesehen habe. »Joan immer gerufen von älterer Herr in Suite, und …« Offenbar kam ihr nicht über die Lippen, was sie sagen wollte. Auch ihr Gesicht verfärbte sich nicht – konnten Chinesen überhaupt erröten? –, nur ihre Finger nestelten nervös am Kissenbezug.

»Was ist passiert, Li Peng?«, ließ Margo nicht locker.

»Kollege hat Joan gesehen, aus Suite gerannt, sehr wütend. Später ihn gefragt. Älterer Herr wollte …«

Wieder stockte sie, rollte aber mit den Augen. Es war nicht mehr schwer, sich zusammenzureimen, was sie meinte. Offenbar wurde Joan nicht nur von den Damen an Bord begehrt.

»Dann Joan verschwunden«, sagte Li Peng, »und ich musste …«

»*Was* mussten Sie?«

»Ich musste wegwischen Blut in Schlafzimmer.« Der Mund der kleinen Chinesin öffnete sich ein wenig vor Schreck, als wäre ihr der Zusammenhang erst jetzt aufgegangen.

In dem Augenblick warf ein Schiffsoffizier einen Blick durch die offene Kabinentür. »Alles in Ordnung, kann ich helfen?« Margo hätte ihn am liebsten angesprochen, doch ihre Geschichte war so unglaublich, dass er sie vermutlich nur mitleidig mustern und sich fragen würde, womit er es verdient habe, dass sich eine hysterische Kümmertante für die An- und Abwesenheit der Crew interessierte. Warum saß sie auch nicht in der Sonne und schlürfte einen Cocktail, wie es alle taten? – Aber bevor sie dazu kam, ernsthaft nachzudenken, wie sie den Mann einspannen könnte, war er schon gegangen.

Es galt, den roten Faden zu finden: Joan war von einem männlichen Gast belästigt worden und hatte ihn empört zurückgewiesen. Die Frage war: Was hatte es bei dem Gast ausgelöst? Neben der Kränkung, zurückgewiesen worden zu sein, könnte er Angst bekommen haben, dass Joan den Vorfall meldete, dass es auf eine Beschwerde oder sogar eine Anzeige hinauslief. Möglicherweise hatte der Gast auch befürchtet, geoutet oder erpresst zu werden und am Ende nur *einen* Ausweg gesehen … Doch die Fantasie ging mit Margo durch. »Wo ist die Suite?«

»Deck 7«, antwortete Li Peng, die gerade die Balkontür putzte.

Ein Rätsel, warum Korte mit ihr nicht mehr zusammenarbeiten wollte. Nie war ein Schatten auf ihre Arbeit gefallen, in die heikelsten Affären hatte er sie eingeweiht, weil er sich ihrer absoluten Diskretion sicher sein konnte. Und jetzt setzte derselbe Korte sie von heute auf morgen in Quarantäne, als hätte sie eine Seuche eingeschleppt?

Sie hätte mit Armin darüber reden können, schließlich war er ihr Mann, aber sie schämte sich und wollte zunächst selbst für Klärung sorgen. Am nächsten Morgen erschien sie wie gewohnt im Rathaus – ihr Schreibtisch war weder geräumt noch neu besetzt – und stellte Korte zur Rede. Warum er ihr seine Gründe nicht erkläre, fragte sie, sie bezweifle, dass er sie überhaupt in dieser Weise vom Dienst suspendieren dürfe.

»Im Fall von Vertrauensbruch obliegt das meiner Einschätzung, Frau Sebald, und ich habe so entschieden.«

Natürlich war ihr nicht entgangen, dass er sie jetzt mit *Frau Sebald* ansprach. Dabei hatte er noch eine Woche zuvor ihr Einverständnis eingeholt, sie trotz des veränderten Status quo als verheiratete Frau weiter Margo nennen zu dürfen.

»Wir können uns doch nur einigen, Herr Dr. Korte«, nahm sie seinen Tonfall auf. »Wenn ich *auch* weiß, worum es geht.«

Er hielt kurz inne beim Sichten der neuen Kostenpläne, hob die Augen und ihre Blicke trafen sich eine Sekunde lang. Sie spürte, dass er wenigstens in diesem Moment nicht ganz sicher war, ob er ihr die Ungeheuerlichkeit, um die es sich handeln musste, wirklich zutrauen sollte. »Wissen Sie, was Verleumdung ist, Frau Sebald?«

Sie wusste nach wie vor nicht, was er meinte. »Ich habe Sie nicht verleumdet.«

»Und um diese Diskussion erst gar nicht aufkommen zu lassen und den Ärger, den sie nach sich ziehen würde, habe ich Ihnen gestern den Vorschlag gemacht, uns im gegenseitigen Einvernehmen zu trennen. Wenn Sie einwilligen, werde selbstverständlich auch ich über die Angelegenheit schweigen.«

Das alles konnte doch nur ein Albtraum sein. Sie verlor plötzlich die Fassung.

»Warum jetzt Tränen? – Das ändert nichts«, sagte er ohne eine Spur von Mitleid in der Stimme. »Sie haben mich so schwer enttäuscht, dass ich einfach kein Vertrauen mehr zu Ihnen habe.«

Verleumdung? Eine unglaubliche Anschuldigung, und Armin würde *auch* wissen wollen, was Korte dazu gebracht hatte, ihr das vorzuwerfen.

*

Mitten in der Nacht war die Tür von Winnies Schlafzimmer aufgegangen, Holk war im Sessel wach geworden und hatte sie für ein Gespenst gehalten, eines von den traurigen, die mit ihren Knochen klappern und laut stöhnen. Ihr

Gesicht war völlig verschmiert, offenbar hatte sie vergessen, sich abzuschminken. Ohne auf ihn zu reagieren, schlurfte sie ins Badezimmer, worauf ein Würgen und Spucken einsetzte, der Beweis, dass es sich wirklich um Winnie handelte, denn von kotzenden Gespenstern hatte er weder gehört noch gelesen. Er hatte kurz überlegt, ob er ihr Gesellschaft leisten sollte, aber es fehlte an der Ausstattung. Das Zimmer verfügte weder über Doppelwaschbecken, noch über nebeneinander liegende Kloschüsseln für kotzende Ehepaare …

Die Sonne stach durch seine geschlossenen Lider. Er wandte sich ab, bevor er die Augen öffnete, und fand sich im Liegestuhl auf dem Balkon wieder, es musste schon fast Mittag sein. Er legte die rechte Hand an die Stirn. Freie Sicht, offenes endloses Meer, nichts, an das man sich halten könnte. Er fragte sich, welcher eloquente Schriftsteller sich zu dieser grenzenlosen Leere wertvoll geäußert haben könnte, und ihm fiel eine Reihe nichtssagender, aufgeblasener Sprüche ein. War das Dichtkunst? Die Hoffnungslosigkeit mit geistigem Ejakulat zu bespritzen?

Er stemmte sich aus dem Liegestuhl. Es trieb ihn unweigerlich in ihr Schlafzimmer, denn er brauchte die Bestätigung, dass sie da war und dass sie atmete, um irgendeinen Plan aufzustellen. Wofür wusste er noch nicht. Auf dem Weg dorthin griff er nach dem Bademantel, der über dem Stuhl am Schreibtisch lag, verhüllte damit seinen nackten Oberkörper und strich sich anschließend über das verschwitzte Kopfhaar, als ob ihm das Haltung verleihen könnte. – Doch bevor er Winnies Schlafzimmer erreichte, klopfte es an der Kabinentür. Gleich würde sich die piepsige Stimme der kleinen Chinesin melden. Der schnelle Blick zum Sideboard bestätigte ihm, dass dort noch zwei volle Flaschen Mineralwasser standen. »Nein, danke, jetzt nicht!«, rief er vorsorglich. Aber die Antwort blieb aus, stattdessen folgte ein zweites, energischeres Klopfen. Er öffnete. Vor ihm stand eine schlanke, hochgewachsene Frau, die er noch nie gesehen hatte.

»Entschuldigen Sie die Störung, Mein Name ist Margo Sebald, sind Sie Herr Sonntag?«

Er stieg aus und ließ den Wagen vor den Mülltonnen stehen. Etwa 30 Meter trennten ihn von dieser erbärmlichen Gestalt am Bordstein, die ihm den Rücken zukehrte. »Du kannst nicht Verena sein«, wollte er ihr zurufen, während in seinem Kopf diffuse Gedanken austrieben. Er würde dieser Frau 20 Euro in die Hand drücken, nein 50, wenn sie *nicht* Verena wäre. »Bitte lass sie nicht Verena sein!«

Sie trug glänzende Schuhe mit Plateausohlen und Klamotten in Signalfarben. Zwei Schritte hinter ihr blieb er stehen. »Verena?« – Seine Stimme klang fest, es war immer noch die Stimme des Vaters, der glaubte, Einfluss auf seine Tochter zu haben.

Sie fuhr zusammen, drehte sich mit einem Ruck um. »Was machst du hier?«, fragte ihr verstörter Blick. Sie sah so elend aus, so hoffnungslos.

Es drängte ihn, sie zu umarmen, zu küssen … Doch stattdessen rutschte ihm die Hand aus. Er schlug ihr ins Gesicht, erschrak und war entsetzt wie sie. Ihre Haare flogen, sie schrie auf, rief um Hilfe. »Verena, ich will doch nur … Bleib stehen, Kind!« In der Haustür gegenüber erschien eine männliche Gestalt in schwarzen Jeans, wie ein Black Sheriff sah er aus und hielt auf ihn zu. »Verschwinde, dann passiert dir nichts«, rief er, stellte sich zwischen ihn und Verena, drauf und dran, ihn am Kragen zu packen. »Sie ist meine Tochter«, rief er, doch Verena war schon im Hauseingang verschwunden. »Ich hole die Polizei! Ihr habt sie entführt und dazu gezwungen, ihr Schweine!«

»Wenn du nicht augenblicklich verschwindest, hole *ich* die Polizei und dann kriegst du eine Anzeige wegen Körperverletzung«, erwiderte der Muskelprotz mit einem mitleidigen Lächeln. Dann versetzte er ihm mit der Hand einen spielerischen Stoß auf das Brustbein, der ihn zwei Schritte nach hinten taumeln ließ, und folgte Verena demonstrativ gelassen ins Haus.

*

Vertraute Töne klangen in seinem Ohr, Musik, die er seit Langem kannte: *Dinah.* Die alten Melodien waren unsterblich. Guntram glaubte zuerst, er wäre wieder in einem Traum gelandet, doch die Schiebetür zum Balkon war geöffnet, Hilde stand an der Reling und wandte ihm den Rücken zu. Anscheinend lauschte sie auch dem guten alten New Orleans Jazz. Und sie spielten ihn, so wie es sich gehörte, ein bisschen gemütlich und doch rhythmisch, wie er ihn meist nur von den Schwarzen gehört hatte. »Negermusik« war unter Hitler verboten gewesen, Guntram hatte große Stücke auf den Führer gehalten bis zum Schluss, aber den alten Jazz hatte er immer gemocht.

»Ist draußen etwas los, Hilde?«, rief er. Sie mussten in einem Hafen eingelaufen sein, er konnte das Stahlgerüst eines Lastenkrans und eine Reihe von Lagerhallen vom Bett aus erkennen.

Die Band spielte *Babyface.* Er summte mit, er wollte tanzen so wie früher, aber die verflixten Beine, er spürte sie nicht einmal. Der Himmel draußen war lupenrein blau. Hilde drehte sich zu ihm um, sie lächelte, in ihrem Gesicht spiegelte sich Zufriedenheit. In diesem Augenblick könnte sie ein Mann für schön halten und sich in sie verlieben, dachte er. Vielleicht hatte sie in einem solchen Augenblick ihren geheimnisvollen Bräutigam kennengelernt.

Ihre Gesichtszüge erinnerten Guntram an Alfred, Hildes Vater, *seinen* Sohn. Obwohl er Alfred geliebt hatte, war er eine Enttäuschung gewesen, ihm hatte die Energie gefehlt, die Vision. Um als Unternehmer erfolgreich zu sein, brauchte man Vision und Initiative, aber Alfred war immer nur Befehlsempfänger gewesen, war hinterhergelaufen, und Guntram hatte ihn antreiben müssen, bis zu dem Tag, an den ihn ein Herzinfarkt in der Wurstküche umgebracht hatte. Ihm fiel auf, dass er nie richtig um Alfred getrauert hatte. Vielleicht brauchte er es auch nicht. Denn Alfred war unsterblich wie die wenigen Monate mit Tone, in denen Guntram wirklich glücklich gewesen war …

Stavanger, April 1944

Die Sehnsucht nach Tone war unerträglich, doch sie blieb verschwunden. Tagelang beobachtete er den Hof, stahl sich an dem Marktstand im Hafen vorbei, wo ihr Vater allein seine Waren anbot. Es war, als hätte es Tone nie gegeben.

»Stimmt was nicht zu Hause?«, fragte ihn Rüdi, als Guntram seine Post las.

»Mutter geht es immer schlechter, sie machen sich keine Hoffnung mehr …«

»Und was ist mit deiner Frau?«

»Greta geht es den Umständen entsprechend gut und sie schreibt, dass sie auf mich wartet.« Er hatte plötzlich Tränen in den Augen.

»Sei doch froh, dass eine auf dich wartet. Meine Liebste hat sich dünngemacht, hatte die Warterei satt und Ersatz gefunden.«

»Sie ist verschwunden … mit dem Kind«, kam ihm ungewollt über die Lippen. Unmittelbar bereute er seine Worte. Doch Rüdi war sein Freund.

»Ein Kind mit dem Feind hat er also auch, unser Moralapostel Guntram …«

»Von heute auf morgen, als hätte es sie nie gegeben. Und ihr Vater …«

»Vielleicht hat sie ihm erzählt, dass sie mit einem Deutschen … Oder er hat es aus ihr herausgeprügelt, was weiß ich, und dann Nägel mit Köpfen gemacht.«

»Was meinst du?«

»Wenn er sie nicht zu Verwandten gesteckt hat, wird er sie in eines dieser Heime abgeschoben haben, damit niemand sieht, dass sie zu denen gehört, die … In eines dieser Heime, wo alle Kinder hellblond sein sollen und blaue Augen haben, du verstehst schon. Norwegische Mütter, in deren Bauch der arische Samen aufgeht. Alles für den Führer, unseren gottgleichen Führer …«

»Hör auf, Rüdi, sonst muss ich dich melden!«

Guntram hatte von ihnen gehört, aber nie geglaubt, dass es diese Lebensborn-Häuser wirklich geben sollte. Sein Sohn war also gewollt, vom Führer gewollt. Nach dem Endsieg würde er etwas Besonderes sein. Er würde zur Elite gehören, müsste nicht schlachten und brühen wie sein Vater. Er würde kommandieren und präsentieren …

*

Die Stadt, in deren Hafen sie lagen, hieß Haugesund – gegründet in einer Zeit, als die Heringsfischerei boomte – und besaß ein sehenswertes Rathaus. Welche Stadt hatte kein sehenswertes Rathaus? Aber was da drin passierte, war meistens weniger sehenswert und versteckte sich, so gut es konnte, dachte Jürgen. Fast niedlich wirkte das flache Haus zu ihren Füßen am Kai, wohl die Empfangshalle für die Gäste, und die Jazzband, die unbekümmert mit Evergreens ihre Verbeugung vor dem Geld machte, rührte ihn irgendwie. Der strohblonde Tubaspieler, der sich zu seinen satten Bässen aus New Orleans in den Hüften wog, brachte ihn sogar zum Lächeln. Und dazu schien die Sonne …

Jutta hatte sich zu ihm auf den Balkon begeben und legte ihren linken Arm um seine Schulter. Gleich würde sie sagen: So lässt es sich leben.

»So lässt es sich leben«, sagte sie, und drückte ihm einen Kuss auf die Wange. »Deine Jutta hat Durst, lass uns an Deck gehen und den Ausblick genießen.«

Diesmal hatten sie auf den Busausflug verzichtet. Gegen fünf würde die »Mythos« ablegen und sich in Richtung Stavanger aufmachen. Jürgen spürte seinen Blutdruck. Der bisher unerfüllte Auftrag, den er sich selbst erteilt hatte, trieb ihn in die Höhe, denn die Zeit lief davon. Wenn er weiter zögerte, erreichten sie unverrichteter Dinge Kiel. Schmidt würde ihm zum Abschied auf die Schulter klopfen und sich noch einmal dafür bedanken, dass er ihn vor der Baggerschaufel gerettet hatte. Eine unerträgliche Vorstellung.

»Wir könnten einmal dieses Shuffleboard probieren«, meinte Jutta. »Die brauchen immer Mitspieler. Dann kommst du endlich auf andere Gedanken.«

»Was meinst du, welche Gedanken ich gerade habe?« Ihre altkluge Art reizte ihn plötzlich. »Ja, was *genau* denke ich jetzt?« Seine Stimme klang scharf und ungeduldig. Jutta erschrak darüber. Irritiert versuchte sie, in seinen Augen zu lesen. In diesem Moment wirkte sie fast ängstlich und errötete, die doch sonst auf alles im Leben eine Antwort wusste. Aber sie fasste sich schnell und lächelte, wenn auch etwas verlegen. »Ich meine ja nur …«, sagte sie beschwichtigend.

Worauf er sich über sich selbst wunderte, warum er so aufbrausend reagiert hatte. Sie verstand es eben, ihr gemeinsames Leben im Gleichgewicht zu halten, seine Jutta …

Nachdem er die Direktion des Kombinats angeschrieben hatte, dauerte es nicht länger als zwei Wochen, da fand er sich in dem halbdunklen kahlen Büroraum wieder, in den sie ihn schon einmal gebracht hatten. Nur der Mann hinter der grellen Schreibtischlampe war ein anderer. »Natürlich haben wir Ihre Beobachtung ernst genommen, Genosse«, sagte der in dem Tonfall eines gewissenhaften Prüfers. »Jede Aktivität, die sich gegen die Ziele unserer Volksrepublik richtet, muss unterbunden werden. Und wie ich hier lese, handelte es sich sogar um einen schweren Vorwurf, den der Veruntreuung von Volkseigentum.«

Sollten sie es nennen, wie sie wollten, Jürgen kannte ihre Sprüche zur Genüge. Es kam nur darauf an, wie es am Ende aussah. Dabei ging es auch um seine Ehre, oder das bisschen, was davon noch übrig war. Wenn sie auf seinen und den Druck des Geredes, das unterdessen im VEB eingesetzt hatte, eine Untersuchung einleiten müssten, hätte er gewonnen, und niemand durfte mehr mit dem Finger auf ihn zeigen und sagen: Da läuft der verrückte Wörner, der sich wichtigmacht, aber nicht *mehr* zustande bringt, als im Materiallager die Schrauben zu zählen.

»Und die gründliche Untersuchung hat zu dem Ergebnis geführt ...«, der Mann hinter dem Schreibtisch blätterte in seiner Akte, als müsste er das Ergebnis ernsthaft nachschlagen, strich sich dann zweimal über das glatt rasierte Kinn, bevor er mit spitzer Lippe formulierte: »dass keine Unregelmäßigkeiten festgestellt werden konnten.« Wieder ließ er die Worte im Raum stehen. Jetzt fiel Jürgen das Zucken im Mundwinkel dieses Mannes auf, ein unregelmäßiges nervöses Zucken wie versteckte Morsezeichen. »Die Bewegungen innerhalb des Lagerbestandes sind als normaler Vorgang zu bezeichnen ...«, sprach der Mann weiter, »und deshalb nicht ungewöhnlich. Es handelt sich um Überschuss, der innerhalb des Monats aufgrund der hohen Nachfrage unserer weltweiten Handelspartner wieder ausgeglichen wird, hat die Direktion mitgeteilt. Mittlerweile fragt man sich etwas anderes, Genosse, nämlich, was Sie mit Ihrem Verhalten bezwecken. Ist Ihnen klar, dass Sie mit Ihren Falschbehauptungen den Ruf des Kombinats schädigen? – Oder steckt etwa schäbige Absicht dahinter? Nicht nur auf mich wirkt es so, als arbeiteten Sie dem Klassenfeind in die Hände …«

»Nein, natürlich nicht … Ich wollte …«, er brach ab, wohl wissend, dass es keinen Sinn machte, eine Erklärung zu versuchen. Er hätte sich nie auf dieses Spiel einlassen dürfen, von dem feststand, dass es unfair ablaufen würde. Er kam sich idiotisch vor. Es ging hier nicht um die Wahrheit, auch nicht darum, Missstände abzustellen, es ging allein darum …

»Ich warne Sie ein letztes Mal, Genosse Wörner. Treiben Sie es nicht so weit, dass ich meine Menschlichkeit vergesse!« Der Nerv in seinem Mundwinkel zuckte und verzerrte sein Gesicht zu einer infamen Fratze.

19

Die Namen der Gäste in den Suiten herauszufinden, hatte sich als leichter erwiesen als gedacht. Die Mitarbeiter vom

Serviceteam führten Listen mit sich, und eine davon hatte auf dem Wäschewagen im Gang von Deck 7 gelegen. In einem unbeobachteten Moment hatte Margo einen Blick darauf geworfen. Jetzt stand sie diesem Mann über 50 gegenüber, der Sonntag hieß und offenbar eine schwere Nacht hinter sich hatte.

»Was kann ich für Sie tun?«, fragte er mit unleugbarer Whiskeyfahne, nachdem sie sich höflich für die Störung entschuldigt und sich kurz vorgestellt hatte.

»Es geht um eine etwas delikate Angelegenheit, die ich gerne mit Ihnen besprechen würde.«

Neugierig geworden, nahm er sie genauer in Augenschein. »Sind Sie von der Schiffsleitung?«

»Nein, *sollte ich?*«

Offenbar hatte er die Spitze verstanden und reagierte darauf, indem er sich mit der rechten Hand durch das dünne Kopfhaar fuhr.

»Ich will nur etwas klären, aber es gehört nicht unbedingt hier auf den Gang …«

Er überlegte kurz, dann wich er zur Seite. »Also gut, kommen Sie herein, wenn es nicht lange dauert. Wir wollen heute einen entspannten Tag auf dem Balkon verbringen, meine Frau und ich«, war er bemüht, freundlich und souverän zu wirken. Er wies auf einen der weißen Cocktailsessel in Lederoptik. »Bitte setzen Sie sich!«

Wahrscheinlich werden sie beim Entspannen lesen, dachte Margo. Auf dem Sideboard lagen etliche Romane mit buntem Cover, glänzend und unberührt wie frisch aus der Druckerpresse. »Ich will gleich zur Sache kommen: Ein junger Mann von der Service Crew ist plötzlich verschwunden, und ich versuche herauszufinden, wer ihn zuletzt gesehen hat. Sein Name ist Joan.«

Das ohnehin künstlich aufrechterhaltene Lächeln auf dem

Gesicht ihres Gegenübers brach ein, seine ganze Haltung wirkte herablassend auf sie. »Ich verstehe nicht so ganz, was *Sie* damit zu tun haben. Hat Sie jemand zu einer Untersuchung ermächtigt oder so ähnlich?«

Sie musste versuchen, sich auf dem schmalen Grat zu halten, indem sie sich in keinem Fall einschüchtern ließ, sondern frech auftrumpfte: »Meine *Sorge* um den jungen Mann.«

»Sie sind also …«

»Ja, ich bin Gast auf diesem Schiff wie Sie und habe in Erfahrung gebracht, dass Sie den jungen Mann, der unauffindbar ist, sexuell belästigt haben.«

»Frechheit! Wer behauptet das?« Er hatte sofort die Beherrschung verloren, was ihn natürlich verdächtig machte.

»Joan ist gesehen worden, als er Hals über Kopf aus Ihrer Suite flüchtete, und er hat Kollegen gegenüber angedeutet, was vorgefallen war!«

»Personalgeschwätz! Das ist üble Nachrede, dagegen werde ich vorgehen. Ich kann Sie nur warnen. Bitte verlassen Sie jetzt umgehend meine Räume!« Er erhob sich und hielt den Bademantel, dessen Gürtel sich anscheinend gelockert hatte, mit der rechten Hand zusammen, zitternd vor Wut und Erregung.

»Beruhigen Sie sich! Ich will nur herausfinden, wo Joan jetzt ist. Alles andere ist *Ihre* Sache.« Sie sah ein, dass es in diesem Moment sinnlos war, weiterzufragen. Er würde sich ganz verschließen. Offensichtlich versuchte dieser Sonntag, etwas vor ihr zu verbergen. Aber sie würde sich nicht abschütteln lassen, bis er damit herausrückte.

»Ich werde nicht mehr für Korte arbeiten«, eröffnete sie ihm beim Abendbrot, wohl wissend, dass Armin auf dem Sprung zu einer Parteisitzung war. Ihm blieb also kaum Zeit, sie nach dem Grund zu fragen. Immerhin hatte sie ihn auf diese Weise informiert, auch wenn sie ihm die ominöse Anschuldigung vorenthielt, die dazu geführt hatte und die ihr selbst rätselhaft war. Eine wirklich einleuchtende Begründung für ihre Kündigung hatte sie nach wie vor nicht.

Doch Armin reagierte unerwartet, er blickte nicht einmal von seinem Magazin auf, das er las, während er mit der Gabel im Risotto stocherte. »Wenn du meinst. Es gibt ja genug zu tun, wo man hinsieht …«

Sie verstand nicht sofort. Er spielte doch nicht im Ernst auf die kreative Unordnung an, die sich bei ihnen eingeschlichen hatte? Ist das alles, was du dazu zu sagen hast?, wollte sie fragen. Aber dann war sie froh, dass er der Angelegenheit offenbar keine so große Bedeutung beimaß, und schwieg. Wenn sie darüber nachdachte, fand sie es sogar eine gute Idee, sich einmal ganz entspannt dem Haushalt zu widmen, wenigstens für ein paar Tage. Das machte den Kopf frei. Fast zehn Jahre Korte und der Stress im Büro lagen hinter ihr, Zeit für einen Break. Außerdem hatte sie jede Menge Überstunden angehäuft. In der freien Zeit konnte sie sich sammeln und Pläne machen, obwohl sie die Hoffnung noch nicht aufgegeben hatte, dass sich alles als Irrtum herausstellen würde. »Verleumdung« klang melodramatisch wie in einer verstaubten Oper. Was hatte das mit ihr zu tun?

»Ich finde es einfach herrlich zu wissen, dass mich mein Schatz abends erwartet, um mich mit einem feuchten Kuss auf den Mund zu begrüßen, wenn ich ermattet aus dem Dienst komme«, witzelte Armin ein paar Abende später. »Alles ist so friedlich und adrett. Es fehlen nur noch zwei Töchter, die annähernd so hübsch sind wie ihre Mutter.« Die häusliche Situation schien ihn tatsächlich zu befriedigen, so wie sie sich ihm momentan bot. Doch was ihr zuerst schmeichelte, beunruhigte sie jetzt. »Das kann nur eine Zwischenlösung sein, Armin. In den nächsten Tagen werde ich nach einem neuen Job Ausschau halten.«

Er blickte von seiner Zeitung auf. »Du musst es wissen, aber du *brauchst* nicht zu arbeiten, es reicht für mehr als nur für uns beide. Und wollen wir nicht eine Familie sein?«

Plötzlich beschlich sie ein Gefühl von Enge. »Was hat das damit zu tun? Wir sind natürlich eine Familie, aber meine Arbeit gehört dazu.«

»Denk an den Stress und den Ärger. Was einem im Job alles passieren kann: Intrigen, Anfeindungen, ungerechte Behandlung, ohne dass man jemals erfährt, warum …«

Vollkommen entspannt faltete er die Abendzeitung zusammen, während sie ihn erschrocken anstarrte.

*

Wie ein Idiot hatte er sich verhalten. Wie viele Krimis hatte er gelesen und verlegt? – Und dann stellte er sich dermaßen dämlich an, als ob er es geradezu darauf abgesehen hätte, den Verdacht auf sich zu lenken. So schnell würde er diese Lady nicht los. Noch hatte sie ja die Schiffsleitung nicht informiert, angeblich war »Sorge« der Grund für ihre Schnüffelei. Doch Holk vermutete eher, dass sie es nur einfach nicht ertragen konnte, wenn ein anderer versuchte, an ihrer Süßigkeit zu lecken. Er musste sich etwas einfallen lassen …

Reichlich zerknittert erschien plötzlich Winnie auf der Bildfläche, umschwebt von einer Duftmischung aus Erbrochenem und ihrer Beauty-Creme. Sie ließ sich in den Sessel ihm gegenüber fallen, den kurz vorher noch die Lady eingenommen hatte. Er scheute sich, seiner Frau direkt in die Augen zu sehen. Gestern Abend musste sie völlig ausgetickt sein. Er wollte sie fragen …

»Die Wände sind dünn, mein Lieber. Gib dir erst gar keine

Mühe, es abzustreiten … Vergreift sich am Personal wie in alten Zeiten, als Opa das Zimmermädchen nötigte.« Winnie war ganz in ihrem Element. »Vermutlich mit den üblichen Rechtfertigungen: Der Mann wird nun einmal von Zeit zu Zeit Opfer seiner Naturgeilheit … Man kann seinen Trieb nicht unterdrücken, ohne verrückt zu werden … Etwas in der Richtung, oder?«

»Nicht unbedingt«, unterbrach er ihre Tirade, »Vielleicht hat der Junge in mir auch …«

»Ach ja, die hätte ich beinahe vergessen: die verschütteten, ehrlichen Gefühle …«, sie genoss es sichtlich, dieses Schmierentheater. »*Wahre* Liebe ist wieder in ihm entflammt. *Nie* hätte er erwartet, dass ihm das noch einmal passieren könnte …«

»Dein Zynismus ist ekelhaft!«

»Dabei wollte ich dir etwas Wichtiges verkünden«, klang sie auf einmal wie ausgenüchtert. »Seit gestern ist nämlich in mir eine Überzeugung gereift: Das einzige Heilmittel ist die Wahrheit, auch wenn sie zynisch klingt. Das meine ich verdammt ehrlich. Darauf könnte ich einen Whiskey vertragen.«

Er sah sie mit großen Augen an. »Winnie, meinst du nicht …«

»Ich bleibe hier sitzen und trinke, bis du mir erzählt hast, was hier vorgefallen ist. Und dann kannst du von mir hören, was es von meiner Seite noch zum Fall unserer Tochter zu sagen gibt. Und das wird dich interessieren …«

Dieses Gefühl totaler Hilf- und Sinnlosigkeit hatte er noch nie so hart geschmeckt wie in diesem Moment. Er setzte sich hinter das Steuer seines Wagens, aber das Chaos in seinem Kopf hinderte ihn daran loszufahren: Verena schaffte an, seine Tochter war eine Straßenhure, daran gab es jetzt nicht den Hauch eines Zweifels. Plötzlich erschütterte ein

Knall seine Hirnschale. Jemand hatte mit der flachen Hand auf die Heckscheibe geschlagen. »Hier ist kein Parkplatz, Mann! Wohl besoffen, oder was?«

Ihm fiel ein, dass er eine Einfahrt blockierte. Er musste hier weg. Gleichzeitig erinnerte er sich an Mathiesens Worte: »Wenn wir nachweisen können, dass sie Drogen nimmt, dann besteht die Möglichkeit einzuschreiten.« Eine letzte Chance. Aber würde Verena nicht immer tiefer in diesen Sumpf abgleiten, wenn er ihr den Unterhalt komplett verweigerte? Wahrscheinlich steckte dieser Steffen, ihr Freund, dahinter. *Er* schickte sie auf den Strich, weil ihr Geld für beide nicht reichte.

Er startete den Motor, fuhr über die nächste Kreuzung immer weiter in die Außenbezirke ohne bestimmtes Ziel, während der Straßenverkehr ihn zunehmend überforderte. Seine Hände begannen zu schwitzen und wurden unzuverlässig. Ein roter Ford machte rechts eine Parklücke frei. Ohne zu blinken, scherte er aus, und mit einem Ruck kam der Wagen zum Stehen. Holk stieg aus, bewegte sich auf dem Trottoir nahe den Fassaden entlang, als rechnete er jeden Moment damit, sich abstützen zu müssen.

Er kannte die Gegend, doch es war Jahre her, als er hier verkehrte. Auf den ersten Blick hatte sich kaum etwas verändert. Auch das »Johnny's« gab es noch, mit der rot glänzenden Korbmarkise über dem Kellereingang. In seiner Erinnerung hatte es einen Hauch von Chic gehabt. Jetzt, wo er wieder davor stand, kam es ihm eher wie eine schäbige Höhle vor, gerade gut genug, um sich darin zu verkriechen.

»Du bist früh, später ist mehr los.« Offenbar war es hier immer noch üblich, alle Gäste zu duzen. »Was darf es sein?«

Holk bestellte ein Alt. In der Automatenecke stand jemand mit dem Rücken zu ihm und bediente einen der

Flimmerkästen, während Connie Francis »Schöner fremder Mann« trällerte. Der Geruch nach kaltem Zigarettenrauch und schalem Bier, den der Raum ausdünstete, wirkte beruhigend auf ihn. Es schien der einzige Ort zu sein, an dem er es jetzt aushalten konnte.

»Sascha, dein Pils«, sagte der Wirt und meinte den jungen Mann am Automaten. Der kam herüber an den Tresen und setzte sich ganz entspannt neben ihn. »Hi«, sagte er mit diesem verführerisch unverbrauchten Lächeln …

*

Der Fahrtwind drang durch die offene Balkontür bis an sein Bett. Guntram wusste, was es bedeutete: Sie waren auf dem Weg nach Stavanger. Die innere Unruhe, die er bisher so gut wie möglich unterdrückt hatte, stieg in ihm auf. Ihn packte die Furcht, dass er es nicht erleben könnte, diesen Ort noch einmal zu sehen, auch wenn er nur Schmerzen für ihn bereithielt. Er versuchte, das Bild des Hafens zurückzurufen, und stellte fest, dass davon nur noch Bruchstücke in seinem Kopf existierten. Diese Eindrücke waren wie alte Fotos: verblasst, schemenhaft, gefesselte Augenblicke einer überkommenen Zeit …

Am meisten quälte ihn die Frage, ob das Bauernhaus noch stand. Vielleicht hatten sie es längst abgerissen für eines dieser mehrstöckigen Appartementhäuser. Irgendwann hatte er gehört oder gelesen, dass Stavanger eine reiche Stadt geworden sei durch den Ölboom in den 60ern und 70ern. Er erinnerte sich auch an die Kirche auf dem Hügel, nur ein paar Schritte vom Hafen entfernt. Ein Dom war es sogar, nicht zu vergleichen mit dem Kölner Dom, ein einfacher Dom, aber ausreichend für die Fischer und ihre Familien – »Hilde?«

Sie antwortete nicht. Eigenartig, sonst ließ sie ihn nicht

aus den Augen. Er rief noch einmal nach ihr, vielleicht war sie im Liegestuhl eingeschlafen. Doch da öffnete sich die Kabinentür. Hilde erschien zusammen mit Alex und Mäxchen. Der Kleine stürmte an sein Bett. »Im Meer sind Wale und Tiefseehaie«, verkündete er mit großen Augen. »Die haben unglaublich große Zähne.«

»Wirklich?«, staunte Guntram. Er wusste ja, dass Mäxchen es liebte, wenn er sich von seiner Begeisterung anstecken ließ.

Stavanger, Juni 1944

Mutter war gestorben und Guntram bekam Heimaturlaub. Er hatte sich vor allem auf Jupp gefreut, doch sein älterer Bruder lag schwer verwundet im Lazarett und konnte nicht zur Beerdigung kommen. Zu Hause war alles knapp geworden, Essen nur mit Lebensmittelmarken. Im Mai hatten die Alliierten einen Angriff auf Cronenberg geflogen. Alle waren voll Angst, dass es auch Elberfeld und Barmen wieder treffen könnte. Es ging dem Ende zu, alle spürten es, hofften es, niemand fragte mehr nach dem Endsieg, nur Ruhe sollte sein, endlich Ruhe …

Auch in seinem Elternhaus am Wupperfelder Markt bekam er Tone nicht aus dem Kopf. Über zwei Monate war es jetzt her, dass sie plötzlich verschwunden war. Kamerad Rüdi hatte ihm geraten, sie zu vergessen. »Du wirst sie nie mehr wiedersehen, glaub mir. Mach es dir nicht unnötig schwer. Wenn das alles vorbei ist und wir wieder von vorn anfangen müssen, wird es schwer genug.«

Sie brachten Mutter unter die Erde, standen mit gesenkten Häuptern am Grab. Beide Eltern hatten es überstanden. Danach gab es einen Umtrunk im Kreis der Familie. Ein Vetter aus dem Bergischen hatte Schnaps mitgebracht. Mutter war Kölnerin und immer gesellig gewesen, sie hätte es so gewollt.

Am nächsten Morgen lag Greta in Tränen neben ihm im Bett. »Was ist?«, fragte er, doch er ahnte es. Er war nicht in der Lage, sie glücklich zu machen. Er konnte ihr nicht die Leidenschaft geben, die zur wirklichen Liebe gehörte. Mehr als ehrliche Zuneigung fühlte er nicht für sie, und das bliebe so, auch wenn er Tone nie wiedersehen würde.

»Ich war bei Dr. Hingsen«, schluchzte sie.

»Bist du krank?« Greta war doch die Einzige, die keine dunklen Ringe unter den Augen hatte.

»Ich habe ihm gesagt, er soll mich untersuchen, weil … du weißt schon …«

»Nein …« Er wusste es wirklich nicht.

»Weil ich noch nicht schwanger bin …«

»Ach so … Mach dir keine Sorgen, Liebes«, sagte er und drückte ihre Hand. »Wir warten, bis alles vorbei ist. Dann ist immer noch Zeit …«

»Aber ich wollte wissen, ob alles in Ordnung ist, und der Doktor hat gesagt, dass …«

Sie rückte ganz nahe an ihn heran, und er legte den Arm um sie, schließlich war sie seine Frau, es war seine Aufgabe, sie zu trösten und zu beschützen.

»Die Untersuchungen haben ergeben, dass ich keine Kinder bekommen kann …« Sie zitterte am ganzen Körper. In diesem Augenblick tat sie ihm leid. Er hatte Tränen in den Augen.

»Wirst du mich jetzt verlassen?«

Die Stille lag unerträglich auf dem schmucken kleinen Schlafzimmer, das sie sich zu ihrer Hochzeit angeschafft hatten. »Nein, Greta«, antwortete er mit fester Stimme, was ihn selbst überraschte. Es war ehrlich gemeint, er hatte an ihr etwas gutzumachen. Er hatte es gesagt, weil er Greta respektierte.

*

»Ein Untergang kann auch prächtig sein«, dachte Jürgen, die Sonne machte es jeden Abend in einer neuen Variante vor. Sie saßen am Panoramafenster des Golden Gate mit einem Blick bis zum Horizont. *Er* hatte diesmal das Restaurant für das Abendessen ausgesucht. Es sollte ein letztes unbeschwertes Dinner werden, allerdings drehten sich seine Gedanken wieder darum, wie er vorgehen sollte. Schmidt hatte Vertrauen zu ihm, das würde es jedenfalls erleichtern, Jürgen konnte sich ihm nähern, ohne Verdacht zu erregen, um dann überraschend zuzuschlagen …

Der Kellner verbeugte sich und goss in eleganter Manier Rotwein in die dickbauchigen Gläser. Ein Spritzer daneben, dachte Jürgen, und die schneeweiße Tischdecke wäre ruiniert. Er stellte sich die Situation nach der Tat vor. Was würden Jens und Kerstin, seine beiden Kinder, von ihrem Vater denken? Es wunderte ihn selbst, dass er sich diese Frage nicht bereits früher gestellt hatte. Wahrscheinlich lag es daran, dass er erst seit dem Nachmittag überzeugt war, dass es passieren musste.

Jens, *sein* Jens, der Sportler und Frauenschwarm werden sollte, stattdessen jedoch ein übergewichtiger Verkäufer in einem Schweriner Baumarkt geworden war. Seine Kerstin, die davon geträumt hatte, als Lehrerin vor der Klasse zu stehen, jetzt drei Kinder von einem Italiener hatte und dessen Restaurant in Erfurt führte. Auch für sie war es anders gekommen, sie hatten sich arrangieren müssen. Ob sie verstehen würden, dass er nur wegen der Gerechtigkeit den Rest seines Lebens ruinieren wollte? – Zugegeben, er war nicht frei von Rachegefühlen. Aber Rache schloss Gerechtigkeit nicht aus. Sie hatten ihn gebrochen, ja, es war versuchter Mord auf Raten gewesen. Und Schmidt musste als Überlebender dieser Verbrecherbande für das, was sie ihm und all den anderen angetan hatten, bestraft werden – mit der Höchststrafe!

»Mach doch nicht so ein verbiestertes Gesicht«, versuchte Jutta ihn aufzuheitern. Der Kellner brachte frisches Baguette, in ovale Scheiben geschnitten, und dazu ein zierliches Steingutgefäß mit gewürzter Butter …

Besonders wenn er an Jutta dachte, schnürte es ihm die Brust zu. Er würde sie tief enttäuschen. Und sie konnte sich wirklich nichts vorwerfen, sie hatte alles versucht, ihn von seinen Gedanken abzubringen. Sie war die Seele seines Lebens, eine gute Frau und gute Mutter. Er gab sich Mühe und lächelte, sein eindringlicher Blick sollte ihr zeigen, dass er sie liebe, nur sie geliebt habe all die Jahre. Und dass es ihm von Herzen leidtäte, dieses *eine* Mal nicht auf sie hören zu können …

Nach dem zweiten Stasiverhör erzählte er Jutta alles. Er war überrascht, wie gelassen sie es hinnahm, als hätte sie es geahnt. »Wir müssen da durch«, sagte sie zu ihm, »und dürfen ab jetzt nicht weiter auffallen.« Er fühlte sich schuldig, er hatte es zu weit getrieben mit seiner Ehrlichkeit und alles falsch gemacht …

Seine Arbeit im Lager ging weiter. Brigadeleiter Feldmann klopfte ihm gelegentlich auf die Schulter mit den Worten: »Sieh es ein, Genosse, einer muss die Arbeit schließlich machen.« Die Kollegen tuschelten hinter vorgehaltener Hand, wenn sich ihre Wege kreuzten. Er mied die Kantine, verzehrte sein Mittagsbrot allein im Lager zwischen den halb leeren Regalen. Auch sein Kumpel Andi samt Familie ließ sich nicht mehr blicken. Dabei hatten sich Andis Kinder mit ihren beiden immer so gut verstanden.

Als Jutta und er an einem freien Nachmittag durch die Schweriner Altstadt bummelten, blieben sie vor einem der Geschäfte stehen. »Ob sie das Kleid in meiner Größe noch haben?«, fragte Jutta und war schon im Laden verschwunden. Die Sonne schien, es war ein angenehmer Tag. Wieder ging die Ladentür auf, und ein Mann mit einem Paket unter dem Arm trat heraus, die Verkäuferin begleitete ihn bis zum Treppenabsatz und überschlug sich vor Freundlichkeit. »Bitte grüßen Sie Ihre Gattin von mir, Herr Schmidt, ich würde mich freuen, Sie bald wieder hier zu sehen ...«

Jürgen hob den Kopf, begegnete kurz dem Blick des Mannes, den er nicht kannte. Doch da zuckte es um dessen Mund, und dieses Zucken sagte ihm etwas. Es gehörte zu dem Mann hinter dem Schreibtisch, der gedroht hatte, seine Menschlichkeit zu vergessen, wenn *er*, Jürgen, nicht endlich damit aufhören würde, dem Ruf des Kombinats zu schaden. Seine Menschlichkeit ... *Schmidt* hieß er also. Anscheinend hatte Schmidt auch ihn erkannt, denn für eine Sekunde stutzte er, bevor er sich – das Paket unter dem Arm – mit schnellen Schritten entfernte.

»Sei froh, dass sie dich nicht länger dabehalten haben und dass dir nichts passiert ist«, hatte Jutta gesagt. Man hörte immer wieder, dass Leute nicht mehr lebend aus einem Stasi-Gefängnis herauskamen oder im Verhör verprügelt worden waren. »Jemand muss dich beschützt haben. Und ab jetzt hältst du den Mund, versprochen?« Er hatte es ihr versprochen. Schließlich durfte er nicht die Zukunft seiner Kinder gefährden. Aber das Geld war knapp, Jutta musste im Amt arbeiten, damit sie sich wenigstens Kleinigkeiten leisten konnten.

Nach über fünf Jahren, Jens und Kerstin waren längst in der Oberschule, wurde eine Stelle in der Produktion frei, durch Zufall hatte er davon erfahren. Er sprach mit Feldmann und bewarb sich, doch ein anderer wurde genommen. »Tut mir leid, Genosse, dass es für Sie noch nicht geklappt hat. Aber ehrlicher und unermüdlicher Einsatz für die sozialistische Sache wird sich auch für Sie eines Tages auszahlen.«

Das hieß, dass sein Zug für immer abgefahren war. Er bewarb sich in anderen Städten bei anderen Kombinaten, erhielt jedoch nur Absagen. Er konnte sich denken, wie das vor sich ging. Ein Blick in die Personalakte, und sie wussten Bescheid. Dieser Schmidt hatte sicher für die entsprechenden Vermerke gesorgt, dass ihm nur die Wahl zwischen dem Spießrutenlaufen im VEB oder dem Strick unten im Keller des Lagers bleiben sollte.

20

Seit ihrer Begegnung mit diesem verdächtigen Herrn Sonntag war die Zeit ohne eine neue Idee verstrichen, die Margo auf Joans Spur gebracht hätte. Bis zum Abend hatten George und sie auf dem Sonnendeck in ihren Liegestühlen oder in einer der luftigen Bars mit Aussicht verbracht. Allerdings konnte sie kaum etwas genießen, Joan war in Gefahr, sie spürte das mit allen Fasern. Nach dem Dinner hatte sie die Wahl zwischen Kabarett auf der kleinen Bühne und einer Musical-Show mit dem ganzen Ensemble auf der großen. Am Ende hatten sie sich wieder für den Dancing Club entschieden.

»Oh, bitte verzeihen Sie, George.« Die Entschuldigung war überfällig, nachdem sie ihm das dritte Mal auf den Fuß gestiegen war, während er sie so elegant und umsichtig über die Tanzfläche schob. Aber ihre Gedanken drehten sich nun einmal um etwas anderes als die Entwicklung von Stavanger vom kleinen Fischerort bis zu einer der reichsten Städte Norwegens, auch wenn die bemerkenswert war und George viele interessante Details dazu wusste.

»Wenn wir zum *Du* übergehen könnten, würde ich es als adäquate Entschädigung betrachten«, erwiderte er schlagfertig, ohne sie dabei anzusehen. Es war ein Wink, nicht mehr und nicht weniger, denn er war zu feinfühlig, um sie zu drängen.

»Ich werde es mir überlegen, George. Wenn ich jemanden duzen wollte, dann sicher Sie.« Und obwohl er sein eigenes Mysterium ihr gegenüber immer noch nicht aufgeklärt hatte, legte sie den Kopf an seine Schulter, er sollte es als das größte Kompliment verstehen, das sie einem Mann in dieser Phase ihres Lebens machen konnte.

»Sie denken wieder an diesen Joan, stimmt's?«

Sie hatte George von dem Gespräch mit Sonntag erzählt, jedoch nur erwähnt, dass er der letzte Gast war, der Joan gesehen hatte, bevor er abtauchte. Die delikate Angelegenheit hatte sie verschwiegen und erst recht, wie sie vorgegangen war. Höchstwahrscheinlich hatte sie einiges riskiert, das juristische Konsequenzen haben könnte, und sie hatte nicht die mindeste Lust darauf, dass George sie ihr unter die Nase rieb. Natürlich war es unfair, an eine fremde Tür zu klopfen und jemanden, ohne ihn zu kennen, so zu brüskieren, wie sie es getan hatte. Aber wenn es um Leben und Tod ging? – Im Hinausgehen hatte sie auf einem der druckfrischen Buchdeckel gelesen: »Kaleidoskop Verlag, Holk Sonntag.« Er war also Verleger. Auch wenn Schwulsein heute eigentlich kein Thema mehr war, bei sexueller Belästigung hörte die Toleranz auf, und sein Ruf stünde auf dem Spiel. Es würde ihr also nichts anderes übrig bleiben, als ein weiteres Mal unfair zu sein …

Armin hatte ihr mit seinen Bemerkungen die Hausarbeit restlos verleidet. Es war keinesfalls so, dass sie sich dem Kampf im Berufsleben nicht mehr gewachsen fühlte und Schonzeit brauchte. Außerdem, wieso kam er jetzt damit? Vor ihrer Hochzeit hatte er sich keine Sorgen darüber gemacht oder sich daran gestört, dass sie einen Job hatte, nicht einmal dass sie für Korte arbeitete, seinen beruflichen Intimfeind.

Die nächsten Abende schwiegen sie viel, bis Armin nach einem gelungenen Abendessen und zwei Grappa sagte: »Natürlich kannst du weiter deinen Job machen. Ich wollte dich nicht bevormunden, mein Schatz. Ich dachte nur …«

Wenigstens hatte er es eingesehen. Vielleicht war sie auch zu empfindlich gewesen, denn bisher blieb weiter ungeklärt, welche Gründe hinter Kortes veränderter Haltung ihr gegenüber steckten.

Als zwei Wochen später der erste interessante Vorstellungstermin in der Post lag, atmete sie auf. Der Chef der Ullrichsen AG, ein alteingesessenes Hildesheimer Unternehmen, suchte eine Sekretärin für sein Vorzimmer. Allerdings trauerte sie Korte und dem Rathaus hinterher, fragte sich, ob sie nicht zu früh aufgegeben habe, die Sache auszuräumen. Doch dann kam der Termin mit Ullrichsen, der sie hofierte und alles versuchte, sie für seinen Betrieb zu gewinnen.

»Ich glaube, ich werde es machen«, sagte sie abends zu Armin.

Er hatte ihr ruhig zugehört, sah ihr fest in die Augen. Dann nahm er einen Schluck von dem Pinot grigio, »Bestimmt werde ich nie wieder so gutes Essen bekommen wie in den letzten vier Wochen«, sagte er mit Vorwurf in der Stimme. Aber hinter dem Lächeln, das jetzt sein Gesicht entspannte, steckte der Schalk, es war wieder *der* Armin, den sie liebte.

Zwei Tage später gegen Mittag, sie war gerade zurück vom Shopping und konnte sich nicht genug über die ergatterte Bluse von Versace freuen, schellte es an der Haustür. In letzter Zeit kam die Post so spät, sie drückte auf. Es klopfte an der Wohnungstür. Als sie öffnete, stand ihr eine fremde Frau gegenüber. »Ich bin Carmen«, sagte sie, während ihre Augenlider nervös flatterten. »Armins zweite Frau.«

*

Anfangs war es Holk leichter gefallen als gedacht, Winnie den Vorfall mit dem jungen Katalanen zu beichten, zumal ihm mühelos eine entschärfte Version über die Lippen gekommen war. Joan, ein junger Mann, strotzend vor Sinnlichkeit und mediterranem Charme, hatte es geschafft, ihm den Kopf zu verdrehen, und …

Doch dann begann sie wieder mit ihren Spielchen: »Ganz wie ich vermutet habe … du konntest dich nicht dagegen wehren …«

Er versuchte, ihre Zwischenbemerkungen zu überhören und seine Version zu Ende zu bringen: »Bei der zweiten Begegnung hat er geglaubt, dass ich genauso in ihn verliebt bin wie er in mich …«

»Und als du dankend verzichtet hast, ist er vor Wut und gekränkter Eitelkeit Hals über Kopf aus der Kabine geflohen?«

»So ungefähr war es …« Er musste zugeben, dass er von dieser Version selbst nicht mehr restlos überzeugt war, aber …

»Ein alter schwuler Bock lehnt das Angebot eines jungen attraktiven Mannes ab, mit ihm Sex zu haben?« Sie lachte spitz auf. »Wo hast du denn das gelesen? Ich hätte nicht gedacht, dass wir so schlechte Bücher verlegen …«

»Ich muss mir das nicht anhören, Winnie. Wie komme ich eigentlich dazu …«

»Spiel dich nur nicht auf! Und wo steckt er, dein liebeskranker Jüngling? Du glaubst doch nicht, dass das unter dem Teppich bleibt. Ich wette, dass in Kürze einer von der Reiseleitung vor der Tür steht. Die Angelegenheit wird wie ein Lauffeuer durch die Gänge rasen und erst in Düsseldorf … Ich lasse mir den Verlag nicht restlos kaputt machen, auch wenn er dir gehört. Ich habe mich über 20 Jahre dafür krummgelegt …«

Es war nicht anders zu erwarten gewesen, sie flippte aus, hatte Schaum vor dem Mund wie ein tollwütiges Tier. Er ließ sie toben. Dabei war sie von ihrer Empörung so abgelenkt, dass er ihr keine weiteren Eingeständnisse mehr machen musste, auch nicht, dass dabei Blut geflossen war. – Irgendwann hatte ihre Kraft nachgelassen, und er hatte den Schlussstrich mit der banalen Bemerkung gezogen, dass das Vorgefallene nun einmal nicht zu ändern sei, und er wisse nicht, wo sich Joan jetzt aufhalten würde …

0.23 Uhr. Er konnte die Zeiger auf seiner Armbanduhr kaum erkennen. Das Licht aus seinem Schlafzimmer drang kaum auf den Balkon, wo er immer noch saß, obwohl es längst zu kühl geworden war. Er kaute an seinem vorletzten Zigarillo, während die Nachtluft in dumpfen Rhythmen vibrierte. Vom Aussichtsdeck drang immer noch Musik herüber.

Winnie hatte den Rest des Tages verschlafen – ohnehin gab es nur die nackte, platte Nordsee zu bestaunen – und war nach einem Abendsnack gleich wieder ins Bett gegangen. Er hatte ein paar Happen zu essen und zwei Flaschen Rotwein auf die Suite bestellt, was sich als gar nicht so einfach erwiesen hatte. Die Mahlzeiten würden ausschließlich in den Restaurants serviert, nur in bestimmten Fällen könnten Ausnahmen gemacht werden. Er hatte es mit Winnies angespanntem Zustand nach dem Unfall erklärt.

Nachdem er den Rotwein ausgetrunken hatte, war er nicht zu Whiskey übergegangen, sondern hatte sich an Mineralwasser gehalten. Morgen stand Stavanger auf dem Programm, er wollte an Land gehen und sich dabei einigermaßen ausgenüchtert fühlen. Angeblich hatte die Stadt Charakter. War das nicht von Winnie gekommen? Ihm fiel ein, dass sie ihm ihre neuesten Einsichten zum »Fall ihrer gemeinsamen Tochter« verraten wollte. Er war nicht mehr darauf zurückgekommen. Was sollte es sein, das er noch nicht wusste?

Nach dem Schock, seiner Tochter als Straßenhure begegnet zu sein, war er tagelang wie paralysiert. Er brachte gerade einmal die Kraft auf, es endlich Winnie zu erzählen, die – während er in Tränen ausbrach – erstaunlich gefasst wirkte. Er sprach noch einmal mit Mathiesen, der außer seiner bekannten Strategie, Verenas monatliche Bezüge zu kürzen oder ganz auszusetzen, keinen alternativen Plan anzubieten hatte. Anfangs zog er Mathiesens Vorschlag in Erwägung, doch er brachte die Härte nicht auf, seine Tochter ohne einen Cent sitzen zu lassen. Zwei weitere Male fuhr er zum Straßenstrich, aber Verena ließ sich nicht mehr blicken. Er spannte wieder die Detektei ein, die ihm schon einmal geholfen hatte und nach kurzer Zeit ihre Wohnadresse in einer WG in Derendorf herausfand. Nachdem er dort mehrfach von einer Männerstimme durch die knisternde Sprechanlage abgefertigt worden war, stellte er sich unter ein Fenster der Wohnung und rief – gegen energischen Protest der Nachbarn – lautstark nach oben, was sie ohnehin schon wusste: Dass er nur mit ihr reden, ihr nur helfen und endlich wissen wolle, was er falsch gemacht habe. Erfolglos. Er bekam sie nicht einmal zu Gesicht.

Als Antwort lag wenige Tage später ein Brief mit unleserlicher Unterschrift auf seinem Schreibtisch. Er solle Verena in Ruhe lassen, sonst würde eine gerichtliche Verfügung erwirkt, die ihm untersage, sich ihr zu nähern. Und wenn er sich nicht daran hielt, könne es für ihn sehr unangenehm werden ...

Er zeigte Winnie den Brief. Von da an hatte er das Gefühl, dass sie ihm die Schuld für alles gab. Sie machte ihm keine direkten Vorhaltungen, aber dieses Schweigen und dass sie ihm nicht mehr in die Augen sah, die fast schon frechen Bemerkungen vor den Mitarbeitern, als es im Verlag Probleme gab, weil die Umsatzkurve bereits im zweiten Jahr steil nach unten verlief. Er war überfordert, und sie ließ es ihn spüren.

Als er wieder einmal einen wichtigen Besprechungstermin vorschützte, um sich mit Sascha zu treffen, sagte Winnie: »Wenn dir deine Liebhaber wenigstens zu mehr Inspiration verhelfen würden.« Sie nahm sich zu viel heraus, dachte er, verzichtete jedoch auf eine Erwiderung.

*

Das Zwielicht der Schreibtischlampe verwischte die Umrisse der Gegenstände im Raum. Es war tiefe Nacht, nur das leise Surren der Klimaanlage drang an sein rechtes Ohr, das noch einigermaßen seinen Dienst versah, als sich aus dem diffusen Hintergrund ein Schatten löste und sich seinem Bett näherte. Guntram fragte sich nicht, wer es sein könnte, er hatte ihn längst erwartet.

»Ich bin es, Papa.«

»Ich weiß«, antwortete er. »Es freut mich, dass du gekommen bist. Immer war ich zu beschäftigt, wenn *du* einmal etwas von mir wolltest, jetzt habe ich endlich Zeit. Setz dich zu mir!«

Aber der Schatten blieb, wo er war.

»Du hast viele gute Gründe, dich zu beklagen: Ich war kein guter Vater, vielleicht bin ich sogar dein *Mörder*. Ich hätte dich nicht drängen sollen, in den Betrieb einzusteigen, hätte besser auf deinen Lehrer gehört: ›Der Junge hat mehr drauf‹, hat Pelzer damals in der Elternsprechstunde zu mir gesagt. ›Geben Sie ihm die Chance und lassen Sie ihn studieren.‹ Aber ich habe nur meinen Standpunkt gelten lassen, und obwohl es am Geld nicht fehlte, habe ich dich aus Egoismus zur Lehre gezwungen …«

»Du konntest nicht anders: Der Betrieb sollte doch in der Familie bleiben. Ich war dein einziges Kind, und du hattest alles in das Geschäft gelegt. Und wo wären jetzt Alex und Hilde? – Ich bin gern für meine Kinder gestorben …«

»Nein, Alfred, es war ein unverzeihlicher Fehler. Und als wir die Filialen in Köln eröffnet haben und du die erste Herzattacke bekamst, hätte ich dich mindestens ein halbes Jahr in Urlaub schicken müssen, auf die Kanaren oder sonst wohin …«

»Ich nehme es dir nicht übel, Papa. Nach dem Krieg wolltest du nie mehr am Boden liegen. Du hast gearbeitet wie ein Stier, angetrieben von der blanken Angst, noch einmal vor dem Nichts zu stehen wie damals …«

»Aber ich hätte mehr auf Greta und dich achten sollen. Mir stand es nicht zu, auch euer Leben für den Profit zu verschleißen, wie ich es mit meinem gemacht habe. Dazu hatte ich kein Recht …«

»Es gibt nur *eine* Sache, die ich dir nicht verzeihen kann …«

»Ich weiß«, sagte Guntram, »lass mich versuchen, es dir zu erklären …«

Aber der Schatten war plötzlich verschwunden. In das gleichmäßige Schnurren der Klimaanlage mischte sich ein Schluchzen, sein eigenes. Er hatte Alfred nie darüber aufgeklärt, wer seine leibliche Mutter war …

Stavanger 1944

Mit Rüdis Hilfe fand Guntram nach einiger Suche heraus, dass Tone tatsächlich in einem der Lebensborn-Heime untergebracht war, wo sie auf ihre Niederkunft wartete. Daraufhin hatte er ihr einen Brief geschrieben und keine Antwort erhalten. Er beschloss, sie unter allen Umständen zu sehen, doch dann ging alles sehr schnell: Überall brachen die deutschen Fronten ein, im Juni die Landung der alliierten Truppen in der Normandie, im August befreiten sie Paris. Er hatte Tone Grüße übermitteln lassen, dass er sich auf ihr gemeinsames Kind freue, er hoffte auf einen Sohn. Und während der Zeitpunkt ihrer endgültigen Trennung immer näher rückte, zählte er die Wochen und Tage und konnte es kaum erwarten, Vater eines Prachtkerls zu werden …

Im November erfuhr er, dass ihm Tone wirklich einen Sohn geboren hatte. Allerdings ging es ihr seither schlecht. Er durfte sie nicht besuchen. Dann überbrachte ihm Rüdi die Nachricht, dass sie es wahrscheinlich nicht überleben würde. Was sollte aus dem Kind werden? Wieder war es Rüdi, der eine Lösung wusste: Es gäbe Lufttransporte von Norwegen in die Heimat, aber dafür müsse man einige Reichsmark lockermachen. Die Fellners hatten immer noch stille Reserven. Guntram konnte das Kind schließlich nicht Tones altem verbittertem Vater oder fremden Leuten überlassen.

Er schrieb Greta, dass sich eine Gelegenheit ergeben habe, ein Kind zu adoptieren, und ob sie einverstanden sei. Er verschwieg ihr allerdings, dass es sich um seinen leiblichen Sohn handelte. Wenn er erst einmal heil aus dem ganzen Schlamassel herausgekommen wäre, blieb immer noch Zeit, es ihr zu erklären …

Drei Wochen vor Weihnachten 44 hielt er zum ersten Mal seinen Sohn in den Armen, hörte seine Stimme, ein ängstliches Quäken, und spürte seine winzigen zitternden Händchen auf seinem glatt rasierten Kinn. Er hatte sich auf einen Helden gefreut, den er Adolf nennen wollte, doch jetzt wusste er, dass alles nur ein hohler Traum gewesen war …

*

Sachte schob sich die »Mythos« an die Kaimauer heran. Ein zaghaftes Morgenlicht lag auf dem Hafen von Stavanger, noch ohne Kraft, die bunten Fassaden zum Leuchten zu bringen. In den meisten der alten Kaufmannshäuser in der ersten Reihe befanden sich Cafés oder Bistros, davor die noch leeren Stuhlreihen. Im Hintergrund überragte eine Kirchturmspitze aus grauem Stein die Altstadt. In kurzem Abstand flog eine Möwe an der Reling von Jürgen Wörners Balkon vorbei und gab einen mechanischen Laut von sich, der an das Knarzen alter Holzdielen erinnerte. Seine Jutta schlief noch, und er beneidete sie um ihren Schlaf.

Am Vormittag hatten sie die große Stavanger-Tour gebucht, eine Busfahrt, die zu verschiedenen Sehenswürdigkeiten über die Stadtgrenze hinaus bis an die Sandküste führte. Jutta freute sich darauf, und er hatte versprochen, sie zu begleiten, doch das hing ganz von Schmidt ab. Er würde sich an dessen Fersen heften, wo immer Schmidt sich auch aufhielt.

Und wenn er auf dem Schiff bliebe, würde er Jutta gegenüber Magenschmerzen vortäuschen. So weit hatte er alles geplant, denn die Zeit rannte, nicht einmal drei Tage standen ihm noch zur Verfügung ...

Als die Wende kam, war er Mitte 40 und hoffte, dass sich endlich auch für ihn die Türen öffnen würden. Aber die Wessis zerschlugen die Kombinate, schlossen die Betriebe, die angeblich unrentabel waren, und räumten bei der Gelegenheit die unliebsame Konkurrenz aus dem Osten gleich mit weg. Die Reihe kam an ihn, und er saß wieder Feldmann gegenüber, der jetzt im Personalvorstand war. »Wir kennen uns seit vielen Jahren«, sagte er zu ihm, »sind sozusagen Weggefährten, lieber Kollege Wörner. Wir haben gemeinsam schwere Zeiten durchgemacht, die wir nie vergessen werden, gerade deshalb fällt es mir schwer, Ihnen mitzuteilen, dass dieser Betrieb harte Entscheidungen treffen muss, um überleben zu können ...«

Der Betrieb sollte überleben, *er* aber nicht? Er protestierte, sei damals von der Stasi an einer Karriere gehindert und bei den Kollegen verunglimpft worden. Und als Dank für die jahrelange Schikane und Demütigung dürfe er jetzt gehen? Wo bliebe da die Gerechtigkeit?

Man hörte ihn noch einmal an, wieder lagen Akten auf dem Tisch. »Ist es nicht eher so, dass Ihr Name wiederholt in Verbindung mit einem Diebstahlskandal genannt wurde?«, fragte jemand aus der Kommission. »Und dass man Sie eigentlich entfernen wollte, Sie dann aber aus solidarischen Gründen im Betrieb hielt, vor allem weil Sie *Fürsprecher* hatten?«

Er konnte nur den Kopf schütteln. Wie sollte er diesem Mann mit unverkennbarem Wessi-Akzent, der keine Ahnung von den damaligen Verhältnissen hatte, erklären, dass er Opfer eines Komplotts geworden und der Fall bis heute nicht geklärt war?

»Wer waren denn diese Fürsprecher?«, fragte er.

Die Antwort blieben sie ihm schuldig.

VOR ANKER IN STAVANGER

21

»Sie wissen, dass ich es …«

»Für vergeudete Zeit halte«, ergänzte Margo. Aber sie konnte nun einmal nicht anders, auch wenn die Aussicht von ihrem Platz im Golden Gate auf das in der Morgensonne schimmernde Stavanger verlockend war. »Ich würde Ihnen mit meiner Unruhe nur das Vergnügen an der Fahrt verderben. So können Sie in vollen Zügen die Gegend genießen und Ihre Fotos inszenieren. Später darf ich mich sicher auf eine entspannende Präsentation mit Ihrem Tablet freuen.«

Sie musste unbedingt noch einmal diesen Verleger zur Rede stellen. Über Nacht hatte sie sogar beschlossen, für den Fall dass sich heute Joans Verschwinden nicht aufklären sollte, die Reiseleitung einzuschalten, auch wenn sie sich damit lächerlich machen würde.

»Vielleicht bleibt am Nachmittag noch etwas Zeit für einen kleinen Altstadtbummel«, versuchte sie, George über die Enttäuschung hinwegzutrösten. In Gedanken war sie jedoch bereits bei der Befragung. Eine lautstarke Auseinandersetzung galt es unbedingt zu vermeiden. Ihr Plan war, sich Eintritt bei Sonntag zu verschaffen, um den Blutfleck in seinem Schlafzimmer anzusprechen, von dem sie durch die Chinesin Kenntnis hatte. Sie nahm sich vor, ihm ihren Mordverdacht ganz unerwartet ins Gesicht zu schleudern. Während er dann haltlos nach Ausflüchten suchen würde, entlockte sie ihm die Wahrheit. Machten das nicht alle ausgekochten Kriminalisten so?

Der Gang zu den Suiten war menschenleer, als Margo ihn

betrat. Nur eine der Türen der zum Schiffsrumpf hin ausgerichteten Personal- und Vorratsräume stand offen. Zwei Asiaten, die damit beschäftigt waren, Rollwagen mit frischer Wäsche und Putzmittel zu bestücken, nickten ihr freundlich zu.

Vor der Suite des Verlegers blieb Margo stehen, zögerte noch, um sich zu sammeln. Was wäre, wenn Sonntag ihr einfach die Türe vor der Nase zuschlug? – In dem Augenblick nahm sie eine Bewegung wahr. Bevor sie sich jedoch umdrehen konnte, traf sie ein Schlag von hinten auf den Kopf, ihre Knie knickten ein, und im Flur ging plötzlich das Licht aus.

Die Überraschung hatte sie zunächst sprachlos gemacht. Aus anerzogener Höflichkeit hatte sie die Frau, die sich ihr als Carmen Sebald – Armins zweite Frau – vorgestellt hatte, in die Wohnung gebeten und ihr Platz und Tee angeboten, der dankend abgelehnt wurde. Auch die für die Jahreszeit zu warme Jacke wollte der Gast nicht ablegen. Erst jetzt kam Margo dazu, sich ihre Vorgängerin näher anzusehen: Das Alter ungefähr Mitte 40, drahtig, unruhige Hände. Von Anfang an hatte diese Person schutzbedürftig auf sie gewirkt. Nur der kräftig schwarze Kajalstrich auf den dünnen Brauen schien ihrem bleichen Gesicht Halt zu geben, während die Pupillen in ihren Augen nervös hin und her zuckten.

Gerade warf die Sonne eine Handvoll Licht auf die Dachterrasse. »Schön wohnen Sie hier«, sagte die Frau und fuhr sich durch die ausgefranste Kurzhaarfrisur. »Vielleicht sollte ich besser gehen … Ich glaube, es war ein Fehler …«

»Sie wollen mir sicher etwas Wichtiges mitteilen«, versuchte Margo, ihren fahrigen Gast zu beruhigen.

»Ja, das wollte ich. Aber jetzt habe ich es mir anders überlegt …« Sie erhob sich entschlossen und hatte ihr bereits den Rücken zugekehrt.

»Bitte bleiben Sie!« Allein, dass diese Carmen angeblich Armins *zweite* Frau war – bisher hatte er nur von einer Vorgängerin gesprochen –, ließ Margo hellhörig werden.

Carmen Sebald zögerte, setzte sich dann wieder in den Sessel, von wo aus sie die Zimmertür im Blick behielt und in merkwürdiger Weise erregt blieb, als würde sie verfolgt und müsste wachsam sein. »Ich will Sie nur warnen. Armin wird Sie zerstören. Am Anfang ist alles schön, dann aber passieren unerklärliche Dinge, und wenn du dahinterkommst, ist es zu spät. Er führt dich mit verbundenen Augen an den Abgrund und lässt dich stehen …«

Margo begann zu bereuen, die Frau aufgehalten zu haben. Sie schien unter neurotischen Störungen zu leiden. Ihr wirres Gerede machte ihr Angst. »Vielen Dank für Ihre Warnung«, erwiderte sie. »Ich werde Ihren Rat beherzigen, möchte Sie aber jetzt bitten …«

Carmen Sebald erhob sich ohne weitere Aufforderung. »Ich wusste, dass es ein Fehler sein würde, sie aufzusuchen. Aber keine Sorge, Sie werden mich nicht wiedersehen … Eine Familie mit Kindern wollte er haben … und auch ich habe mich darauf gefreut. Aber er kann keine Kinder zeugen, er ist unfruchtbar … noch schlimmer: Er hasst Kinder, er hasst ihre natürliche Liebenswürdigkeit und ihre unschuldige Lebensfreude, er hasst alles, was er nicht beherrschen kann …«

»Bitte gehen Sie jetzt!« Armin hatte bestimmt Schwächen, aber …

»Er will Leute einsperren und ihren Willen brechen, das ist es, was ihn glücklich macht. Er will Macht über sie ausüben …«

Ein nicht besonders origineller Thriller, den ihr diese Frau da auftischte, offenbar litt sie auch unter Verfolgungswahn. Wahrscheinlich hatte Armin es mit ihr einfach nicht mehr ausgehalten, und sie versuchte, sich an ihm und seinem neuen Glück zu rächen.

*

Für ein Frühstück im Golden Gate war es schon zu spät gewesen, also hatten sie die Good Morning Bar auf Deck 4 aufgesucht. Beim Anblick der sonnenbeschienenen Flaniermeile am Hafen, wo bereits die ersten Jagdgesellschaften anrückten, ihre Kameras und Tablet-PCs anlegten, um auf unschuldige Motive zu schießen, wurde Holk eindringlich bewusst, dass sie den bisherigen Urlaub, den sie sich eigentlich gar nicht leisten konnten, gründlich in den Sand gesetzt hatten. Ihnen blieben nur noch zwei Tage, davon einer auf See. Was sollte das eigentlich darstellen, was sie bisher inszeniert hatten, jeder für sich? Befreiungsschläge?

Nur wenig hatte gefehlt und Winnie hätte sich wirklich von allem befreit. Der Gedanke erschreckte ihn plötzlich: Was wäre dann aus ihm geworden? Beinahe hätte er sie gefragt, ob sie nicht ihren Frühsport wieder aufnehmen wolle, aber die Gefahr bestand, dass sie es als Angriff auffassen könnte. Und von Krieg hatte er die Schnauze voll, sie lagen ja mittlerweile beide schwer verwundet am Boden.

Am Nachbartisch vergnügte sich ein junges Pärchen bei Lachs-Kanapees und Champagner, schäkerte und küsste sich über den Tisch hinweg und schien mit seinem verzückten, aufgedrehten Verhalten alle Welt auf seine Liebe neidisch machen zu wollen.

»Du hattest natürlich recht«, versuchte er diesmal, der Wahrheit so nahe wie möglich zu kommen. »Ich habe geglaubt ... ich habe gedacht ...«

»Du musst es mir nicht erklären, ich weiß nicht, ob es mich überhaupt noch interessiert ...«, reagierte Winnie über-

raschend entspannt und ohne jede Genugtuung, dass er endlich mit der Sprache herausrückte.

Und plötzlich kam es ihm wie von selbst über die Lippen: Er habe die Situation falsch eingeschätzt, worauf der
junge Adonis mit dem romantischen Namen Joan im Affekt
zuschlug, als er ihn küssen wollte. Anschließend sei Joan
entsetzt aus der Kabine gestürzt und habe ihn mit bluten-
der Nase im Schlafzimmer stehen lassen.

Er sah in Winnies müde, triefende Hundeaugen. »Na
und?«, erwiderte sie.

Am liebsten hätte er schallend gelacht, aber sie blieb unbewegt.

»So weit zu deinem Teil der Abmachung, der war der leich-
tere.« Sie führte ihre Kaffeetasse zum Mund, nahm einen
Schluck und räusperte sich. Als hätten die beiden am Nachbartisch begriffen, dass sie jetzt überflüssig waren, beende-
ten sie ihre Liebesvorstellung und machten die Bühne frei.

Doch Winnie fand keinen Anfang. Seine sonst so schlag-
fertige Frau suchte nach Worten. Das Thema schien sie immer
noch aufzuwühlen, obwohl sie beide schon unzählige Male
versucht hatten herauszufinden, warum Verena aus der Spur
geraten war. Meistens hatte es nur in wüsten Anschuldigun-
gen geendet.

»Ungefähr drei Wochen vor Verenas Auftritt im Wohnzimmer«, begann sie endlich, »hattest du wieder einen deiner *Geschäftstermine*. Ich saß im Wohnzimmer, als sie gut
gelaunt von ihrer Freundin Miriam zurückkam. Sie gab mir
einen flüchtigen Kuss und fragte, ob es ihrer Zaubermami
gut gehe. Ihrer *Zaubermami* – als wärst nicht du ihre ewige
Nummer eins gewesen, als bekäme ich noch eine gnädige
Chance. An dem Abend ist mir der Kragen geplatzt …« Sie
sagte das ernüchtert, aber nicht ganz ohne Sarkasmus, etwa
wie jemand, der über seinen Krebs sprach, nachdem er den

Kampf aufgegeben und sich anscheinend mit dem Unvermeidlichen abgefunden hatte. »Ich saß trostlos zu Hause, während mein Mann sich mit Liebhabern vergnügte, und meine Tochter machte sich obendrein über mich lustig … Da habe ich es ihr erzählt, sagen wir aus Wut, aus Eifersucht, aus Verzweiflung. Nenn es, wie du willst! Ich habe ihr erzählt, dass ihr Vater homosexuell ist, dass er Männer liebt und sich regelmäßig mit ihnen trifft …«

»Irgendwann hätte sie es ohnehin herausgefunden und sie war alt genug, um es zu verstehen.« Höchste Zeit, dass auch Winnie Schuld auf sich nahm. Aber wem nützte es, immer neue, sinnlose Selbstbezichtigungen zu finden?

»Natürlich, aber das ist nicht alles … Verena war erstaunt, aber sie war nicht *entsetzt*, so wie ich sie haben wollte, sie sollte *schockiert* sein, *verstört* …«

»Winnie, warum machst du dich jetzt so fertig? Es ist Vergangenheit …«

Sie prallte an seinem Blick ab und starrte endlos aus dem Fenster. Ihm wurde wieder bewusst, was er an Winnie stets geschätzt hatte: ihren verlässlichen und ehrlichen Charakter. Wenn es darauf ankam, hatte sie zu ihm gehalten, im Gegensatz zu ihm, er hatte die Familie ausgeblendet, wenn sie ihm lästig wurde. Seine Hand rutschte über die Tischplatte, aber Winnie ließ nicht zu, dass er die ihre berührte.

»Es sollte ihr wehtun, wie es mir wehgetan hat, und dann habe ich es zu ihr gesagt, ich habe gesagt, dass ihr vergötterter Vater nur sich selbst und seine jungen Bewunderer lieben könne. Alles andere sei gelogen. Eine Frau zu haben und eine Tochter, nur Alibi, um nicht aufzufallen, um nichts zu riskieren, den Erfolg nicht zu gefährden. Überhaupt sei es nur ein Versehen, dass es sie, Verena Sonntag, gebe, mit Liebe habe das nichts zu tun. Die paar Mal Sex mit ihr, seiner Frau, habe er nur als Pflichtübung absolviert …«

»Hör auf, es genügt!«, schrie er und schlug die Hände vors Gesicht. Aber er konnte sich nicht vor den Bildern schützen, Bilder des letzten Abends mit Verena, die auf ihn einstürmten …

Seine Versuche, Verena zurückzugewinnen, waren gescheitert, und nachdem er sie ganz eingestellt hatte, fand er heraus, dass er auch so weiterleben konnte. Auf Malte war Verlass, er würde das Erlebnis am Straßenstrich in sich einschließen und dichthalten, bis sie beide in Rente gingen. Im Verlag grassierte lediglich das Gerücht, dass der Chef Probleme mit seiner Tochter habe. Wer Kinder hatte, konnte sich kaum darüber wundern. Der keifenden Winnie ging er aus dem Weg, traf sich einmal in der Woche mit einem Liebhaber und engagierte sich wieder mehr im Verlegerverband.

Über ein Jahr später – er war auf dem Weg zu einem Date in die Altstadt – meldete sich jemand auf seinem Handy. Er verstand kein Wort von dem unartikulierten Gekrächze und drückte das Gespräch weg. Wenig später meldete sich dieselbe Person, immer noch mit zittriger Stimme, aber er verstand jetzt, was sie sagte: »Ich kann nicht mehr, Papa, bitte hol mich hier raus …«

Es versetzte ihm einen Stoß in den Magen. Offenbar ging es Verena schlecht. Ihr Bild stand ihm vor Augen, als er sie zuletzt in der Klosterstraße angetroffen hatte: verloren, öffentliches Fleisch. Er spürte, dass ihn die Situation überforderte, seine Gefühle, seinen Verstand, sein Verantwortungsgefühl, sein Gewissen … In Sekunden brachte sie es fertig, sein mühsam zusammengeklammertes Leben aufzureißen.

»Wo bist du?« Seine Stimme klang hart, härter als beabsichtigt.

»In der WG. Ich brauche dich jetzt. Bitte komm und hol mich ab …«

Sie bettelte ihn an, doch sie war korrupt. Er wollte nicht wieder der Dumme sein und seinem spontanen Mitleid nachgeben, er konnte ihr nicht mehr trauen. Vielleicht war ihr das Geld ausgegangen und sie brauchte Stoff. Und ihrem Kerl war alles zuzutrauen, auch ihn in eine Falle zu locken, um ihn zu erpressen.

»Ich habe jetzt einen wichtigen Termin«, sagte er. »So lange wirst du wohl noch warten können.«

»Ja, Papa.«

Er hatte eine aggressive Reaktion erwartet, Beschimpfungen, aber ihre Stimme wirkte resigniert und hoffnungslos. Einen Augenblick zögerte er und überlegte, ob er nicht sofort zu ihr fahren sollte. Doch die Demütigung, die er mit ziemlicher Sicherheit zu erwarten hatte, würde den Rest des Abends zerstören. Schließlich hatte auch er das Recht auf ein bisschen Harmonie …

*

Die Sonne schüttete sich aus wie an den schönsten drei Tagen seines Lebens, die er damals mit Tone verbracht hatte. Es war halb elf am Vormittag, Alex und Max nahmen an der Busrundfahrt teil. Guntram konnte sich denken, dass Hilde innerlich fluchte, *ihn* begleiten zu müssen, aber er brauchte sie. Der Weg zu dem alten Bauernhaus, so wie er ihn in Erinnerung hatte, wäre zu beschwerlich und unsicher für ihn allein. Seine elektrische Minna könnte stecken bleiben oder umkippen. Wie sollte er sich dann behelfen?

Stavanger hatte sich verändert, alles war sauber und glänzte, sogar das ehemals schmuddelige Seemannsviertel unweit vom Pier strahlte in reinstem Weiß. Aus dem Gedächtnis hatte er den Weg eingeschlagen, der oberhalb des Viertels aus der Stadt herausführte und zu einer asphaltierten Straße erweitert worden war, die Ränder, früher steinige Wiesen, mit mehrstöckigen Häusern bebaut.

»Wo willst du hin, Opa?«, fragte Hilde ungeduldig, da er sein wahres Ziel bisher verschwiegen hatte.

»Es ist eine uralte Geschichte«, erwiderte er, »vielleicht erzähle ich sie dir …«

Da fiel ihm ein, dass Hilde immer noch nicht verraten hatte, wer ihr Zukünftiger sein würde, und er verspürte Lust auf einen neuen Versuch, sie aus der Reserve zu locken: »Du sagst mir, wer dein Bräutigam ist, und ich verrate dir die uralte Geschichte.«

»Manchmal bist du unausstehlich, Opa«, sagte sie, und er lachte. So gefiel sie ihm. Hilde hatte auch Humor, man musste ihn nur herauskitzeln. Vielleicht war es diesem Mann, den er nicht kannte, gelungen, sie aufzuwecken. Es sollte ihn, ihren alten Großvater, freuen, denn er liebte sie noch mehr, seit er in der Nacht mit Alfred gesprochen hatte. Und sie und Alex sollten wissen, wer ihre wahre Großmutter gewesen war. Heute am Abend, oder wenn er zu erschöpft sein würde, morgen beim Frühstück, würde er ihnen alles erzählen …

Der Hafen lag jetzt unter ihnen, Touristen wimmelten vor den Kaufmannshäusern, im Hintergrund die graue Kirche. Er erinnerte sich matt an dieses Panorama. Reizend, hätte Greta gesagt. Wenn ihr etwas gefiel, hatte sie es immer »reizend« gefunden. Aber die Autos, die an ihnen vorbeifuhren, stanken wie überall auf der Welt. Er zog die Geschwindigkeit etwas an, Hilde neben ihm begann zu schnaufen.

»Die Felsen können nicht mehr weit sein, dann machen wir Pause«, sagte er, während ein Gefühl von Angst in ihm aufstieg. War es nicht falsch, diesen Ort aufzusuchen, sollte er nicht besser nur die schönsten Erinnerungen bewahren? Doch dazu war es zu spät. Nachdem sie die Straßenbiegung genommen hatten, lagen die Felsen vor ihnen, nicht weit entfernt auf der Anhöhe. Wie viele Stunden hatte er dort gewartet und geraucht, um wenigstens einen Schatten von Tone am Fenster zu erhaschen? Aber auch diese Gegend hatte sich verändert. Das Haus war nicht zu sehen. Andere standen davor, und aus den wilden Wiesen waren angelegte Vorgärten geworden.

»Wir müssen nach links«, sagte er zu Hilde und drückte den Knopf an seinem Lenker so fest er konnte. Der Weg war breiter als früher und mit Basaltsplittern befestigt, die unter den Reifen seiner Minna knirschten. Auf diesem Weg waren sie sich das erste Mal begegnet Ende September 43, bei kaltem, nebeligem Wetter. Und er erinnerte sich, dass sie ihn für einen Vergewaltiger hielt, obwohl er ihr doch nur helfen wollte, den Karren wieder flottzukriegen ...

Jetzt konnte er es kaum noch erwarten, er fuhr drauflos, Hilde ächzte. Oben auf der Anhöhe blieb er stehen und wünschte, wieder gesunde Beine zu haben, fliegen wollte er hinunter bis zur Tür und Tone in die Arme schließen ... Ja, es stand immer noch, das alte Bauernhaus, sogar der Stall, wenn auch alles verwittert wirkte im Gegensatz zu den großzügigen, modernen Villen, die sich in der Umgebung breitgemacht hatten. Nur eine kleine Wiese war dem Holzhaus geblieben und zwei Ziegen standen an der Gartentür, hoben die Köpfe, als könnten sie ihn wittern. Möglicherweise war das Anwesen nach wie vor in der Hand von Tones Familie, dachte er ...

Er verspürte jetzt den unwiderstehlichen Wunsch, noch einmal dem Fenster nahe sein, aus dem Tone ihm zugewunken hatte. »Es ist zu steil, Opa«, warnte Hilde, aber er hörte nicht auf sie. »Halt mich fest«, rief er, »dann wird schon nichts passieren!«

Als sie vor dem Gartentor standen und die Ziegen in Erwartung einer Leckerei durch den Drahtzaun züngelten, konnte er die Tränen nicht mehr zurückhalten. Hilde zog das große Taschentuch aus ihrem Mantel und reichte es ihm. Er wollte ihr alles erzählen, aber er war zu überwältigt von den Erinnerungen. Nach einer Weile, als er sich wieder gefasst hatte, drückte er den Knopf und drehte sich auf der Stelle. »Du musst schieben, sonst schaffen wir es nicht zurück«, sagte er. Hilde nickte nur.

Sie hatten sich schon ein Stück vom Haus entfernt, als er in seinem Rücken ein heiseres Hundegebell hörte. Jarle, ja, so hatte Tone ihren alten Haushund gerufen. Jarle: kleiner König. Er war Tones Liebling und schon alt gewesen, Rheuma in den Knochen und die Schnauze fast weiß.

»Hallo?«, rief eine Frauenstimme hinter ihnen her. »Bitte warten!«

Guntram hielt an und saß wie versteinert. Die Schritte näherten sich. »Bist du *Heinz*?«, fragte die weibliche Stimme nur noch halblaut, als ob die Person, die diese Frage stellte, selbst nicht daran glaubte, dass es so sein könnte. Hilde schwieg, sah ihn aber verwundert an. Nur einer wusste, wie er sich Tone gegenüber genannt hatte, aus Scham, aus Angst verraten zu werden. In diesem Moment empfand er wieder die Zerrissenheit der Gefühle, die ihn damals zu der Lüge getrieben hatte, auch die Schuld, dass er Tone seine wahre Identität und Alfred die seiner Mutter verschwiegen hatte. Er drückte den Knopf und drehte den Krankenstuhl wieder dem Haus zu. Auf dem gutmütigen Gesicht der fremden Frau lag Freude, aber auch Überraschung. Wie konnte sie es wissen oder auch nur ahnen? Vielleicht hatte Tone vor ihrem Tod …

»Bitte komm«, sagte sie in akzentfreiem Deutsch. Er fuhr hinter ihr her. Die Schwelle des Hauses war niedriger als in seiner Erinnerung, und er überwand sie mühelos, während der Hund aufgeregt schwänzelnd nebenherlief und die

Minna anscheinend für einen neuen Spielkameraden hielt. Im Haus roch es nach gebratenem Fisch – wie früher. »Hier, bitte, ins Wohnzimmer.«

»Ich warte draußen auf dich«, hörte er Hilde noch sagen. Er war jetzt ganz verwirrt, die Anordnung der Räume im Haus hatte er vergessen. Die Frau klopfte an die Tür eines Zimmers, das zur Straße hinaus liegen musste. Als sie eine kurze unverständliche Antwort von innen erhielt, trat sie beiseite und ließ ihn ein.

Ein flimmerndes Licht blendete ihn, aber er drückte den Knopf und fuhr hinein in diese Ungewissheit. Kurz darauf durchbrach der Schatten der Wände die gleißenden Sonnenstrahlen, und er nahm die Gestalt wahr, die reglos auf dem rapsgelben Plüschsofa im Hintergrund saß, die Hände verschränkt im Schoß ruhend. Eine weißhaarige Frau, das längliche Gesicht von Falten zerrissen in einem bis zum Hals geschlossenen, unauffällig gemusterten dunklen Kleid. Sie schien ein Teil der Sammlung alter Möbel und Erinnerungsstücke zu sein, die sie umgab. Sein Blick fiel auf die Kommode zur Rechten, von der ihn bizarre, aus Wurzeln geschnitzte Holzgesichter angafften.

»Erkennst du sie wieder?«, knarrte die Stimme der Alten unvermittelt, und während sie sprach, kam Leben in ihre Augen. »Die Trollgesichter, die Vater geschnitzt hat? – Du wirst dich vielleicht wundern, warum ich so gut Deutsch spreche, aber meine Pflegerin ist Deutsche, und wir sprechen abwechselnd meine und ihre Sprache.«

»Tone?«, flüsterte er. Sie war es tatsächlich, »Aber du bist doch …«

»Nein, Heinz, ich lebe noch. Ich habe damals erwartet, dass du mich mit unserem Sohn auf der Krankenstation besuchst, aber ihr seid nie erschienen. Du hast ihn mitgenommen, und ich habe nie mehr etwas von euch gehört …«

»Man hat mich nicht zu dir gelassen und gesagt, dass du sterben wirst, und ich wollte nur, dass es Alfred gut geht.«

»Alfred heißt er also?«

»Ja.«

»Wolltest du ihn nicht Adolf nennen?«

Sie wusste es noch. »Ja, aber …«

»Als euer *Reich* zusammengefallen war, hast du einfach einen anderen Namen genommen, und alles war vergessen … Heinz …?«

Er senkte den Kopf. Es war höchste Zeit. »Ich heiße Guntram, Guntram Fellner …«

Doch es schien sie nicht zu beeindrucken. »So? Noch ein anderer Name … Wo ist unser Sohn?«

»Er ist gestorben, Tone, er hatte ein schwaches Herz.«

Nur eine ihrer Hände im Schoß zuckte kurz, das Gesicht blieb unbewegt.

»Aber seine Kinder … zwei Enkel und ein Urenkel, der kleine Max, sie sind auch deine …«

»Ich habe keine Kinder außer diesem Sohn, der tot ist, wie du sagst …« Sie wandte sich von ihm ab, als könnte sie seinen Anblick nicht weiter ertragen.

»Hilde wartet draußen … und Alex … Ich bringe dir deine Enkel. Ich bringe sie hierher, damit du sie sehen kannst, heute noch, denn am Abend fahren wir zurück nach Kiel.«

»Für sie und für mich ist es zu spät, Heinz … Was nützt ihnen eine Großmutter, die nur noch Wochen zu leben hat. Wenn sie sich freuen, dann nur, um kurz darauf an meinem Grab zu trauern. Aber *du* sollst wissen, was unsere Liebe aus dem Rest meines Lebens gemacht hat. Ich habe nicht mehr damit gerechnet, dir davon erzählen zu können …«

Und die alte Frau, die weiterhin unbewegt ihm gegenüber auf dem Sofa saß, begann zu erzählen, während er sein Gewissen zu beruhigen suchte.

»Als der Krieg zu Ende war, ging es mir allmählich besser und ich konnte das Hospital verlassen. Dann wurde Vater krank und hat es nicht überlebt. Ich blieb allein zurück und musste den Hof führen, die Tiere versorgen und auf den Markt gehen. Das alles hätte ich ausgehalten, aber ich gehörte jetzt zu einer bestimmten Sorte Frau: Die Leute grüßten mich nicht mehr, spuckten vor mir aus. Ein Nachbar ohrfeigte mich auf offener Straße, weil sich herumgesprochen hatte, dass ich eine *Tyskerjente* war, eine der Frauen, die es mit deutschen Soldaten getrieben hatten, eine verräterische Hure. Keine Krone war ich mehr wert …« – Einen Augenblick stockte sie, und Guntram meinte, in ihren letzten Worten ein Schluchzen gehört zu haben. Dann hob sie den Kopf. Er spürte, dass sie in ihm den Mann suchte, für den sie das alles ertragen hatte, doch anscheinend konnte sie ihn nicht mehr finden.

Er dachte an *seine* Zeit nach dem Krieg zurück, als er die Familie durchbringen, die Firma aufbauen musste. Tone hatte es für ihn nicht mehr gegeben, tot war sie gewesen wie seine Träume, und beides hatte er versucht, über der Arbeit zu vergessen.

»Dann kam Ove. Er trank zu viel, aber er war stark und fleißig und beschützte mich. Den Hof seiner Eltern hatte der Bruder geerbt, und obwohl Ove nichts mitbrachte und ihm schnell die Hand ausrutschte, habe ich ihn geheiratet. Eine Zeit lang ging es gut, aber ich konnte keine Kinder mehr bekommen, damit war es vorbei. Ove hat es nicht ertragen, er trank mehr und schlug mich härter und – nahm sich eine andere …«

Guntram versuchte, sie zu unterbrechen, um ihr zu sagen, wie leid es ihm tue, doch ihr gnadenloser Blick zwang ihn zu schweigen.

»Ove wollte nicht nur die andere Frau, er wollte auch den

Hof. Und ich hatte Angst, dass er mich totschlagen würde. Wen hätte es gestört, wer hätte nach mir gefragt, nach einer *Tyskerjente*?« Es war jetzt still im Raum wie hinter den dicken Mauern eines Bunkers, nicht einmal das gedämpfte Ticken einer Uhr war zu hören. »Und dann habe ich getan, was ich tun musste …«

Guntram hatte sich nicht mehr umgewandt, nachdem er das alte Bauernhaus verlassen hatte. Aber er würde ruhig sterben können, weil er Tones Schicksal nun teilte und ihr Geheimnis sein Geheimnis war. Am Ende, als ihre Worte versiegten wie die letzten Tropfen in einem vertrocknenden Flussbett, hatte er ein »Es tut mir leid!« geseufzt, wohl wissend, dass es nicht einmal das Blütenblatt einer Rose auf ihrem Sarg bedeutete.

Hilde stöhnte, denn der Weg war steil und sie musste schieben. Als sie die Anhöhe bewältigt hatten, hielt er an, damit sie verschnaufen konnte.

»Wer war die alte Frau?«, fragte sie.

»Eine Bekannte noch aus der Besatzungszeit«, antwortete er und dachte dabei an Tones Worte: »Es ist zu spät …«

*

Er wusste nun, wer Harald Schönhaar gewesen war, und hatte die drei überdimensionalen Schwerter gesehen, die in Hafrsfjord im Felsen steckten als Symbol der Einheit Norwegens. Doch das, was Jürgen sich vorgenommen hatte, wartete immer noch auf seine Erledigung. Nicht weit entfernt von ihrem Tisch saß Schmidt mit rosigen Wangen und gut gelaunt in der Runde seiner Freunde bei Bier und Schnaps. Jürgen konnte es kaum ertragen. Er wollte ihn bleich sehen, mit weit aufgerissenen Augen, wimmernd seine Schuld eingestehend, diesen Misthaufen, einpissen sollte er sich vor Angst, um sein Leben flehen, dieser miese Hund …

»Ich möchte noch einen Wein, Jürgen«, sagte seine Jutta, »und bitte hör auf, mit den Zähnen zu knirschen, es war so schön heute. Wir können glücklich sein, aber du … du machst mir richtig Sorgen.«

Er wollte nicht, dass sie bekümmert war. »Es ist nur, dass ich an alles denken muss, wenn ich nicht in unserem Garten bin, weißt du, mein Schatz.«

»Aber es ist doch alles vorbei, schon so viele Jahre. Jetzt ist die schöne Seite des Lebens dran, wie oft soll ich dir das noch sagen.«

Er erhob sich und steuerte die Getränkeautomaten an, vorbei an den voll besetzten Tischen, an denen unbeschwertes Leben stattfand, wie seine Jutta es sich vorstellte. Das Schiff hatte Stavanger verlassen und befand sich auf offener See, es blieb ihm noch ein Tag. Er befüllte ein langstieliges Glas mit dem fruchtigen Weißwein, der Jutta so gut schmeckte, sich selbst schenkte er ein Bier ein. Das Glück rann aus einem Zapfhahn. Wieder fühlte er die Schwäche in sich aufsteigen, besser seinen Plan aufzugeben und sich zurückzulehnen. Aber darauf warteten sie, diese Brüder, sie rechneten eiskalt mit der Bequemlichkeit und der Feigheit ihrer früheren Opfer, lieber verlogener Frieden als Gerechtigkeit. Warum das alles noch einmal hervorzerren, wenn man leben konnte? Auch die von der Stasi hatten schließlich nur getan, was man von ihnen verlangt hatte, in bestem Wissen und Gewissen für den Sozialismus, sie hatten ihre Schuld eingesehen, man musste auch verzeihen können, Fehler machen alle …

22

Das Raunen in Margos Kopf wurde immer lauter, bis sich ihr Bewusstsein dagegen auflehnte und sie in totaler Finsternis die Augen aufschlug. Stärker noch als die Geräusche war der krasse Schmerz, der sich vom Hinterkopf bis zur Stirn zog. Zunächst konstatierte sie, dass sie auf hartem Boden lag und – nachdem sie die Beule am Hinterkopf abgetastet hatte – dass die Geräusche keine Projektion ihrer bohrenden Kopfschmerzen, sondern real waren und aus nächster Nähe kamen. Anscheinend befand sie sich im stählernen Bauch der »Mythos« nahe dem Maschinenraum. Wie war sie nur hierhin gekommen? Beim Nachdenken drohte ihr der Kopf zu platzen, doch sie brauchte nicht lange, um sich zu besinnen: Vor der Suite des Verlegers Sonntag hatte sie jemand niedergeschlagen, der verhindern wollte, dass sie Joans Verschwinden untersuchte. Das war für sie offensichtlich und der Beweis, dass sie auf der richtigen Spur war. Allerdings lag sie im Augenblick wehr- und orientierungslos in einem Raum ohne Fenster. Es blieb ihr nur die Hoffnung, dass eine innere Stimme ihr sagen würde, was zu tun sei ... Doch bei dem Gedanken erschrak sie. Diese Stimme sollte sie besser nicht anrufen. *Anders* wäre das Schlimmste, was ihr passieren könnte. Auch wurde ihr klar, dass er sich nicht mehr gemeldet hatte, seit ...

Sie schob den Gedanken an ihren Peiniger beiseite. Was würde ein Detektiv in einem solchen Fall tun? Vermutlich sich auf allen vieren in eine Richtung bewegen, bis er an eine Wand stieß, sich dann vorsichtig aufrichten, um sich keine zweite Beule einzufangen, und versuchen, einen Lichtschalter zu ertasten.

So weit hatte ihr das Wissen aus der Kriminalliteratur geholfen. Das grelle Licht, das nach der Betätigung des Schalters ansprang, legte einen Lagerraum mit Regalen frei, bestückt mit allerlei Gerät, Werkzeug, Farbeimer, Pinsel, Besen und Schrubbern in den Ecken, davor ausrangiertes Gestühl und ein ungeordneter Haufen dieser blauen Mehrzweckdecken, die man überall an Bord fand. Margos Lippen brannten, es war heiß in diesem Raum, roch nach Öl und natürlich: Der einzige Zugang, eine dicke Stahltür, war abgeschlossen. Wenn es keine Lüftung gäbe, würde sie hier ersticken. Sie trommelte gegen die Tür und brach sich dabei zwei ihrer Fingernägel ab. Vermutlich umsonst, man würde sie draußen kaum hören, die Schiffsmotoren übertönten jedes andere Geräusch …

Noch gab es keinen Grund zur Verzweiflung, sie setzte sich auf einen der Stühle und blickte nachdenklich auf die kleine intakte Uhr an ihrem linken Handgelenk. Kurz bevor sie das Bewusstsein verloren hatte, war es gegen neun am Morgen gewesen. Jetzt war es halb sieben abends. Die »Mythos« musste längst auf dem Weg nach Kiel sein. Margo hatte sich um halb sechs mit George zum Fotoabend verabredet, sicher machte er sich Sorgen, es konnte nicht anders sein. Aber würde er so weit gehen und ein Suchkommando ins Rollen bringen? Sie hatte ihn oft genug zurechtgestutzt, deshalb war davon auszugehen, dass er eine Initiative zunächst zurückstellen und abwarten würde in der Annahme, dass sie einer heißen Spur nachging. Was ja durchaus zutraf. Hoffentlich zögerte er nicht zu lange!

Ihr Blick wanderte durch den Raum und blieb in einer Ecke an etwas hängen, das sie für Schuhe hielt. Bemerkenswert, dass in den Schuhen noch Beine steckten …

Sie räumte die Stühle aus dem Weg und wühlte sich durch den Haufen blauer Decken. Ein Mann kam zum Vorschein:

Joan! Endlich! Doch er sagte nichts, die Augen geschlossen, nicht einmal ein Stöhnen ließ er vernehmen. Sein Puls war kaum spürbar und die Atmung sehr flach, kein Wunder, wahrscheinlich lag er bereits seit Tagen in diesem abgeschlossenen Raum, ohne Wasser. Er schwebte in Todesgefahr. Sie trommelte wieder an die Tür. Diesmal öffnete jemand. »Er stirbt, wenn er nicht sofort etwas zu trinken ...« Doch der Mann presste ihr ein Tuch auf die Nase. Der scharfe Geruch nahm ihr in Sekunden die Sinne.

Die unterschwellige Angst, die Armins Ex in ihr ausgelöst hatte, ärgerte Margo, und sie war fest entschlossen, dass Carmen Sebald keinen Einfluss auf ihre Ehe haben sollte. Doch zuvor galt es zwei Dinge zu klären.

Am Abend des folgenden Tages – Armin kam kurz nach elf ziemlich müde von einer Sitzung zurück, interessierte sich nicht einmal mehr für die Nachrichtenzusammenfassung – brachte sie ihm ein Glas Whiskey an seinen Sessel und setzte sich auf die breite Lehne neben ihn. »Noch ist es friedlich und ruhig, wenn du nach Hause kommst. Aber was wird sein, wenn die Kleinen nach ihrem Papa schreien?«, versuchte sie sacht in das Thema zu gleiten.

Er wandte ihr sein Gesicht zu, dem man die Müdigkeit ansah, und hauchte zärtlich: »Ich werde es lieben, sie auf meinem Schoß zu wiegen, auch wenn sie aus vollem Hals schreien und ihre Windeln vor Nässe triefen, mein Schatz ...« Sein Lächeln war entspannt und zufrieden, dass sie es fast für unanständig hielt, ihn weiter zu löchern, dennoch musste sie sichergehen. »Und was wäre, wenn ich keine Kinder bekommen könnte?« Er fuhr zusammen. Sie tat so, als wäre es nur ein Gedankenspiel, worauf er sich wieder entspannte. Den ersten Test hatte er bestanden. »Das wäre kein Hindernis. Wir können welche adoptieren, wir bringen alle Voraussetzungen dafür mit«, ging er sogar darüber hinaus.

»Ich habe von einer Familie gelesen, der Mann war zeugungsunfähig. Sie adoptierten zwei Kinder aus Syrien und sind sehr glücklich.« Die Geschichte hatte sie soeben erfunden, was nicht hieß, dass sie nicht wahr sein könnte. Er erwiderte jedoch nichts darauf, schlürfte gelassen den Rest Whiskey. »Wir werden sehen, was das Schicksal für uns bereithält«, sagte er und gähnte herzhaft. »Aber für heute Abend weiß ich, was unsere Bestimmung ist ...«

Am nächsten Morgen wachte sie beruhigt auf. Er hatte bei dem Thema nicht die kleinste Unsicherheit gezeigt. Schließlich konnte sie ihn nicht direkt fragen, ob er unfruchtbar sei. Obwohl es nichts mit der Potenz zu tun hatte, wäre er sicher gekränkt und das war nicht ihre Absicht. Außerdem, selbst wenn es ihm schwerfallen sollte zuzugeben, zeugungsunfähig zu sein, schien er einer Adoption gegenüber aufgeschlossen. Es stand der Gründung einer Familie also nichts im Wege. Und sie hatte ganz und gar nicht den Eindruck, dass er Kinder hasste. Es blieb nur noch zu klären, warum Carmen Sebald sich als seine *zweite* Frau ausgegeben hatte. Was war mit Nummer eins?

Es fiel ihr nicht leicht, im Telefonbuch nachzuschlagen. Vielleicht standen ihre Namen sogar untereinander. Aber sie fand keinen Eintrag und war keineswegs enttäuscht, fühlte sich sogar erleichtert, mit dieser Dame nicht mehr sprechen zu müssen, nicht einmal am Telefon. Purer Blödsinn, den diese Halbverrückte ihr da aufgetischt hatte.

Eine Woche später brachte der Postbote Margo einen Brief von der Ullrichsen AG, den sie schon erwartet hatte. Es war nur noch die Frage offen geblieben, ob sie bereits am nächsten Ersten anfangen sollte. Sie überflog die wenigen Zeilen ...

Sehr geehrte Frau Sebald,
    vielen Dank für Ihre Bewerbung ... Nach reiflicher Über-
legung haben wir uns nun anders entschieden und nehmen
von unserem Angebot Abstand. Für Ihre Zukunft ...

... und ihre Angst war wieder da.

*

Nach Winnies Eröffnung war Holk aufgesprungen und fassungslos aus dem Restaurant gerannt, hatte es gerade noch in ein öffentliches Klo auf dem Gang geschafft, wo er beim Kotzen beinahe die Besinnung verloren hätte. Die Zeit bis Mittag und den kompletten Nachmittag über war er im Bett geblieben, ein Soldat im Lazarett, der mit glasigen Augen vor sich hinstarrte, weil man ihm die Seele zerschossen hatte.

Jetzt saß er auf dem Balkon seiner Suite, spürte den leichten Fahrtwind und hörte auf das Plätschern der Wellen. Er fühlte so wenig Kraft in seinem Körper, dass es ihn sogar anstrengte, die glimmende Zigarillo zum Mund zu führen. Teilnahmslos ließ er die Abendvorstellung der Sonne über sich ergehen, die ihm wie ein überflüssiges melodramatisches Schauspiel vorkam, während seine Augen voll Tränen standen. Er fühlte sich wie ein Schwächling, willenlos, ohne Antrieb, ein Wartender, darauf aus, dass andere ihm halfen oder den Weg wiesen. Einer, der mit den enttäuschenden Bildern seines Lebens nicht fertigwurde. Und sie beherrschten ihn vollkommen, er war ihnen wehrlos ausgesetzt. Die Szenen seiner letzten Begegnung mit Verena drehten sich wie in einer hypnotisierenden Spirale vor seinen Augen, untermalt von dumpfer, zerrissener Musik ...

Der Abend mit Sascha war angenehm verlaufen, wenn auch nicht anders als gewöhnlich, zuerst hatten sie miteinander geschlafen, anschließend eine Kleinigkeit beim Japaner gegessen und getrunken. Erst als Holk um halb zwölf in schwarzer Nacht vor dem besagten Haus in Derendorf stand, kroch dieses ungute Gefühl wieder hervor, das er vom frühen Abend her kannte, als er Verena auf später vertröstet hatte. Und während er die Klingel betätigte und ohne Überprüfung über die Gegensprechanlage hineingelassen wurde, dämmerte ihm, dass etwas nicht stimmte. Er verzichtete auf den Aufzug, rannte die Treppen hinauf in den zweiten Stock. Die Tür der Wohnung war angelehnt.

»Verena?«

Er wartete nicht auf Antwort, ging hinein, rief noch einmal ihren Namen. »Sie ist hier«, erwiderte ein junger Mann mit gedämpfter Stimme, den er nie gesehen hatte. Er führte ihn in ein chaotisches Zimmer mit breitem Bett. »Als ich vor ein paar Minuten kam, lag sie schon so da. Der Notdienst ist unterwegs.«

Doch Holk sah sofort, dass es vorbei war. Sie hatte ihr Elend selbst beendet. Das Werkzeug dazu lag neben ihr auf dem Nachtkasten. Er setzte sich auf die Bettkante, schloss ihre Augen, streichelte ihr ausgefranstes, stumpfes Haar und fühlte unermessliche Schuld.

*

Nachdem sich Max noch die Antworten auf die Fragen ertrotzt hatte, wie sich Wikinger von Trollen unterscheiden, und ob es so große Kraken mit riesigen, schleimigen Armen geben würde, die selbst die »Mythos« zerdrücken könnten, ließ er sich von seinem Uropa trennen und trottete halbwegs zufrieden neben Alex zum Abendessen. Hilde blieb noch und befühlte wieder mit ernstem Gesicht seine Stirn, was Guntram allmählich lästig wurde. »Du kannst ruhig mit den anderen gehen. Es ist alles in Ordnung. Der Besuch in Stavanger hat mich nur etwas aufgewühlt.«

»Ich wollte dir noch etwas sagen ... du weißt schon.«

Er lächelte milde, seine Neugier war längst verflogen. »Du musst es mir nicht verraten, Kind.« Er griff nach ihrer fleischigen Hand. »Jeder soll nach seiner Fasson glücklich werden, du hast es verdient ...«

»Ja, ich werde heiraten und für immer eine Braut Christi sein.«

Warum konnte ihn ihr Vorhaben nicht mehr erschrecken? – Er reckte seinen Kopf mühsam nach vorn und sah ihr direkt in die Augen. »Wenn du dich geprüft und die Prüfung bestanden hast, dann darf ich dir gratulieren.«

Ihr überschwängliches Gefühl der Erleichterung war ihm peinlich, und sie küsste seine Hand, was ihn zutiefst beschämte. »Bitte entschuldige, dass ich so grob zu dir gewesen bin«, sagte sie.

»Du hattest recht, mir vorzuwerfen, egoistisch zu sein, dass ich nie gefragt habe, ob die Familie mit dem Weg einverstanden ist, den ich vorgesehen hatte. *Ich* muss mich entschuldigen, bei euch allen!«

»Als Mutter damals bei dem Autounfall ums Leben kam und ich später erfuhr, dass sie es vielleicht ... Da habe ich zum ersten Mal gebetet. Denn sie hatte sehr gelitten und ich wollte ihr Leid teilen.«

Niemand hatte es gewagt, sie in seiner Gegenwart noch einmal zu erwähnen: seine Schwiegertochter Christine, Alfreds Frau. Guntram hatte es sich verbeten. Depressionen hatte er nicht anerkannt, als eingebildete Kranke war sie ihm vorgekommen, und als sie kurz nach Alex' Geburt mit ihrem Kadett frontal in eine alte Eiche am Straßenrand gerast war und der Verdacht nahelag, sie hätte es mit Absicht getan, sich einfach davongestohlen, hatte er sie verachtet und beschlossen, dass nie mehr über sie geredet werden sollte.

Jetzt durfte er Hilde dankbar sein, dass sie ihn daran erinnerte. Er war alt geworden, uralt, aber gerade alt genug, um sein Leben besser zu verstehen und sich für seine Fehler noch entschuldigen zu können …

*

Jürgen fuhr aus dem Schlaf. Von seiner Jutta kam wieder dieses Quietschen, wenn sie im Tiefschlaf Luft ansaugte wie eine undichte Pumpe und sie dann mit einem Rasseln der Bronchien wieder ausließ. Aber das hatte ihn nicht aufgeweckt. Es war der Auftrag, der seine Erfüllung forderte. Und jetzt war er gekommen, der Moment, in dem alle Skrupel schwiegen.

Er rutschte sachte aus dem Bett, streifte die Hose über die Beine und das nackte Gesäß, stieg ohne Socken in die Schuhe, schnürte sie fest zu und griff anschließend nach dem verschwitzten Hemd vom Vorabend. Er brauchte den Geruch seines eigenen Schweißes und ein Werkzeug, um die Strafe auszuführen. Dafür hatte er ein spitzes scharfes Steakmesser aus Edelstahl, das gut in der Hand lag, aus dem Restaurant mitgehen lassen.

Während er den leeren Gang hinunterschlich, stand ihm das angstverzerrte Gesicht des überrumpelten Schmidt vor Augen. Wenn der seinen Kopf aus der Tür steckte, würde er gleich das Messer an der Kehle spüren, und er sollte nicht die geringste Gelegenheit haben, auch nur *ein* Wort von sich zu geben. Die Nummer der Kabine war in Jürgens Gedächtnis gebrannt, nicht *eine* Sekunde musste er überlegen, wie er am besten dorthin gelangte, natürlich über die Treppe, im Aufzug war er ein Gefangener. Aber auch so war nicht auszuschließen, dass er jemandem begegnete, er musste immer bereit sein, sich hinter einem Wandvorsprung unsichtbar zu machen wie ein Stasiagent. Er würde diesen Kerl mit seinen eigenen Mitteln schlagen.

Plötzlich herrschte Stille in seinen Gedanken, er stand vor der Tür der Kabine 39 auf Deck 5, das Deck mit dem Seepferdchen. Seine Hand in der Tasche vergewisserte sich des Instruments, das er für die Ausführung seines Vorhabens brauchte. Er rechnete nicht damit, dass Schmidt ihm sofort öffnen würde, sicher hatten er und seine Clique wie jeden Abend noch getagt, wahrscheinlich schlief er fest, und Jürgen würde Geduld haben müssen.

Er begann mit einem kurzen, fordernden Klopfen. Wartete. Von innen heraus drang kein Laut. Auch auf dem Gang war alles ruhig, nur unter seinen Füßen meinte Jürgen eine leise Bewegung zu spüren. Das Meer versuchte unablässig diesen scheinbar unbesiegbaren Stahlklotz auseinanderzureißen, bislang schien es unmöglich, aber eines Tages würde es ihm gelingen. Er klopfte erneut, sah sich um, lauschte, klopfte und sah sich wieder um … Dann hörte er von innen ein Räuspern, das sich der Tür näherte, kurz darauf öffnete sie sich einen Spalt, gerade so weit, dass Schmidts verschlafenes Gesicht hineinpasste. Und noch bevor er ein Wort sagen konnte, drückte die scharfe Klinge des Steakmessers gegen seine Kehle.

»Ich bin es, der Vollstrecker deiner verdienten Strafe, Genosse!«, zischte Jürgen halblaut, während er den Mann, dem er seine ruinierte Karriere und die jahrelange Demütigung verdankte, zurück in die Kabine drängte und nicht vergaß, hinter sich die Tür zu schließen. »Du hast doch nicht geglaubt, dass du ungesühnt davonkommen wirst?«

In Schmidts Augen gefror die Überraschung zu purem Entsetzen. Er wich weiter nach hinten aus, bis sein Bett ihn daran hinderte. »Setz dich doch, Genosse!«, sagte Jürgen und verpasste ihm einen Stoß, dass er hintenüberkippte. Es war wie ein Rausch, dieses Gefühl, jemanden zu beherrschen, indem man ihn in Angst versetzte. Jürgens Triumph war vollkommen, als sich zwischen Schmidts Beinen ein dunkler, sich schnell vergrößernder Fleck auf der Unterhose abzeichnete.

»Sie sind doch … Ich dachte …«

»Nein, Genosse, ich habe dein Leben *nicht* retten wollen. Ganz im Gegenteil, und du wirst noch wünschen, dass dich die Baggerschaufel auf dem Berg erwischt hätte …«

»Was wollen Sie von mir?«

Die Spitze des Messers zielte jetzt auf Schmidts Leber. »Erinnerst du dich wirklich nicht mehr? Damals in Ludwigslust? Dir habe ich zu verdanken, dass mein Ruf und meine Karriere im VEB ruiniert war und ich mehr als 15 Jahre lang Schrauben zählen durfte. Jürgen Wörner ist mein Name, *der* Jürgen, der seine Schnauze nicht halten konnte …«

»Das … das ist schon zu lange her, ich weiß nicht mehr …«

»Oh doch, du weißt es, Genosse! *Du* hast den Betrug zusammen mit Feldmann gedeckt. Fragt sich nur, wer dabei abkassiert hat. Sag es, Genosse, noch hast du die einmalige Gelegenheit, dich ehrlich zu machen, bevor dich der Teufel holt!«

In seiner Verzweiflung suchte Schmidt nach Worten. »Ich weiß es doch nicht, ich habe nur Befehle ausgeführt. Die Instruktionen kamen von oben.«

Die Spitze des Messers ritzte die oberste Hautschicht, Blut lief und färbte Schmidts Unterhemd rot. Der verzerrte das Gesicht. Schmerz? Angst?

»Erinnere dich, Genosse! Warum haben Täter nur immer so ein schlechtes Gedächtnis? – Der Strafe wirst du nicht entgehen, aber du kannst bereuen. Vielleicht bist du religiös, was mich wundern sollte …«

Schmidt schien jetzt zu begreifen. Auf seinen Zügen machte sich Schicksalsergebenheit breit, die ihn beinahe entspannen ließ. »Ich weiß wieder, was du meinst, Genosse. Es waren schwere Zeiten damals und niemand wusste genau, welchem Herrn er diente. Wenn die Hunde einmal losgelassen waren, dann konnte man nicht immer sicher sein, ob sie den richtigen beißen …«

»Dummes Zeug, nichts als Ausflüchte! Wer hat den Lagerbestand manipuliert?«

Schulterzucken und eine geheuchelte Unschuldsmiene. »Ich weiß es nicht, Genosse. Aber du bist nicht unschuldig an deiner eigenen Misere. So denkbar ungeschickt, wie du dich verhalten hast. Warum hast du nicht geschwiegen, als du gemerkt hast, dass es ein heißes Eisen war? Man hätte es dir früher oder später gelohnt. Stattdessen hast du dich immer tiefer hineingeritten, und wenn nicht …«

»Wenn nicht was?«

In Schmidts Blick lag plötzlich etwas Diabolisches, das Jürgen irritierte. Den Augenblick nutzte Schmidt, stieß Jürgens Arm mit dem Messer beiseite und versetzte ihm einen Kinnhaken, dass er in die Knie ging. Als sich Jürgen etwas benommen wieder aufrappelte, zeigte die Messerspitze auf sein Herz.

»Setz dich, Genosse. Wenn wir schon bei der Wahrheit sind …«, sagte Schmidt in diesem klaren kalten Ton, den Jürgen nie vergessen würde. »Dann solltest du wissen, dass die Sache böse ausgegangen wäre, wenn uns *deine Frau* nicht regelmäßig Bericht erstattet hätte. Nur weil sie eine verlässliche IM gewesen war …«

»Jutta, eine IM?« Jürgen wollte auf das Schwein losgehen, nur die auf ihn gerichtete Messerspitze hielt ihn davon ab. Schmidt trat einen Schritt zurück und bot ihm so die Möglichkeit zu entkommen. Jürgen stürzte aus der Kabinentür

wie ein blindwütiger Kampfstier. *Seine Jutta eine IM?* Eine
unglaubliche Behauptung! Schlimmer als niederträchtig! …
Und doch … ihre unaufhörlichen Versuche, ihn abzulenken
und zu beruhigen, die altklugen Sprüche, die billigen Tröstungen … Wahrscheinlich hatte sie Schmidt ebenso erkannt
wie er und versucht zu täuschen, um ihre Rolle nicht auf-
fliegen zu lassen, dass sie ihren eigenen Mann ausspioniert
hatte durch all die Jahre, die verdammten Jahre …

23

Das grelle Licht von der Decke blendete Margo, als sie zum
zweiten Mal in dem Abstellraum aufwachte. Der Boden unter
ihr vibrierte, und das Geräusch der Schiffsmotoren schien
lauter geworden zu sein. 4.27 Uhr gab ihre Armbanduhr
an, früher Morgen, sie war also wieder stundenlang ohne
Bewusstsein gewesen. Joan lag nach wie vor reglos an derselben Stelle, und ihr war klar, dass sie ihm helfen musste.
Aber wie?

Sie warf einen verzweifelten Blick in Richtung Tür. Bei
all dem Luxus, der ein paar Stockwerke höher herrschte,
würden sie hier elendig verrecken. Doch dann fiel ihr etwas
auf, das vorher noch nicht dagewesen war: Eine Literfla-

sche Mineralwasser stand zwei Armlängen von ihr entfernt auf dem Boden. Immerhin schien man ihren Tod nicht in Kauf nehmen zu wollen. Aber aufatmen konnte sie nicht, Joan schwebte in Lebensgefahr und brauchte dringend ärztliche Hilfe.

Nur schwankend kam sie in den Stand, die Operationsnarben über ihrer Brust schmerzten, ihr mittelbraunes Haarteil lag wie eine erschlagene Ratte neben ihren Schuhen und ihre Strumpfhose war im Schritt aufgerissen. Sie fühlte sich schlecht. Gut, dass George sie so nicht sehen konnte. Es blieb ihr nur, pragmatisch zu denken. Sie griff nach der Plastikflasche, schraubte den Deckel ab und beugte sich über Joan, um seine Lippen zu befeuchten, erst dann nahm sie selbst einen Schluck von dem nach Zitrone schmeckenden Wasser.

Anschließend zog sie Joan an den Armen in die Mitte des Raumes und bettete seinen Kopf auf drei übereinander gelegte Decken. In seinem Gesichtsausdruck lag die Sehnsucht erweckende Unschuld eines schlafenden Kindes. Und ihr war bewusst, dass er in seiner ganzen Schönheit sterben würde, wenn ihr nicht bald etwas zu seiner Rettung einfiel.

Margo hatte immer mehr den Eindruck, seit ihrer Hochzeit mit Armin die Orientierung zu verlieren. Vielleicht war Armin sogar unschuldig daran, vielleicht war es nur eine Anhäufung ungünstiger Ereignisse, die ihr das suggerierten. Doch immer noch geisterte Carmen Sebald durch ihre Gedanken, und sie beschloss, gegen alle Widerstände herauszufinden, weshalb Korte auf ihre Dienste verzichtet und der Senior der Ullrichsen AG in letzter Minute sein Angebot zurückgezogen hatte.

Auf ihrem Platz im Rathaus saß jetzt eine andere, gepflegt, aber keinesfalls aufreizend und nicht mehr ganz jung, ganz nach Kortes Geschmack.

»Niemeyer mein Name, vom Hildesheimer Boten«, log Margo, aber ihr schien es der einzige Weg, zu ihrem ehemaligen Chef vorzudringen. »Ich brauche eine kurze Stellungnahme zum aktuellen Finanzskandal von Dr. Korte persönlich. Dauert nicht lange.«

Die Sekretärin meldete sie unverzüglich an, und drei Minuten später betrat sie Kortes Büro. »Irgendwie habe ich Sie erwartet«, sagte er, von den Akten aufblickend. »Eine Reporterin Niemeyer ist mir jedenfalls nicht bekannt, und ich kenne sie fast alle.« Sein anfangs streng abweisender Blick wurde milde, er ließ sogar ein knappes Lächeln passieren. Doch das besagte nicht viel, jovial im Umgang, aber knallhart in der Sache war sein Markenzeichen. »Wollen Sie sich setzen?«

»Nein, danke. Ich bin gekommen, um …«

»Wenn Sie *das* meinen, Margo, dann habe ich nichts hinzuzufügen!«

Doch sie gab nicht auf, trat an seinen Schreibtisch und wurde eindringlich: »Meinen Sie wirklich, dass ich mich freiwillig demütigen lassen und hier noch auftauchen würde, wenn es mir nicht verflucht wichtig wäre zu erfahren, was hier gespielt wird?«

Er stutzte. Offenbar hatte sie ihm diesmal imponiert. Dennoch ließ er ein paar nervenzerreißende Sekunden verstreichen, bevor er sie mit einer Geste erneut aufforderte, sich zu setzen. Aber sie blieb, wo sie war. »Also gut, Margo. Mir wurde vorgeworfen«, kam er nun unumwunden zur Sache, »dass ich Sie angeblich sexuell belästigt hätte. Und wenn das nicht aufhöre, würde es bald die ganze Stadt in der Zeitung lesen können. Aber um *Ihnen* nicht zu schaden, hätte ich die Möglichkeit, mich von Ihnen zu trennen, ohne weiteres Aufsehen, verstehe sich.«

Unglaublich! Jetzt setzte sie sich doch. »Und wer behauptet das?«

»Ich habe versprochen, es Ihnen unter keinen Umständen zu sagen ...«

»Aber ich muss alles wissen.«

Sein mitleidiger Blick schmerzte, doch anscheinend hatte er die Absicht, ihr noch einmal Vertrauen zu schenken. »*Ihr Mann* hat es mir etwa so vorgetragen, Margo.«

Die spitzfindige Formulierung klang beinahe ironisch, aber auf diese Art signalisierte Korte, dass es ihm todernst und gleichzeitig zutiefst peinlich war.

Ein heftiger Schlag, aber sie musste zugeben, dass sie etwas Ähnliches erwartet hatte. »Glauben Sie mir jetzt? Er ist davon besessen, die Menschen in seiner Umgebung zu beherrschen!«, schlich sich die Stimme Carmen Sebalds in ihren Gehörgang.

Es gab keine passenden Worte der Entschuldigung, und ein Blick in Kortes Augen sagte ihr, dass sich nach diesem Gespräch ihre Wege für immer trennen würden.

Margo musste Joan reanimieren, damit er nicht verdurstete. Sie entschied sich für eine Mund-zu-Mund-Beatmung, doch der Druck, mit dem sie ihren Lungeninhalt in seine Atemwege presste, reichte anscheinend nicht aus, ihn zurückzuholen. Immerhin konnte sie seinen – wenn auch erschreckend langsamen – Puls jetzt deutlicher fühlen, und an seinem linken Arm entdeckte sie die gerötete Stelle eines Einstichs, offenbar hatte man ihn ruhiggestellt. Er sollte auf Zeit zum Schweigen gebracht werden. Zeit, die man benötigte, um Spuren zu verwischen? Konnten die Täter – und sie hatte das unbestimmte Gefühl, dass es sich um mehrere handelte – danach sicher sein, nicht mehr entdeckt zu werden?

Die Beule an Joans Hinterkopf ließ darauf schließen, dass er wahrscheinlich das gleiche schmerzhafte Erlebnis mit ihr teilte und die Angreifer ebenso wenig kannte wie sie. Nur für einen Sekundenbruchteil vor ihrer Betäubung hatte sie in das Gesicht eines Asiaten geblickt. Doch denjenigen unter drei ähnlichen zu identifizieren, würde sie sich nicht zutrauen. Vermutlich verdankten Joan und sie ihr Leben der Tatsache, dass sie als Risiko gerade rechtzeitig entschärft werden konnten. Darüber hinaus stand fest: In weniger als 24 Stunden würden sie Kiel erreichen. Wie passte das alles zusammen?

Innerhalb von Minuten fühlte sich ihr Leben wie ein bedrohliches Chaos an. Nach der Unterredung mit Korte verließ sie im Eilschritt das alte Rathaus. Die Straße glänzte, sie hatte keinen Schirm dabei und bis nach Hause würde sie der stete Nieselregen völlig durchnässt haben. Vor dem Bistro auf der gegenüberliegenden Straßenseite kam sie zu dem Schluss, dass ein Milchkaffee ihre Lage nicht verschlechtern könne.

Sie betrat das Lokal, setzte sich an einen kleinen runden Tisch und starrte, nachdem sie beim Kellner ihre Bestellung aufgegeben hatte, mit dem Kopf voll wunder Gedanken aus dem Fenster. Als ihr Blick nach einiger Zeit in den Raum zurückkehrte und umherschweifte, erkannte sie in der Ecke nahe der Kuchentheke eine Person, der sie keinesfalls begegnen wollte: Carmen Sebald. Doch die hatte offenbar darauf gewartet, dass Margo sie endlich zur Kenntnis nahm, erhob sich und steuerte auf sie zu. Ohne ein Wort der Höflichkeit sprach sie sie gleich in ihrer fahrig verstörten Art an: »Haben Sie schon mit Armin über mich gesprochen?«

»Nein, ich …«

Der Kellner servierte den Kaffee, während sich Carmen Sebald auf den freien Stuhl ihr gegenüber setzte, um von dort den Geruch ihres blumigen Parfüms zu verströmen, vermischt mit einer kalten Schweißnote. »Dann hören Sie mich bitte an, es ist so wichtig für Sie, und Sie riskieren nichts. Die Einzige, die etwas riskiert, bin ich ... Wenn Armin erfährt, dass ich Sie gewarnt habe, dann wird er alles tun, um mich wieder in die Geschlossene zu bringen, und zwar für immer. Er hat mich für durchgeknallt erklären lassen, als ich ihn anzeigen wollte. Ich bin sozusagen auf Probe draußen, soll mich bewähren, bei der kleinsten ... Aber ich kann doch nicht zulassen, dass ...« Sie geriet ganz aus der Fassung.

»Beruhigen Sie sich. Ich höre Ihnen ja zu ...« Das erste Mal hatte Margo Mitleid mit der Frau, und der Abstand zwischen ihrer eigenen und der entwurzelten Situation ihrer Vorgängerin schmolz mit jedem Wort.

»Er hat es nicht geschafft, mich völlig auszulöschen, aber wie Sie sehen, bin ich ein Wrack. Seine erste Frau hat er in den Selbstmord getrieben, für mich ist das sicher. Sie hat sich aufgeknüpft und ich kann es verstehen, wenn sie erlebt hat, was ich durchmachen musste. Anfangs trägt seine Eifersucht noch liebenswürdige Züge, bevor sie lästig wird und sich auf alles bezieht, was dein Leben kreuzt, von Nachbars Schildkröte bis zum Sachbearbeiter im Finanzamt. Aber wenn du dich zurückziehst, reizt es ihn erst recht. Er wird laut und ungeduldig, keine Zärtlichkeiten und Aufmerksamkeiten mehr, und irgendwann passiert es: Mich hat es beim Abendessen erwischt. Ich war nicht freundlich genug, und er hatte einen so anstrengenden Tag hinter sich. Da hat er mir eine gelangt, dass mir fast der Kopf weggeflogen ist. Darauf wird er dir erklären, dass du selbst Schuld hast, wenn ihm die Hand ausrutscht. Du gibst dir alle Mühe, aber es wiederholt sich und der Tag kommt, an dem du die Wohnung nicht verlässt, weil dir dein demoliertes Gesicht peinlich ist. Ich habe es erlebt und vermutlich Friederike auch. Sie liegt übrigens auf dem Nordfriedhof ...«

Unglaublich, was diese Frau da beschrieb, aber Carmen Sebald war kein böser Traum, sie war real, und es gab auch keinen Grund, an Kortes Worten zu zweifeln. *Sie* war Armins nächstes Opfer!

Ihre Hilflosigkeit war unerträglich. Joan war immer noch bewusstlos, sie konnte ihn nicht zurückholen, und die Gefahr, dass er dehydrierte, bevor das Betäubungsmittel nachließ, wurde immer größer. In regelmäßigen Abständen befeuchtete sie seine Lippen, während sie in Gedanken versuchte, alle Eindrücke und Abläufe zu ordnen: Als Joan plötzlich verschwunden war, hatte sie sich bei der Chinesin aus der Service Crew nach ihm erkundigt, hatte auch gefragt, wo er zuletzt gesehen worden sei, worauf Li Peng ihr von Joans unangenehmer Begegnung mit dem Verleger erzählt hatte. Die Chinesin war die Einzige mit Ausnahme von Holk Sonntag und natürlich George, die wusste, dass sie sich Sorgen um Joan machte. George konnte sie als Täter ausschließen und ebenso den Verleger, der bestimmt keine Entführung inszeniert hätte. Offenbar hatte das Personal jeden ihrer Schritte seitdem im Auge behalten, so musste es gewesen sein. Und als sie allein auf dem Flur vor der Suite der Sonntags stand und die Täter befürchten mussten, dass sie nicht aufhören würde weiterzusuchen, schlugen sie zu, um ihre Sache nicht zu gefährden. Zweifellos hatte das Personal die Finger im Spiel. Dazu war es ein Leichtes für die Kollegen, Joan überall zu ersetzen, um zu vertuschen, dass er fehlte. Er musste etwas gehört oder gesehen haben, das hochbrisant war, und wenn die »Mythos« den Hafen erreichte, würde es die Crew in alle Kontinente versprengen. Alles zusammengezählt, konnte es sich eigentlich nur um eines handeln …

✳

262

Schwammen sie noch in der Nordsee oder schon in der Ostsee? Den Kapriolen am Himmel nach zu urteilen, wartete bereits das mürrische deutsche Wetter auf sie. Die skandinavische Klarheit verwischte. Morgen ganz früh würden sie in Kiel einlaufen. Holk Sonntag hing über der Reling seines Balkons und überlegte, ob er vor dem Abendessen einer der Freiluftbars noch einen Besuch abstatten sollte, auf einen Aperitif. Aber es war erst fünf. Winnie hatte sich in ihren Trainingsanzug geworfen und joggte auf dem Oberdeck.

Seit dem Ausbruch beim Frühstück hatten sie nur das Nötigste gesprochen. Dennoch war er erleichtert, und Winnie ging es anscheinend ebenso. Endlich gab es zu diesem Thema nichts mehr zu bereden, sie hatten sich gegenseitig alle faulen Zähne gezogen. Aber was würde aus dem Verlag werden? Ein paar Monate, höchstens ein halbes Jahr würde die Bank noch stillhalten, schon über die letzte Bilanz hatten die Herren ihre Nasen gerümpft. Holk wusste, dass er sich keine weiteren roten Zahlen mehr erlauben durfte.

Aber war die Lage wirklich so hoffnungslos? Warum sich einschüchtern lassen? Wenn die Bank ihr Geld wiedersehen wollte, musste sie ihm eben vertrauen. Der Zeitpunkt war gekommen, das Pferd auf eine frische Weide zu führen! Sinnlos, weiter den Trends hinterherlaufen, da waren andere besser positioniert und schneller, er musste ein klares Unterscheidungsmerkmal setzen, brauchte zündende Ideen und neue Konzepte.

Eine riskante Herausforderung, ja, aber sein Leben schrie geradezu nach einer neuen Aufgabe, auch wenn er wusste, dass er sie nicht allein bewältigen könnte. Er brauchte dazu zweifellos die Hilfe einer gewissen Person und er schwor sich, ihr zukünftig täglich zu versichern, wie sehr er diese Hilfe schätzte. Sie würden den Neuanfang wagen und es diesmal richtig machen. Der Verlag war schließlich ihr einzig verbliebenes Kind …

*

»Komm, wir gehen, Max! Uropa ist müde und er wird hier übernachten, damit der Arzt ihm helfen kann, wenn er etwas braucht. Vielleicht geht es ihm morgen wieder besser …«

Guntram erkannte Alex' Stimme, aber seine Augen entwickelten nur noch verschwommene Bilder. In seiner Hand auf der Bettdecke lag Mäxchens kleine, weiche Kinderhand. Er drückte sie sanft. »Ich werde die Trolle rufen«, flüsterte er in sein linkes Ohr. »Bestimmt gibt es auch Kräutertrolle, die zaubern dich wieder gesund.«

»Eine gute Idee, Mäxchen. Du könntest mir einen von ihnen vorbeischicken«, krächzte Guntram. Das Sprechen strengte ihn sehr an. »Hilde?«, verlangte er, und ein breiter Schatten fiel auf sein Gesicht, aber mit dem Sprechen war es vorbei, seine Kiefer waren plötzlich eingerostet, und sein rasselnder Atem geriet ins Stocken. Die Muskeln, die seine Augenlider mühsam oben hielten, kapitulierten jetzt vor ihrem Gewicht. Doch darunter wurde es noch einmal sonnenhell. Ein klarer Wintermorgen, Guntram wartete auf der Felsenanhöhe mit der Zigarette in der Hand und blickte hinunter über die weiß glitzernden Wiesen auf das schneebedeckte Bauernhaus. Tones Vater hatte den Schlitten beladen und machte sich gerade auf den Weg. Ihnen standen drei wunderschöne Tage bevor, die schönsten seines Lebens …

*

»Es war die richtige Entscheidung, den Mann zur Rechenschaft zu ziehen, der mir meine Karriere versaut hat. Unsere

Kinder werden endlich einsehen, dass ihr Vater kein Versager ist.«

Jutta erwiderte nichts, aber Jürgen kannte auch so ihre Antwort: »Wie kommst du nur darauf, dass die Kinder so wenig von dir halten. Es ist einfach nicht wahr, sie haben dich immer respektiert. Deine Kinder lieben dich, Jürgen, und sie brauchen ihren Vater.«

Er drückte zärtlich ihre Hand. »Meine einzige Jutta. Wie könnte ich dir das noch glauben? Aber ihr solltet mich nicht nur lieben, ihr solltet stolz auf mich sein.«

Die Sonne verschwand allmählich hinter dem dunklen Wolkenvorhang. Den ganzen Tag lang hatte er Jutta von seinen Gefühlen und Gedanken erzählt, ihre Ehe war noch einmal an ihm vorbeigezogen. Die täglichen Demütigungen im VEB, über die er immer geschwiegen hatte, um ihr Familienleben nicht zu belasten. Auch die Stasi-Verhöre hatte er noch einmal bis ins Detail aufgerollt.

Er rutschte vom Bett und knipste die Lampe am Schreibtisch an. Den Blick in den Spiegel mied er, überlegte, ob er sich umziehen sollte, denn er trug immer noch die Klamotten vom Vortag. Wieder zuckte die Szene durch seine Gedanken, als er wutentbrannt in ihrer Kabine zurück war und vor Juttas Bett stand. Sie wachte auf und starrte ihn verstört an. Doch er ließ sie nicht zu Wort kommen …

»Der Kabinenservice wird gleich anklopfen, mein Schatz«, sagte er. »Diesmal werden sie sich nicht abweisen lassen. Sie müssen ja ihre Arbeit machen.« Seine Jutta antwortete nicht, er trat an ihre Betthälfte und schob eine Haarsträhne beiseite, die über ihre Augen gerutscht war. In ihrem eingefrorenen Blick lag noch das Erstaunen, während sich auf ihrem Hals immer deutlicher blutunterlaufene Spuren ausprägten, dort, wo er sie stranguliert hatte.

Er zog sich um, wechselte auch die Unterwäsche, setzte

sich anschließend wieder neben sie auf das Bett, worauf er ihre Hand nahm und auf den Service wartete.

24

Die Wirkung des Betäubungsmittels ließ offenbar nach. Joan stöhnte laut und warf den Kopf hin und her, verblieb allerdings in einem halb wachen Zustand, der Margo zutiefst beunruhigte. In einem ersten Impuls wollte sie noch einmal gegen die Tür schlagen, um auf sich aufmerksam zu machen. Aber was wäre, wenn ihr wieder jemand ein Tuch unter die Nase drückte und sie für weitere Stunden außer Gefecht setzte? Für Joan würde dies tödlich sein.

»Wach auf!« Sie schüttelte ihn, um ihn zurückzuholen, doch ohne Erfolg. Daraufhin versuchte sie, ihm die letzten Tropfen Mineralwasser einzuflößen, er schluckte nicht. Sie ohrfeigte ihn, auch wenn es ihr widerstrebte, er stöhnte. Am Ende entschied sie doch, Alarm zu schlagen, egal, was passierte. Mit aller Kraft trommelte sie gegen die Tür. Wieder begann Joan zu stöhnen. Sie kniete sich vor ihn auf den Boden und versuchte erneut, ihn wachzurütteln.

Plötzlich öffnete sich die Tür, ein greller Scheinwerfer war auf sie gerichtet. Margo konnte nur Beine erkennen, vier Hosenbeine. Was würden sie wohl jetzt mit ihnen machen?

»Ich wünsche Ihnen alles Gute!« Die schlichten Abschiedsworte von Carmen Sebald hatten Margo erst die drohende Gefahr bewusst gemacht, in der sie sich befand. Auf dem Weg nach Hause spukten Szenarien durch ihren Kopf, in denen sie Armin zur Rede stellte. Doch sie bezweifelte, ihm trotz der zwingenden Tatsachen gewachsen zu sein. Dazu die Angst, er könnte übergriffig werden. Sie fühlte sie überdeutlich, diese demütigende Angst.

Nachdem sie auf der Terrasse ihres Penthouse auf und ab gegangen war, bis sie sich oberflächlich beruhigt hatte, entschied sie, ihn anzurufen. Sie schämte sich zwar, weil sie es für feige hielt, sah aber keine Alternative, um den Streit nicht eskalieren zu lassen. Sie überlegte, wie sie formulieren sollte, dass ihre Stimme möglichst ruhig und sachlich klang. Die zehn Jahre als Kortes Sekretärin halfen ihr dabei. Natürlich würde er fragen, wer ihr so etwas erzählt habe, und es so drehen, als sei alles unwahr. Aber er könnte ihr nichts tun, er war ja am anderen Ende der Leitung …

Der Hörer zitterte in ihrer Hand, und beinahe hätte sie aufgelegt, als er sich mit stählerner Stimme meldete. Sie riss sich zusammen, wenn sie diese Chance nicht ergriff, würde es zu spät sein: »Ich habe dir etwas zu sagen, Armin …«

»Aber Schatz, doch nicht jetzt! Auf mich warten allein drei Termine über Mittag.«

»Mir sind Dinge aus deinem früheren Leben zu Ohren gekommen …«

Er schwieg einen Moment, bevor er reagierte. »Sie ist also bei dir aufgetaucht?«

»Ja, und das, was sie mir erzählt hat, lässt mir keine Wahl: Ich werde dich verlassen! Versuch nicht, mich aufzuhalten …«

»Aber du bist sicher auch fair und hörst dir *meine* Sicht der Dinge an, sonst würde ich meine Margo nicht wiedererkennen. Ich werde jetzt alle Termine absagen, dann reden wir!«

Er unterbrach kurz ihr Gespräch, rief etwas einem Kollegen zu, das sie nicht verstand. Dann war er wieder da: »In ein paar Minuten bin ich zu Hause. Ich trage meinen Teil der Schuld, aber ich kann alles erklären. Bleib da, wo du bist!«

Das Leerzeichen schnitt ihr die Antwort ab. Er schätzte sie richtig ein: Sie würde das Haus nicht verlassen, ohne ihm die Gelegenheit zu geben, sich zu verteidigen. Er kannte sie genau, vielleicht hatte er sie deshalb geheiratet, weil sie alle Skrupel in sich vereinigte, die er brauchte, um sie zu manipulieren.

Als sie darüber nachdachte, wurde sie wütend, wütend über sich selbst. Und das gab ihr die Kraft, sich aufzubäumen. Auch wenn sie nicht wusste, wie lange diese Kraft anhalten würde, begann sie damit, ihre Reisetasche zu packen, das nächste Hotel war nicht weit. Notfalls würde sie zur Polizei gehen. Aber was sollte sie den Beamten erzählen? War die Aussage einer labilen Carmen Sebald wirklich ein Beweis? Würde Carmen es wirklich riskieren, ihre Behauptungen zu wiederholen, schließlich war sie deswegen verurteilt worden und käme zurück in die Geschlossene, wenn sie es wagte. Und Korte? War der nicht immer bemüht, Skandale möglichst zu vermeiden …

Sie konnte gegen Armin nichts ausrichten, und um ihm auf Dauer zu entkommen, müsste sie das Land verlassen. War es dann nicht vernünftiger, sich ihm gleich zu stellen und so zu tun, als glaubte sie seinen Ausflüchten? Sie war in eine Falle geraten.

Für einen Moment schloss sie die Augen, anschließend packte sie die Tasche fertig und stellte sie neben die Garderobe. Wenn er bei dem Gespräch die Kontrolle verlieren würde, musste alles für eine Flucht gerichtet sein. Dann setzte sie sich ins Wohnzimmer wie in eine Wartehalle und blickte auf die Dächer von Hildesheim. Im Mittagsverkehr brauchte er vermutlich eine halbe Stunde.

Sie wartete eine volle Stunde, bevor sie in die Küche ging und sich einen Tee aufgoss. Als es an der Tür schellte, fiel ihr fast die Tasse aus der Hand. Offenbar hatte er seine Schlüssel vergessen. Doch vor der Tür standen zwei Männer. »Frau Sebald?« Sie nickte. »Wir haben Ihnen eine traurige Mitteilung zu machen ...«

Armin tot? Mit einem Laster kollidiert? Ihre Knie zitterten, ihr ganzer Körper bebte. Das weitere Gerede der Beamten verstand sie nicht. Er war tot, sie war schockiert, aber sie war frei, frei, ja frei!

Nachdem sie die beiden Männer ins Wohnzimmer begleitet hatten, drang der eine zu ihr durch: »Brauchen Sie Hilfe, oder können wir Sie allein lassen?«

Sie nickte nur und brachte ein Lächeln zuwege, um die Männer loszuwerden ...

Nach Stunden wachte sie auf der Couch im Wohnzimmer auf, und – eine Stimme sprach zu ihr, die sich plötzlich in ihrem Kopf befand: *Deinetwegen ist er wie ein Irrer durch die Stadt gerast, aber dein Urteil war bereits gefällt, bevor du ihn angehört hast. Einer hysterischen Psychopathin glaubst du mehr als deinem eigenen Mann! Die Geschichte kann komplett erfunden sein, die dir diese Carmen aufgetischt hat. Und vielleicht war Armins Wortwahl gegenüber Korte gar nicht so scharf gewesen? Hat Korte dich nicht immer wie sein Eigentum behandelt? Möglicherweise hat er nicht verkraftet, dass du geheiratet hast ...*

»Sei ruhig!«, schrie sie, aber die Stimme kam immer wieder zurück ...

»Wo ist Dr. Krebs? Und wir brauchen eine Krankentrage, schnell! Mach doch den verdammten Scheinwerfer aus!«

Margo war fast blind von dem grellen Licht, das den Lagerraum auf einmal wie das Innere einer Glühbirne strahlen ließ. »Margo!« Endlich erreichte die Stimme ihr Ohr, die sie so vermisst hatte. »George! Hoffentlich seid ihr noch rechtzeitig gekommen, Joan …«

George nahm sie in den Arm und hob sie auf. »Alle kümmern sich um Joan, Margo, machen Sie sich keine Sorgen! Ich bin sicher, dass er durchkommt.« Dann sah er ihr ernst in die Augen: »Versprechen Sie mir, dass Sie sich *nie mehr* Sorgen um Joan machen?«

ZURÜCK AM KIELER OSTSEEKAI

25

»Ich fühle mich gut«, sagte Margo, doch der Doktor bestand auf den Check.

»Wir sollten auf mögliche Folgen vorbereitet sein«, erwiderte er geduldig.

»Und was ist mit Joan?«

»Er ist außer Lebensgefahr und wird bald aufwachen. Für den Fall hat sich schon die Polizei angemeldet. Bitte beruhigen Sie sich, damit Puls und Blutdruck wieder fallen. Wir laufen bald in Kiel ein«, worauf er wieder ihr Handgelenk ergriff und sich konzentrierte.

Draußen dämmerte es bereits. Ein trüber, nichtssagender Morgen. Einen kurzen Moment lang drückte Wehmut Margos Stimmung, obwohl sie eigentlich im Hochgefühl schweben sollte, schließlich war alles gut ausgegangen. Vielleicht war es der Abschied, den sie insgeheim fürchtete …

Die Einfahrt in den Hafen wollte sie auf dem Aussichtsdeck erleben und fühlte sich erlöst, als der Doktor ihr dazu grünes Licht gab. Wahrscheinlich müsste sie bis in den Nachmittag hinein an Bord bleiben, denn die Polizei hatte angekündigt, ihre Aussage aufzunehmen. George hatte sich entschuldigt, er musste packen.

Über das Aussichtsdeck wehte eine feuchte Brise, die unter die Haut ging. Einer der beiden Schiffsoffiziere, die sich in der Nähe ihres Liegestuhls mit Zigarettenrauchen entspannten, brachte ihr eine zweite blaue Decke und sagte zu ihr: »Respekt, ganz schön mutig von Ihnen!«

Sie lächelte, und erst jetzt breitete sich eine Ruhe in ihr aus, die sich wie Sicherheit anfühlte. Sie lauschte dem Gespräch der beiden Offiziere, während ihre Augenlider immer schwerer wurden.

»Der zweite Fall auf der Route in diesem Jahr, dabei hat die Saison erst angefangen.«

»Glaubst du wirklich, dass unsere Jungs von der Service Crew mit Schmuggel zu tun haben?«

»Warum nicht? Ein riesiges Geschäft, das mit dem Amphetamin, und bei den paar Kröten, die sie im Schnitt nach Hause bringen, ist es für jeden von ihnen ein extrem lohnendes Geschäft.«

»Und wenn einer versucht, ihnen in die Parade zu fahren, dann stellen sie ihn kalt?«

»Genau so! Der Katalane hat noch Glück gehabt …«

»Margo, wir sind da!« George rüttelte sanft an ihrer Schulter. »Das Schiff hat festgemacht, wir können unser Frühstück in vollen Zügen genießen, vor Mittag werden wir ohnehin nicht wegkommen.«

Das Letzte, an das sie gedacht hatte, war das Frühstück, und der sensible George bemerkte sofort, dass sie zum lockeren Gespräch nicht aufgelegt war. Sie traten schweigend an die Reling und warfen einen Blick hinab auf die Pier, wo die ersten Passagiere wie bunte Zwerge den wartenden Transferbussen zustrebten. Einige von ihnen machten zum Abschied noch Schnappschüsse vom Schiff.

Die Zeit schien seit der Abfahrt stehen geblieben zu sein, dachte Margo, als ihr dort unten etwas auffiel. Am anderen Ende der Pier, halb verdeckt von einem Vordach, warteten zwei dunkelgraue Limousinen mit diesen typischen Heckfenstern, wie sie Leichenwagen haben. Sie sah George fragend an.

»Gleich zwei«, wusste er. »Der Kapitän hat es mir erzählt. Zwei Tote und Joans Entführung. Er fand das ein bisschen zu viel Ereignis für eine einzige Kreuzfahrt …«

»Und wen hat es getroffen?«

»Einen uralten Unternehmer, der sanft entschlafen ist, und eine Rentnerin aus dem Osten. Ihr Mann hat sie erwürgt, warum, weiß noch niemand. Er wird gerade von der Polizei abgeführt, sehen Sie?«

»Mord?«, fragte sie nachdenklich. Und sie bereute, dass sie George ausgefragt hatte, denn ihre Erinnerung an den Augenblick, als die Polizei ihr Armins Todesnachricht überbracht hatte, war wieder da und mit ihr die Frage, die sie sich laut Stubbens ärztlicher Vorschrift nicht mehr stellen sollte: War man auch schuldig, wenn man jemanden vorverurteilt und dadurch vielleicht seinen Tod verursacht hatte?

»Übrigens, Joan ist aufgewacht, und es geht ihm den Umständen entsprechend gut«, riss George sie aus ihren Gedanken. »Wenn das kein Grund für ein ausgiebiges Sektfrühstück ist.« Er hakte sie unter und zog sie von der Reling fort.

Nur wenige Tische am Panoramafenster des Golden Gate waren besetzt. Vielen Gästen fehlten offenbar die Nerven, den letzten Rest Freiheit auszukosten, bevor der Alltag sie wieder gefangen nahm. George überspielte die Abschiedsstimmung, erhob sein Glas zum zweiten Mal: »Trinken wir auch darauf, dass der Welt eine neue Detektivin geschenkt worden ist. Herzlichen Glückwunsch zu Ihrem Erfolg, Margo!«

»Finden Sie es nicht ein bisschen übertrieben, George? Schließlich haben *Sie* uns aus dem Schlamassel gezogen.«

Er ließ sich das Kompliment nicht nehmen: »Wenn nicht *Sie* diesen mutigen Schritt gewagt hätten, niemand wäre auf den unglücklichen Joan aufmerksam geworden.«

»Vielleicht haben Sie recht. Aber wenn Sie mir schon zu meinen Fähigkeiten als Detektivin gratulieren: *Einen* Zusammenhang habe ich nicht aufdecken können …«

Er wusste sofort, worauf sie anspielte und errötete leicht.

»Es könnte keinen geeigneteren Zeitpunkt geben«, fuhr Margo etwas pathetisch fort, »die Karten aufzudecken, als gerade hier und jetzt, um unsere Freundschaft zu festigen.« Sie warf ihm einen schelmischen Blick zu, in den sie allen Charme legte. Irgendwann musste er doch schwach werden und preisgeben, warum er sie die Reise über nicht aus den Augen gelassen hatte. Natürlich war er ein bisschen in sie verliebt, aber sie spürte, dass noch ein anderer Grund dahinter steckte.

George wurde ernst. »Ich bin mir nicht sicher, ob Sie danach von einigen Menschen noch so gut denken werden, Margo, oder sogar das Vertrauen in sie verlieren könnten …«

»Halten Sie mich für so kleingeistig?«

»Bitte keine Tricks …«

»Also gut, ich verspreche, nicht schlecht von den Menschen zu denken, die mit diesem Geständnis in Verbindung stehen.« Sie hob stilecht zwei Finger zum Schwur.

»Die Sache ist ziemlich einfach. So wie Sie bin ich Patient von Christian Stubben und nebenbei sein bester Freund von der Schulbank an, erst später haben sich unsere Wege getrennt. Dann packte mich die Krankheit, wie es Ihnen passiert ist, und mein Leben geriet aus den Fugen. In der Zeit habe ich ziemlich viel Blödsinn gemacht, riesige Summen verspielt und so weiter, meine Frau hatte die Nase voll und ließ sich scheiden. Fast hatte mich der Krebs eingeholt. Nach der letzten Chemo baute mich Christian wieder auf. Als ich dachte, ich hätte alles überwunden, war nach meiner letzten Untersuchung wieder unklar, ob die Krankheit zurückkommen würde. Bis zu den endgültigen Ergebnissen solle ich auf Kreuzfahrt gehen, riet mir Christian, und bei der Gelegenheit könne ich gleich auf eine Dame aufpassen, um die er sich große Sorgen mache …«

Jetzt verstand Margo auch, warum George für einige Zeit abwesend gewirkt hatte, als würde ihn etwas bedrücken. Aber seine aktuelle Laune sagte ihr, dass alles gut ausgegangen war. »Vertrauensbruch nennt man das und Missachtung der ärztlichen Schweigepflicht!«, erwiderte sie in gespielter Empörung.

»Kein Wort zu Stubben, Margo, Sie haben es versprochen! Er hat es nur gut gemeint.«

Sie nickte. In Anbetracht der Tatsache, dass George ihr sozusagen zweimal das Leben gerettet hatte, konnte sie ohnehin nicht anders.

Sie verabschiedeten sich an der Treppe. »Ich danke Ihnen, George«, sagte sie und hoffte, dass er die Träne in ihrem Auge nicht bemerkte. »Vielleicht sehen wir uns wieder.«

»Ganz sicher. Es gibt so viele Naturparadiese auf dieser Welt ... und so viele Menschen, die gerettet werden müssen.« Als er ihr den Rücken kehrte, bedauerte sie, dass sie ihn nicht erhört hatte.

Du wirst ihn nie wiedersehen, Margo! Beim nächsten Mal sucht er sich eine andere, um sich nicht wieder eine blutige Nase zu holen. Und du solltest deine Nase aus den Angelegenheiten anderer Leute heraushalten. Glaub mir, Verdursten ist ein scheußlicher Tod! Das kannst du leichter haben. Spring einfach vom Dach eines Hochhauses ...«

Die Stimme kannte sie nur zu gut: *Anders* war wieder da und belauerte sie wie ein hungriger Wolf. Aber gegen diese Art Wölfe gab es jetzt eine wirksame Medizin: Stubben brauchte ihr nur eine Kreuzfahrt zu verschreiben ...

EIN DANKESCHÖN MIT HERZ ...

dem Gmeiner-Team für die allerbeste Begleitung, die ich mir für eine Buchschwangerschaft vorstellen kann, besonders Sven Lang für das einfühlsame und aufbauende Lektorat,

dir, Anna, für die beglückenden Überraschungen, die dir immer wieder gelingen, vor allem aber fürs Mut-Machen,

nicht zuletzt meinem unverzichtbaren Probeleseengel Sonja, der über allem schwebt.

SANDRA DÜNSCHEDE
Friesengroll
. . . .
978-3-8392-2212-6 (Paperback)
978-3-8392-5617-6 (pdf)
978-3-8392-5616-9 (epub)

SCHATTEN DER JUGEND Eigentlich wollte Dirk Thamsen bei seinem Klassentreffen in Niebüll nur einen fröhlichen Abend im Kreis früherer Schulkameraden verbringen und von der Polizeiarbeit abschalten. Doch die holt ihn schneller ein als erwartet: Die ehemalige Deutschlehrerin Rita Hansen liegt erdrosselt auf der Damentoilette. Thamsen ist erschüttert, leitet aber sogleich eine Ermittlung in die Wege. Schon am nächsten Morgen gibt es einen weiteren Toten. Um den Fall zu lösen, muss Thamsen, unterstützt von seinem Freund Haie, tief in die Vergangenheit eintauchen.

SPANNUNG

GMEINER

WWW.GMEINER-VERLAG.DE
Wir machen's spannend

REGINE SEEMANN
Falkenberg
. . . .
978-3-8392-2209-6 (Paperback)
978-3-8392-5611-4 (pdf)
978-3-8392-5610-7 (epub)

AHNENERBE Bei einem Schulausflug zum Hamburger Falkenberg finden Kinder die grausam zugerichtete Leiche eines alten Mannes. Eine Wunde des Toten deutet auf einen rechtsradikalen Hintergrund hin. Doch die Kommissarinnen Stella Brandes und Banu Kurtoglu haben ihre Zweifel. Denn immer wieder stoßen sie auf die Legenden um Klaus Störtebeker, der am Falkenberg seinen Schatz vergraben haben soll. Oder liefert das traurige Schicksal eines jungen Mädchens in einer vergangenen Zeit den entscheidenden Hinweis, der zum Täter führt?

SUSANNE ZIEGERT
Störtebekers Erben
. . . .
978-3-8392-2266-9 (Paperback)
978-3-8392-5691-6 (pdf)
978-3-8392-5690-9 (epub)

INSELMÖRDER Auf dem Inselfriedhof liegt der beliebte Kaufmann Peter Hein in seinem Blut. Der Schädel wurde abgetrennt und auf einen Zaun gespießt. Die Kommissarin Friederike von Menkendorf übernimmt den Fall und verhaftet den Falschen – der Mörder schlägt ein zweites Mal zu. Doch was verband die beiden Opfer? Die Malerin Margo Valeska ermittelt auf eigene Faust und kommt der Wahrheit gefährlich nahe. Wird ein Geheimnis aus der Vergangenheit der Pirateninsel im Wattenmeer vor Cuxhaven gelüftet?

GMEINER SPANNUNG

WWW.GMEINER-VERLAG.DE
Wir machen's spannend

Das Neueste aus der Gmeiner-Bibliothek

Unser Lesermagazin

Bestellen Sie das
kostenlose Krimi-
Journal in Ihrer
Buchhandlung
oder unter
www.gmeiner-verlag.de

Informieren Sie sich ...

www ... auf unserer Homepage:
www.gmeiner-verlag.de

@ ... über unseren Newsletter:
Melden Sie sich für unseren Newsletter an
unter www.gmeiner-verlag.de/newsletter

f ... werden Sie Fan auf Facebook:
www.facebook.com/gmeiner.verlag

Mitmachen und gewinnen!

Schicken Sie uns Ihre Meinung zu unseren Büchern
per Mail an gewinnspiel@gmeiner-verlag.de
und nehmen Sie automatisch an unserem
Jahresgewinnspiel mit »mörderisch guten« Preisen teil!